매 축 지

매축지

발행일   2021년 7월 23일

지은이   이재영
펴낸이   손형국
펴낸곳   (주)북랩
편집인   선일영   편집   정두철, 윤성아, 배진용, 김현아, 박준
디자인   이현수, 한수희, 김윤주, 허지혜   제작   박기성, 황동현, 구성우, 권태련
마케팅   김회란, 박진관
출판등록 2004. 12. 1(제2012-000051호)
주소   서울특별시 금천구 가산디지털 1로 168, 우림라이온스밸리 B동 B113~114호, C동 B101호
홈페이지 www.book.co.kr
전화번호 (02)2026-5777   팩스   (02)2026-5747

ISBN   979-11-6539-848-4 03810 (종이책)   979-11-6539-849-1 05810 (전자책)

(주)북랩 성공출판의 파트너

북랩 홈페이지와 패밀리 사이트에서 다양한 출판 솔루션을 만나 보세요!

홈페이지 book.co.kr   •   **블로그** blog.naver.com/essaybook   •   **출판문의** book@book.co.kr

작가 연락처 문의 ▸ ask.book.co.kr

작가 연락처는 개인정보이므로 북랩에서 알려드릴 수 없습니다.

매축지

이재영

장편소설

바다를 메꺼서 맹근 땅
바다를 메꺼서 맹근 땅
바다를 메꺼서 맹근 땅
바다를 메꺼서 맹근 땅
바다를 메꺼서 맹근 땅
바다를 메꺼서 맹근 땅
바다를 메꺼서 맹근 땅
바다를 메꺼서 맹근 땅
바다를 메꺼서 맹근 땅

바다를 메워 만든 땅 위를 살아냈던 그 시절 이야기

북랩 book Lab

차
례

1966년 5월

5월 중순의 일요일 아침은 맑았다.

광안리 부근의 측지 부대測地部隊에서 군 복무 중이던 외사촌 큰형이 토요일 외박을 나와서 작은방에서 같이 하룻밤을 자고 일찍 일어나 있었고 3박 4일의 고등학교 2학년 수학여행에서 밤 기차를 타고 새벽에 집에 돌아온 큰형은 아직 단잠에 빠져 있었다. 어젯밤 술에 취해서 귀가한 아버지가 미닫이문을 안에서 잠가버린 큰방에서는 아버지의 코 고는 소리 하나 없이 조용하였다. 둘째 형과 셋째 형은 아침부터 작은방의 의자가 딸린 책상과 앉은뱅이책상 머리에 각각 앉아 고등학교와 중학교 입시를 위한 공부에 여념이 없었고, 국민학교 4학년 누나는 식전 아침부터 친구들과 집 앞 좁은 골목에서 고무줄놀이를 하고 있었다. 큰방과 작은방의 가운데 좁은 부엌에서 엄마는 오랜만에 외박 나온 친정 큰조카를 위해서 고등어 몇 마리를 굽고 된장을 진하게 풀어서 된장찌개를 끓였고 전날 과음한 아버지를 위해서는 따로 재첩국을 끓였다. 새벽마다 은빛 양동이를 머리에 이고 '재치국 사이소'를 외치며 동네를 도는 아주머니들이 파는 재첩국은 낙동강 하구 을숙도 부근에서 잡아 끓인 것이었는데, 뽀얀 국물이 시원했고 재첩 알은 굵고 실했다.

"보이소, 보이소. 아직 주무시능교?"

아침 준비를 마친 엄마는 아직 기척이 없는 큰방의 미닫이문을 몇 번이나 흔들었으나 방 안에서는 여전히 대답이 없었다. 큰형이 단잠에 빠져 있는 작은방에서 나머지 식구들은 동그란 접이식 밥상에 옹기종기 머리를 맞대고 먼저 아침을 먹었다. 평소에는 아침저녁에 밥상이 늘 두 개가 차려졌는데, 둘 중의 하나는 아버지만을 위한 독상獨床이었다. 그 아버지의 밥상에는 가끔 계란찜 같은 특식이 올랐고, 흔한 갈치를 구워도 굵은 가운데 토막이 오르고는 했던 것이다. 아버지의 밥상에 겸상하여 마주 앉거나 혹은 아버지의 무릎에 앉아 밥을 먹을 수

있는 특권은 오로지 막내인 나에게만 있었는데, 그날 아침에
는 아버지의 독상은 없었지만 외사촌 형이 온 날이어서 반찬
가짓수가 아버지와 겸상하는 것보다 덜하지 않아서 다행이었
다. 외사촌 형이 가끔 외출을 나오면 엄마는 '군대서 얼매나 배
를 굶았겠노'라며 평소보다는 한 가지라도 더 반찬을 차렸고,
외사촌 형은 커다란 키에 사람 좋은 웃음으로 나이 어린 고종
동생들과 잘 놀아주어서 좋았다.

　여느 봄날과 다름없이 따뜻하고, 아침을 먹은 후 약간은 나
른한 일요일 오전이었다.

　아침을 먹고 엄마가 설거지까지 모두 끝낸 후, 열 시가 가까
워도 아버지가 문을 잠그고 잠이 든 큰방에서는 아무런 기척
이 없었다. 아버지는 전날 늦은 오후에 이발소 맞은편의 이웃
집과 무슨 일인가로 언쟁을 벌이고는 언짢은 기색으로 전포동
에 있는 큰고모네로 갔다. 큰고모부와 술을 많이 마신 듯 아버
지는 통행금지가 다 되어서야 대취하여 집으로 돌아와서는 큰
방 문을 안에서 잠가버리고 혼자 잠들었다. 호주가였던 아버
지는 평소에 술을 어지간히 마셔도 걸음걸이 하나 흐트러지지
않을 정도여서 전날처럼 정신을 잃을 만큼 인사불성이 된 경
우는 거의 없었다.

엄마는 다시 잠겨 있는 미닫이문을 흔들었다.

"보이소, 보이소. 인자 고마 일나서 아침 잡숫고 속 푸이소."

몇 번을 더 두드렸지만 방 안에서는 여전히 대답이 없었고, 엄마는 덜컥 불길한 생각이 들었다.

"야~야, 퍼뜩 일나 봐라. 큰방 아부지 깨워서 어서 아침 잡수시라캐라."

엄마는 아직 단잠에 빠져 있던 큰형을 흔들어 깨웠는데, 작은방에서 책을 읽고 있던 외사촌 형이 먼저 나와서 부엌으로 난 작은 쪽문을 흔들었고, 큰형도 부스스 잠에서 깨어났다.

"아재, 아재. 아직 주무십니꺼?"

외사촌 형이 미닫이문을 흔들었다.

"아부지. 저 수학여행 잘 다녀왔습니더."

큰형이 아버지를 불렀다.

방 안에서는 여전히 대답은 없었다. 다급해진 외사촌 형과 큰형은 문틀의 창호지를 뚫고 손을 집어넣어서 안쪽의 잠금 고리를 벗겨내고 큰방에 뛰어 들어갔다. 옆집 벽과 붙어 있어 창문이 없는 큰방은 원래 햇빛도 잘 들지 않아 어두침침했는데, 아버지는 그 어두운 방 가운데에 포마이카 장롱 옆에 펴진 요 위에서 등을 문 쪽으로 향한 채 웅크리고 누워있었다. 외사촌 형과 큰형은 아버지 머리맡으로 뛰어들 듯 다가가서 몸을 흔들었는데 아버지의 커다란 몸은 힘없이 늘어져서 반응이 없었다.

엄마가 어찌할 바를 모르고 발을 굴렀다.

"야~야, 퍼뜩 아부지 병원에 모시고 가자!"

외사촌 형이 아버지를 둘러업었고 큰형은 잠에서 깬 차림 그대로 윗옷도 챙겨 입지 못한 러닝셔츠 바람으로 엄마와 함께 뛰어나갔다.

5월의 한가운데, 봄이 지나가고 있던 어느 일요일의 오전이었다.

아버지는 그렇게 세상과 허무하게 작별하였는데, 동갑으로 열아홉에 결혼하여 갓 마흔을 넘긴 엄마와 고등학교 2학년 큰형, 중학교 졸업반 둘째 형, 국민학교 6학년 셋째 형과 4학년 누나 그리고 아직 국민학교도 들어가지 못한 나를 세상에 던지듯 남겨놓았다.

우선 큰형이 전포동의 고모네에 알렸고 고향의 큰집이며 외갓집에는 전보를 띄워 부고했다. 외사촌 형은 청천벽력과도 같은 일을 당한 고모와 고종사촌 동생들을 뒤로하고 눈물지으며 오후에 광안리 부대로 귀대하였다. 부산의 친척들은 다음 날 이른 아침부터 문상을 왔고 열 평 남짓한 집과 집 앞의 좁은 골목에 쳐진 상갓집 차양 밑에는 동네 사람 몇몇과 먼저 도착한 친척 아주머니들이 우선 음식 장만이며 장례 준비를 돕기 시작하였다. 엄마는 쪽을 져서 늘 단정하던 머리를 풀고 정신을 잃은 사람처럼 멍하니 하늘을 바라보다가 방바닥에 엎드려서 흐느끼기를 반복했다. 큰형과 둘째 형은 굴건제복을 하고 '아이고, 아이고' 어른스레 곡을 했고 셋째 형과 누나는 큰소리로 울었으나 만 여섯 살이 채 되지 않은 나는 아버지의 죽음이 무엇을 뜻하는지 정확히 알지 못한 채 엄마와 형, 누나의 울음이 슬퍼서 짧게 훌쩍였다.

아버지의 장례는 좁은 집에서 7일장으로 치러졌는데 전보로 연락을 받은 시골 고향의 친가와 외가 가까운 친척들은 다음 날부터 문상을 오기 시작하였고 우편으로 보낸 부고장을 늦게 받은 사람들은 출상 전 금요일까지 문상을 왔다. 서울에서 내려 온 오촌 당숙이 전체적인 장례 절차를 설두하였고 화요일이 되어서야 연락이 된 장의사로부터 삼베 수의와 소나무로 짠 가벼운 관이 집으로 배달되었다.

염습 후 마지막으로 본 아버지는 눈을 감고 세상 걱정을 잊은 듯 편안해 보였다. 그러나 아버지가 입고 있던 삼베 수의는 너무 낯설고 거칠어 보였고, 송진 내음이 채 가시지 않은 관은 키 큰 아버지가 편히 누울 만치 크지 못한 듯해서 나는 누워있는 아버지가 혹시 답답하고 불편하지나 않을까 걱정되고 안쓰러웠다.

다음 날 부랴부랴 외가에서 내려온 외삼촌은 가누지 못할 엄마의 슬픔을 슬퍼하며 아버지를 위한 제문을 지었고 고향에서 병들어 누워 있던 큰할아버지는 조카의 이른 죽음을 곡하며 조시弔詩를 지었다.

너를 청산 아래 묻으니
汝 埋 靑 山 下(여매청산하)
청산은 오히려 이를 싫다 한다
靑 山 反 是 惡(청산반시오)
네 나이 이제 마흔 하나
汝 年 四 十 一(여년사십일)

어찌 그리 명이 짧단 말인가

胡 爲 命 數 薄(호위명수박)

내 아버지께서 너를 몹시 사랑하여

吾 父 甚 汝 愛(오부심여애)

이 아이가 집안을 잘 보전하리라 하셨다

此 兒 能 家 保(차아능가보)

너는 어릴 적부터

汝 自 齠 齔 時(여자초친시)

뜻과 의지가 급하거나 가볍지 않아

志 氣 不 草 草(지기불초초)

명민하고 과단성 있으되

明 敏 又 果 斷(명민우과단)

여러모로 여유 있고 넉넉하였다

恢 刀 諸 輩 容(회도제군용)

나는 네가 큰일을 이루기를 바랐는데

我 期 成 大 業(아기성대업)

하루아침에 붉은 소나무와 같이하니

一 朝 伴 赤 松(일조반적송)

어찌 조물주의 시기가 이다지도 심하단 말인가

造 物 何 多 猜(조물하다시)

답답함이 맺혀 가슴이 막힌다

鬱 結 滯 我 胸(울결체아흉)

나 또한 늙고 병들어

我 亦 因 衰 病(아역인쇠병)

몸을 이불 속에 맡기며

一 身 委 被 裡(일신위피리)

통곡하고 또 통곡하니

痛 哭 復 痛 哭(통곡부통곡)

이 아픔 언제 멎을 손가

此 痛 何 時 止(차통하시지)

　　시장통을 지나 경부선이 이어지는 철길 옆으로, 이제는 쓰지 않아 폐쇄된 굴다리가 있었는데 그곳에는 열두어 명의 거지들이 모여서 생활하고 있었다. 제일 나이가 많은 두목 거지는 얼추 마흔은 넘었고 제일 나이가 적은 아이는 채 열 살도 되지 않아 보였는데, 그들은 두어 명씩 짝을 지어서 부근의 시장통 가게들과 가정집들을 아침저녁으로 돌며 동냥해서 나누어 먹고 살았다. 거지들은 당당하게 구걸하였고, 사람들은 대체로 제 먹을 것도 충분치 않으면서도 보리밥 한 숟가락이라도 주저 없이 덜어 주었다. 거지들은 나름대로 규칙이 있어서 아침에 동냥한 곳은 저녁에 가지 않았고 오늘 먹을 것을 구한 집을 연이어 내일 또 찾지는 않았다. 엄마는 며칠 간격으로 아침이나 저녁때 찾아오는 그들을 집안으로 불러들여 마루 한쪽에 소반을 내어 김치 몇 조각이나 식은 된장국 반 사발이라도 차려서 그들을 먹였고 사정이 여의치 않아 집에 들이지 못할 경우라도 내치지 않고 그들의 동냥 그릇에 찬밥 몇 숟가락이라도 채워서 보냈다.

결혼식 잔치나 상가의 장례는 거지들에게는 명절이나 다름없어서 아침저녁, 혹은 오늘 내일 거르는 규칙도 없이 매일 매끼 조를 짜서 찾아들었다. 7일장을 치르는 동안 거지들은 배부르게 먹고 나서 깨어지고 우그러진 동냥 사발과 깡통을 밥과 반찬으로 채워 갔고, 동네 사람들도 어른이나 아이 할 것 없이 손바닥만 한 마루와 마당, 골목에 차려진 차양 아래에 앉아서 밥과 고기, 술을 먹었다. 죽은 사람을 위한 장례는 마치 남은 사람들의 잔치처럼 보였다.

아버지가 누운 관을 운구 버스의 뒤꽁무니에 만들어놓은 작은 터널 같은 운구함에 싣고, 엄마와 형들은 친가·외가 친척들과 함께 서부 경남의 고향 선영으로 해 뜨기 전에 출발하였다. 운구 버스가 세 시간 가까이 달려서 도착한 낙동강 변의 고향에는 조시를 지어서 젊은 조카의 죽음을 슬퍼한 큰할아버지가 아침 일찍부터 멀리 낙동강 둑까지 나와서 기다렸다. 할아버지와 할머니는 내가 태어나기도 전에 일찍 세상을 떠나서, 큰할아버지는 먼저 세상을 뜬 동생의 아들을 친자식처럼 여겼던 것인데 운구 버스가 강둑 길로 들어서자 큰할아버지는 나무 지팡이를 짚은 채 아버지의 이름을 부르며 통곡하였다.

아버지의 운구차가 매축지를 떠날 때 나는 너무 어리다고 집에 남겨졌는데, 엄마를 따라나서겠다고 울고불고해서는 안 될 것 같아서 나는 신작로에서 멀어져 가는 운구차를 가만히 바라만 보았다. 모두가 떠난 작은 집에는 너무 치켜 자른 단발머리가 오월에도 추워 보이던 누나가 동생을 챙기라고 혼자 남겨져 있었다. 작은 집 안은 며칠간의 소란함에서 벗어나 고요하였고, 누나와 나는 부엌과 다락에 남겨져 있는 밥과 나물과 부침개로 말없이 아침을 먹었는데, 그때서야 황령산 위로 아침 해가 게으름을 부리듯 천천히 올라왔다.

선영에 아버지를 묻고 밤늦게 돌아온 엄마는 누나와 나를 꼭 끌어안았고, 형들은 아무런 말이 없었다.

다음 일요일에 큰형은 그리 길지도 않은 듯한 머리를 깎는다며 이발소에 간다고 하였다. 늘 심심했던 나는 누가 집을 나서면 불문곡직 따라나서는 것이 버릇이어서 그날도 형의 뒤를 따라 이발소로 갔다. 무릎 꿇고 두 손 모아 기도하는 소녀 그림과 밀레의 만종 그림 액자가 걸려있는 이발소는 이발 의자가 세 개밖에 되지 않는 크지 않은 곳이었지만 언제나 비누 냄새가 향긋하고 아늑했다.

"머리 싹 밀어 주이소."

머리라 해봐야 겨우 1센티미터 정도 올라온 고등학생의 빡빡머리를 이발사 김 씨에게 맡기며 형은 말했다.

"아부지 장사葬事는 잘 지냈제? 어린 니가 고생했다. 그란데, 지금도 머리는 밸로 안 긴데, 학교서 복장 검사하나?"

이발사 김 씨는 안부 인사를 하며 의아하다는 듯 물었다.

"아입니다. 그냥, 백고로 밀어 주이소."

"백고를 치달라꼬? 아부지 돌아가셨다꼬 중맨치로 머리를 밀어뿔라 카나?"

큰형은 대답하지 않고 그냥 조금 웃었고, 이발사 김 씨는 형의 주문대로 날이 새파랗게 선 면도칼로 형의 머리를 반질반질 윤이 나게 밀었다. 큰형은 마치 가끔 낡은 잿빛 장삼 가사를 두르고 목탁을 두드리며 찾아오는 젊은 탁발승을 닮아 보였다.

큰방의 북쪽 벽에는 남향으로 감실龕室이 만들어졌다. 두껍
지 않은 송판으로 너비 50센티미터 길이 60~70센티미터 정도
의 직육면체 상자를 하얀 창호지로 발라서 벽에 걸고 아버지
의 신주神主를 모셨다. 촛대 두 개를 신위神位 양쪽에 두고 앞에
는 작은 향로를 놓았고 매일 아침저녁으로 따뜻한 밥을 지어
자식들이 두 번 절하고 제를 올렸다. 집안의 대소사를 절하며
고하고, 특히 형들이나 누나가 중·고등학교 입시에 합격하거나
학교에서 상을 받은 날에는 따로 절을 올리며 그 소식을 아버
지에게 알렸다.

그렇게 아버지의 삼년상三年喪이 매축지 조막만 한 집의 방 한
쪽 귀퉁이에서 치러졌는데, 그것은 엄마가 흰 상복을 입고 허
위허위 세상을 헤쳐 나가야 했던 긴 여정의 시작을 알리는 의
례였던 것이다.

매축지 단상埋築地 斷想

매축지는 행정구역상 부산시 동구 범일동과 좌천동에서 초
량까지 걸쳐 있었다. 그곳은 일제시대에 부산항을 확장 개발
하여 부산을 통한 일본 열도와 중국 대륙 간의 육상 해상 운
송 기능을 현대화하고, 궁극적으로는 대륙 진출을 위한 교두
보로 활용하기 위해서 부두 인근의 바다를 매립하여 정비한
곳이었다. 그곳에는 일제시대에 일본군의 군마軍馬를 관리하는
마방馬房이 대규모로 운영되었는데, 이후 해방과 6·25 전쟁을
거치면서 부산으로 내려온 피난민들이 마구간을 칸칸이 집으
로 개조하여 터를 잡고 살기 시작하면서 커다란 도시 빈민촌
이 형성되었다. 일제가 애초 군사적 용도의 마방을 지어 운영

하였으니 매축지는 계획된 구역 형태를 띠고 있었고, 특히 범일동 지역은 가로세로 각 이십여 미터로 거의 정사각형 모양으로 나누어진 구역마다 열 평 남짓한 크기의 집들과 두 칸의 공동변소가 들어섰고, 각 구역은 행정구역상 범일동 몇 통 몇 반의 반畊으로서 최말단 행정 단위로 구획되었다. 단위 구역은 대강 열두어 채의 집으로 쪼개어졌는데, 어떤 집은 세를 들여 두세 가구가 살기도 하였으니 한 구역마다 얼추 칠팔십 명의 사람들이 먹고 자고 일하고 쉬었다. 그러니, 거기에 붙어있는 단 두 칸의 변소를 칠팔십 명의 주민이 공동으로 사용하였다는 것이어서, 매일 아침이면 변소 앞에 두어 사람씩 줄을 서서 차례를 기다려야만 하였다. 그러나 그렇다고 차례를 다툰다거나 기다리다가 똥오줌을 지리는 사람은 없었다. 문 앞에 기다리는 사람이 있으면 스스로들 알아서 어서어서 볼일을 정리하여 기다리는 사람을 배려하였고, 정히 용무가 급한 사람은 앞사람에게 양해를 구하고 먼저 볼일을 보았다. 거기다 더해서 집집마다 방의 윗목이나 마루 한쪽에는 요강이 비치되어 있었기에 달랑 변소 두 칸으로도 그 많은 사람이 큰 문제 없이 매일매일의 생리 문제를 해결할 수 있었던 것이다.

6·25 전쟁통에 피난민들이 스며들어 만들어진 거주지이니 동

네 사람들은 각성바지에 고향도 전국 곳곳에 걸쳐 있었고 살아온 경력이나 배경도 천차만별이었다. 물론 칠팔 할의 주민이 억양이 강한 부산 말투를 썼지만, 동네 노인들의 길거리 장기판에는 전라도 남쪽과 경상도 북쪽의 말씨가 섞였고 피난 와서 정착한 평안도 아저씨와 옆집의 충청도 아줌마가 가끔 골목 청소를 누가 하느냐를 가지고 다투었다. 부둣길 건너 미군 보급창에서 일해서 영어로도 말할 줄 아는 중년 남자도 있었던 반면에, 바로 옆집에는 아마도 일제시대 이후 최후의 마방이었을 마구간을 대여섯 평 집 안에 두고 말을 먹이는 마차꾼도 살았다. 그 작은 마구간 집에서는 말과 사람이 같이 숙식을 하면서 편안하게 섞였다. 제법 사업에 성공하여 여러 집을 터서 창고로 운영하면서 트럭을 굴리는 운수업자도 큰길가 집에 살고 있었지만 대부분의 사람들은 고정적인 일거리를 가지지 못하고 하루 벌어 이틀을 먹었다.

일하는 사람보다는 노는 사람이 훨씬 더 많았고 특히 중·고등학교를 졸업하고도 일거리를 갖지 못한 청소년들은 피 끓는 젊음을 풀 데가 마땅치 않아 허구한 날 여기서 치고받고 저기서 때려 부수니 동네는 하루도 조용한 날이 없었다. 어느 놀고 먹던 중늙은이는 골목길에 자리를 펴놓고 바둑을 두다가 옆

골목에서 또 벌어진 노는 아이들의 때리고 부수는 소란에, 한 쪽 귀에 꽂아두었던 꽁초 담배에 불을 붙이며 '이놈의 동네는 집집마다 양아치 한두 놈씩 안 키우는 집구석이 없다'고 한탄 아닌 한탄을 했다.

어리거나 젊은 남자 건달들만으로는 부족했던지, 늘 구정물이 흘러서 봄철부터는 코를 막고 지나야 하는 개천 건너 좌천동에는 그 이름만 들어도 동네 어른 아이 할 것 없이 얼굴을 돌리면서 숨을 곳을 찾는, '대빵'이라는 범상치 않은 별호를 가진 여자 건달도 있었다. 나이는 갓 스물 남짓 되었는데, 이목구비가 뚜렷하고 키도 커서 제대로 꾸미고 차려입혀 놓으면 매축지 안에서는 어느 누구에게도 빠지지 않을 생김새였지만, 동네의 어느 누구도 감히 그녀에게 대놓고 말을 붙이지 못하였다. 그녀가 검은색 물 먹인 미군 야전잠바의 앞섶을 풀어 헤친 채 바지 주머니에 양손을 푹 찔러 넣고 껌을 찍찍 씹으면서 지나가면 어지간한 놈팡이들도 대부분 고개를 숙이거나 먼 산을 바라보며 딴청을 부렸는데, 자칫 눈이라도 마주치게 되면 '뭘 보노, 이 씨부럴 놈아! 치다보는 눈까리 먹물을 쪽 빨아 삘라' 같은 평상시에는 어디서도 듣기 힘든 험악한 지청구를 감수해야 했기 때문이었다.

대빵이 왜, 어떤 경위로 그런 위세를 지니게 되었는지에 대해서는 몇 가지 설이 있었다. 그 소문 중의 하나에 의하면, 몇 년 전 여중 졸업반이었던 그녀가 여름 방학 때 남들도 더위를 피해서 여름밤이면 다 그러듯이, 집 앞 골목에 돗자리를 펴고 잠을 자는데, 짧은 반바지에 민소매 셔츠만 입은 채 네 활개를 펴고 자고 있던 그녀를 본 이웃집 아저씨가 막걸리 몇 잔에 취해 늦은 귀가를 하다가 잠시 이성을 잃어버리고 말았다고 하였다. 이웃집 아저씨는 신발까지 벗고 슬그머니 돗자리 위에 올라가서는 그녀의 가슴팍을 더듬으며 혀를 그녀의 입술에 가져다 대었다는데, 그는 불행히도 당초의 목적은 달성치 못한 채 살점이 덜렁덜렁할 정도로 아랫입술을 있는 힘껏 물려서 입가에 피를 철철 흘리며 동네방네 창피를 당했다는 것이었다. 불운했던 그 아저씨는 그날 한밤중에 마누라한테 빨랫방망이로 머리까지 깨어져서 동네 병원으로 업혀서 갔고 결국은 그날 밤 사건 이후 달포가 지나지 않아서 리어카에 얼마 안 되는 가재도구를 싣고는 야반도주하듯 이사를 떠났다고 하였다. 빨랫방망이를 휘두른 아주머니는 이사하기 전에 자신이 깬 남편의 머리통까지 대빵에게 뒤집어씌우며 폭행죄로 파출소에 신고하였고 그녀는 피의자 신세로 파출소에 불려가서 조사를 받았는데,

'왜 처자處子가 야밤에 길바닥에 드러누워서 남의 춘정을 도발하였느냐'라며 쌍방과실 비슷하게 몰아가는 순경의 추궁에 할 말을 잃어버렸고 학교에서 퇴학까지 당하면서 '세상에 믿을 연 놈 아무도 없다'고 뇌까리며 인생행로를 백팔십도 바꾸었다는 것이 그중 유력한 설이었다. 매축지의 어느 놈팡이도 자제력이 좀 부족했고 운은 매우 나빴던 그 이웃집 아저씨의 전철을 밟고 싶지 않았기에, 그녀는 그 여름날 밤의 빛나는 행적을 후광으로 동네의 남자 건달들도 하나둘씩 휘하에 거느리게 된 것이라고 하였다.

나이가 조금 든 축은 그렇다손 치더라도 코흘리개 아이들로 말하자면 더 문제가 많았다. 먹을 것은 늘 부족하여 미국에서 무상 지원하는 밀가루로 수제비 떠 먹기를 보리밥 끓여 먹기만큼 할 때였는지라 '가족계획'이라는 현대적인 구호 아래 인구 증가를 막는 것이 국가경제 운영의 큰 과제가 되어, 가임기 여성에 대한 피임법 교육과 젊은 남자들에 대한 정관수술 시행 숫자가 각 동사무소의 주요 행정목표로 관리되었다. 정부에서는 '아들딸 구별 말고 둘만 낳아 잘 기르자'나 '하루 앞선 가족계획, 십 년 앞선 생활 안정'처럼 점잖은 가족계획 구호도 내어

놓았지만 '덮어놓고 낳다 보면 거지꼴을 못 면한다' 같은 저주 협박성 표어까지 지어서 대국민 홍보랍시고 방송에서 떠들고 포스터를 만들어 담벼락에 붙였다. 그러나 정부가 아무리 그런다고 조상 대대로 뿌리 깊은 남아선호사상을 단번에 김장철 무 뽑듯 뽑을 수는 없었고, 무엇보다 평소에도 별로 하는 일이 없어 늘 심심해하던 많은 국민들은 해가 지면 더 할 일이 없어져서 그나마 생산적인 작업을 멈추지 않았다.

그리하여, 마침내 어느 해의 매축지 성남국민학교 입학식에서 높은 단상에 뒷짐을 진 교장 선생님은 근엄한 목소리로 '우리 핵교가 금번 신입생 여러분들의 입학으로 인하야 총학생 수가 오천오백 명을 넘어서 전국에서 제일 큰 핵교가 되었음을 축하하믄서, 여기 모이신 여러 학부모님들과 재학생, 신입생 여러분과 더불어 이 기쁨을 같이하고 싶습니다'라고 축사 같지 않은 축사를 하였으며 아이들은 대한민국에서 제일 큰 학교의 재학생이라는 커다란 긍지로 가슴을 활짝 펴고 교장 선생님의 말씀을 경청하였던 것이다. 임진왜란 때 축조되었다는 석축 장대將臺인 자성대子城臺를 중심으로 동서남북 네 곳에 각각 성동, 성서, 성남, 성북국민학교가 있었는데, 색깔이 아예 새까맣고 일 년 내내 냄새가 진동하는 구정물이 흘러서 똥천이라고 불리던 동천東川을 사이에 두고 성동, 성북국민학교와 성남, 성서 국민학교가 나누어 위치하고 있었다. 네 학교는 성 주변의 공립 국민학교로서 은연중에 누가 더 나은지 학교 간에 경쟁심이 없지 않았던 것인데, 그 동서남북 사방 학교 중에서 일 등을 한 것은 물론이려니와 전국 일 등까지 차지했다니 성남국민학교 오천오백 어린이들의 자부심은 이루 말로 다 할 수 없었다.

그러나 학생 수로는 전국 최고가 되었지만 시설은 그에 따르지 못하여 학교에 실내 강당 하나 없었다. 아이들은 한겨울 매서운 추위에도 찬 바람 몰아치는 운동장에서 열리는 월례 조회 때마다 떨어져 나갈 것 같은 귀를 감싸고 얼어붙어 아려오는 발을 동동 구르느라 교무주임 선생님과 교장 선생님의 말씀을 알아들을 겨를이 없었다. 일제 때 지어져서 건축 수명이 다해가던 학교 남쪽의 단층 목조 교사校舍는 일이 학년 반들이 사용했는데, 교실 마루 밑에는 쥐들이 무리 지어 살고 있어서 가끔은 수업 시간에 나타난 쥐를 잡느라 소동이 벌어지기도 하였다. 하지만 그 낡은 교사나마 깨끗하게 잘 관리해야 했으므로 아이들은 집에서 쓰다 버리는 수건이나 아버지의 구멍 난 러닝셔츠로 걸레를 만들어와서 창문 유리를 뽀드득뽀드득 소리 나게 닦았고, 수시로 나갔다가 들어오고는 하는 전기 사정 때문에 모든 가정의 필수품이었던 양초 중에 다 쓰고 버리는 것들을 가져와서 유리창 틀과 교실 문턱을 반질반질 윤이 나도록 문질렀다.

부산은 겨울에도 기후가 상대적으로 온화한 곳이기도 하려니와 나라의 에너지 절약정책에도 적극 부응하고, 또한 자라나는 어린이들의 극기력을 고양한다면서 한겨울에도 교실에는 연탄난로 하나 피우지 않았다. 부산이 아무리 겨울 날씨가 따뜻하기로서니, 겨울 방학은 12월 하순 크리스마스 직전에 시작되었으니 찬 바람 부는 11월 이후에는 저학년 아이들은 너나 할 것 없이 누런 콧물을 코에 달고 살아서 교복 소매는 말라붙은 코로 반질반질 윤이 났다. 점심 도시락을 싸 와야 하는 4학년 이상 고학년생은 4교시 마친 후의 점심시간에 차디찬 도시락을 덜덜 떨면서 먹었는데, 그나마 당번이 급탕실에서 커다란 주전자로 뜨거운 보리차를 받아와서 양철 도시락 뚜껑에 조금씩 나누어주었기에 아이들은 그 따뜻한 보리차로 언 몸을 조금 녹일 수 있었다. 전국에서 제일 큰 학교에 다니는 우리의 헤어 스타일은 남학생들의 경우 거의 머리를 빡빡 깎거나 공장에서 찍어낸 듯 똑같이 눈썹 위에서 머리를 일자로 잘라서 멀리서 보면 모두 챙이 똑바른 모자를 쓴 것처럼 보였다. 그러나

28

매축지의 '성남'국민학교와는 학교 이름의 순서만 바꾼 대청동의 '남성'국민학교에 다니는 아이들은 어른들처럼 하이카라로 머리를 멋지게 좌우로 빗어 넘기고는 그 위에다가 앙증맞은 초록색 베레모까지 쓰고 다녔다. 그 학교에 다니는 친척을 둔 4학년 아이 하나는 어느 추운 겨울날 이빨을 딱딱 부딪치며 도시락을 먹은 후 시작된 5교시 도덕 수업 시간에 용감하게 손을 들고 선생님에게 물었다.

"샘예, 샘예, 저어기 대청동에 있는 남성국민핵교 댕기는 지 사촌이 그라던데예, 그 핵교는 반마다 난로가 있어가꼬 그 난로에다가 밴또를 뎁서 점심밥을 뜨뜻하게 먹는다 카던데예?"

"그래서, 우짜라꼬?"

교무실에서 난로에 뎁힌 도시락을 따뜻하게 드시고 온 선생님은 퉁명스레 반문했다.

"어데예, 뭘 우짜라는 거는 아이고예, 우리 핵교도 날이 이래 추븐데 난로를 쫌 피우먼 안 될랑가 싶어서예."

"야, 이 자슥아, 그런 거는 니 애비 밥상머리에 앉아서 물어 바라. 니는 그 학교 공납금이 얼만지 알기나 아나? 사립하고 공립은 학교 수준이 다른 기라. 완전히 다른 학교라꼬… 어데 비교할 데를 비교하고 물어 볼 꺼를 물어 바야지, 정신머리 엄는 자슥."

　선생님은 매우 한심하다는 표정을 지으며, 전국에서 제일 큰 학교가 꼭 제일 좋은 학교는 아닐 수 있다는 현실을 하필 도덕을 교육해야 할 시간에 별로 도덕적이지 못하고 매우 비교육적인 방식으로 아이들에게 일깨워주었다.

　전국에서 제일 많은 학생 숫자를 자랑한다는 것은 전국에서 최고로 바글바글한 교실을 만들 수밖에 없어서 키가 작은 아이부터 건제순建制順으로 매기는 번호는 보통 한 반에 칠십 번을 넘기고 어떤 반은 팔십 번에 이르렀다. 조금 기억력이 나쁜 선생님은 담임을 맡은 일 년 내내 자기 반의 학생 이름을 못 외우기도 하였으며 어느 학년은 1반에서 15반까지 있기도 해서 학급수도 전국 최고를 자랑하였다. 그러나 학급 수가 많아진다고 무작정 교사校舍를 증축할 수도 없는 일이었기에 하루 수업이 네 시간밖에 되지 않는 1학년에서 3학년까지는 오전반·오후반으로 나누어 2부제 수업을 하기까지 했는데, 한 주를 오전반으로 아침 여덟 시에 수업을 시작하면 다음 주는 오후 한 시부터 오후반으로 편성되었다. 보통의 부모님들은 하는 일들에 바빠서였는지 아니면 평소의 교육철학이 그랬는지는 모르지만 아이들을 시골 마당에 닭을 풀어 먹이듯 방목 아닌 방육放育하여서, 오후반으로 한 주를 지낸 후 오전반이 시작되는 다음 주 월요일 아침에도 지난주처럼 느지막이 늦잠을 자다가 지각을 하는 아이들이 하나둘이 아니었다. 간혹 지각하게 되면 지난주처럼 오후반인 줄 알았다고 불쌍하고 처량한 표정을 지으며 선생님께 변명해서 용서받는 경우도 있었지만, 월화수목 오전반으로 잘 나오다가 금요일 지각하면서 지난주처럼 오후반인 줄 알았다는 이치에 맞지 않는 이유를 둘러대다 괘씸죄로 손바닥에 멍이 들게 30센티미터 대나무 자로 맞은 아이도 있었다.

아이들은 주변의 무관심 속에서 무한에 가까운 자유를 누렸지만 그나마 알량한 국민 의무교육의 혜택을 제대로 받기 위해서는 스스로 정신을 바짝 차리고 살아나가야 하였다.

스스로 정신을 바짝 차리고 하루하루를 살아가기 위해서 최선을 다했는지 아닌지는 각자가 판단할 문제였지만, 어떤 아이들은 본인의 뜻만으로 정신을 올바르게 유지할 수 없는 경우도 있었으니, 엄마가 술도가에서 얻어 온 술지게미로 아침을 대신해서 먹은 어느 아이는 불콰한 얼굴빛을 하고 약간 흐트러진 걸음걸이로 등교하기도 하였다. 술지게미 대신 방앗간에서 얻어 온 깻묵을 부수어 먹고 학교에 오는 아이들도 있었는데, 그 아이들은 가까이만 가도 고소한 깨 볶은 냄새가 진동하

여서 술지게미를 먹고 시큼한 막걸리 냄새를 풍기는 아이보다
야 훨씬 학생다웠지만 새까맣게 탄 깻묵을 먹고 나면 며칠간
배변을 하는 데 약간의 애로가 있었던 것이 문제라면 문제랄
수 있었다.

   교육 이야기가 나왔으니 하는 말인데, 1968년 12월 5일에 정
부에서는 저명한 학자들이 숙의에 숙의를 거듭하여 만들었다
는 '국민교육헌장'을 반포하였다. 나중에 당시 정부가 한 일은
무엇이든 비판하던 쪽에서는 그것을 일제시대 일본 육사 출신
의 대통령이 메이지 천황 때에 만들어진 일본의 '교육칙어'를
베껴서 만든 거라고 폄하하기도 하였지만, 그에 담긴 뜻만은
거룩하고 높아서 새겨서 들어 볼 만하였다. 새겨서 들어 볼 만
은 하였으되, 문제는 당장 다음 해 봄 새 학기가 시작되자 전
국적으로 국민학교 2학년과 고등학교 3학년에 차별을 두지 않
고 장문의 한자어로 가득한 국민교육헌장을 토씨 하나 틀리지
않고 암기해야 했다는 것이었다. 어찌 이제 겨우 한글을 깨친
국민학교 2학년 코흘리개들이 그 내용의 일부분이나마 제대로
이해할 수 있었을 것이며 그 길고도 어려운 내용을 외우라면
서 그 어느 누구도 그것이 무슨 뜻인지 해설 한 번 제대로 해

주는 법도 없었으니, 코흘리개들은 오로지 선생님으로부터의 꾸중과 체벌을 피하기 위하여 이를 악물고 국민교육헌장을 달달 외우고 외웠다. 국민학교 1학년들이 국민교육헌장 암기 대상에서 제외된 것은 아이들이 입학 전부터 구슬이나 딱지 따먹기를 하면서 아라비아 숫자는 자연적 선행학습이 되어 있었지만, 한글로 말하자면 가나다라를 깨친 아이들이 한 반에 한 손에 꼽을 지경이었기에 우선 한글부터 가르쳐야 했던 것이 그 원인이었을 뿐이었다.

'우리는 민족중흥의 역사적 사명을 띠고 이 땅에 태어났다. 조상의 빛난 얼을 오늘에 되살려, 안으로 자주독립의 자세를 확립하고 밖으로 인류공영에 이바지할 때다'로 시작되는 국민교육헌장은 발 빠른 어른들이 얇은 플라스틱 책받침에 인쇄해서 문방구에서 팔기 시작했다. 국민교육헌장 웅변대회까지 교육청에서 준비하던 터라 아이들은 2학년과 6학년을 가리지 않고 너도나도 그 책받침을 사서 '길이 후손에 물려줄 영광된 통일 조국의 앞날을 내다보며, 신념과 긍지를 지닌 근면한 국민으로서 민족의 슬기를 모아 줄기찬 노력으로 새 역사를 창조'하기 위해서 자나 깨나 그 내용을 외우느라 여념이 없었다. 대부분의 코흘리개는 국민교육헌장을 무작정 외우면서도 그 내용이 무슨 소린지 자세히는 알 수 없었지만, 옛말에 글을 백 번 읽다 보면 스스로 그 뜻을 깨친다 했듯이 나라 사랑하는 마음이 저절로 끓어 올라 '민족중흥과 인류 공영에 반드시 이바지하고야 말겠다'고 다짐했다. 그러나 개중에는 '내가 어떻게 태어났는지도 기억이 없는데, 누가 무슨 놈의 역사적 사명을 태어나자마자 내게 줬다는 건지 당최 알 수가 없다'고 투덜대던 고학년생도 있었고 '조상의 얼이 그리 빛났으면 임진왜란 병자호란에 온 나라가 거덜 나고도 정신을 못 차린 채, 또 일제 치하 삼십육 년을 당하고 남북으로 쪼개져서 골육상쟁까지 하고서는 자손들 사는 꼬락서니가 요 모양 요 꼴이 되었겠냐'며 동네 동생들에게 열변을 토하는 고등학생 형도 있었다.

나라에서는 같은 해에 국민들의 나라 사랑하는 마음을 더욱 고취하고자 '국기에 대한 맹세'도 제정하였다. 학교 조회 시간에는 애국가를 4절까지 부르고, 국기 게양대에 높이 펄럭이는 태극기를 올려다보며 '조국과 민족의 무궁한 영광을 위하여 몸과 마음을 바쳐 충성을 다할 것을 굳게 다짐'하였다. 매일 전국적으로 국기 강하식이 시행되어 늦은 봄부터 이른 가을까지는 오후 여섯 시, 늦은 가을부터 이른 봄까지는 오후 다섯 시 정각에 소방서 망루의 사이렌이 울리면 사람들은 길을 걷다가도 모두 멈추어 서서 왼쪽 가슴에 손을 얹고 국기에 대한 맹세를 읊조렸다. 어느 아주머니는 시장바구니를 들고 저녁 찬거리를 사러 가는 길에 건널목을 건너다가 때마침 불어오는 국기 강하식 사이렌 소리에 찻길 한가운데에 멈추어 서서 국기에 대한 예를 갖추다가 자칫 불귀의 객이 될 뻔하기도 하였다.

어른 아이 할 것 없이 애국심과 인류 공영을 향한 사명감이 한껏 고양되던 시절이었다.

지구본地球本

아버지는 세상을 떠나면서 엄마와 우리 다섯 남매에게 다정스러운 말 한마디 남기지 않았지만, 매축지 열 평 칠 홉의 작은 집에서 그나마 앞으로 먹고살 거리는 남겼다. 아버지는 매축지에 이사 오면서부터 잘사는 집 거실의 장식용이나 전국 각급 학교의 자료실에 비치되어 학생들의 세계사나 지리 시간의 부교재로 사용되는 지구본地球本을 제작하는 일을 시작하였는데, 그래서 집안의 가장 큰 재산은 지구본을 구성하는 부분 중 가장 중요한 지도의 원판 필름이었다. 그 필름으로 매축지에서 멀리 떨어진 부평동에 있던, 당시에는 우리나라에서 제

일 큰 공책 인쇄·판매업체인 '건문 노트인쇄사'에서 컬러 인쇄로
수 천장을 뽑아내면 그 부피만도 상당하여 집의 낮고 작은 다
락방을 그득히 채웠다. 지구본은 둥그런 구球의 표면에 그 지도
를 풀로 붙여서 만들었다. 지도는 마치 박격포탄처럼 가운데가
볼록한 원추형 모양으로 지구 전체를 스물네 조각으로 나누어
서 인쇄되어 있었고 그 스물네 조각을 조심스레 가위로 오려
내어서 경위도선을 맞추어가며 알루미늄 재질의 커다란 구 표
면에 붙였다. 인쇄된 지도 각 장의 경계선이 지도의 경도와 적
도 표시선이어서 자칫 가위로 자르다가 그 선을 먹어버리기라
도 하면 지도 한 장을 못 쓰게 되므로 인쇄 원지를 자르는 일
은 매우 정교하고 집중된 가위질이 요구되는 작업이었다. 그래
서 가위는 어떤 종이든 갖다 대고 살짝 힘을 주기만 해도 깨끗
하게 밀리면서 잘릴 정도로 예리하게 날이 서 있었다. 원추형
모양의 지도 낱장은 각각 적도를 기준으로 북반구와 남반구로
나누어져 있어서 또 그 위아래의 낱장을 짝을 맞추어서 정교
하게 다림질로 붙여서 한 장으로 만들었다.

구의 크기는 직경 50센티미터를 넘을 정도로 당시 전국에서
제작되는 지구본 중에서 제일 큰 것이었는데, 굵은 알루미늄괴
塊를 집에서 멀리 떨어진 남부민동의 '국제 압연'에서 납작한 알

루미늄판으로 만든 후 반구半球 형태로 다시 압착하고, 두 개의 반구를 맞붙여서 하나의 구를 만들었다. 반구를 붙이는 작업도 까다로워서 마분지를 3센티미터 정도의 폭으로 길게 자르고 거기에 풀칠하여 먼저 하나의 구 안쪽의 테두리에 띠처럼 바르고 나머지 반구를 조심스럽게 맞추어 끼워서 말렸다. 알루미늄 재질의 구 위에다 인쇄된 지도를 바로 붙이는 것은 불가능하여서 고물상에서 구해온 시멘트 포대를 깨끗이 털고 물에 씻어서 말린 후 길게 잘라내어서 구의 표면에 풀칠해서 붙이고 손에 딱 맞는 크기의 빈 동동구리무 용기로 계속 문질러서 표면을 매끄럽게 한 후에 그 위에 지도를 붙였다. 이 역시 정확하게 경위도선을 맞추어서 붙여야 했으므로 지도를 자르는 작업만큼이나 세심한 주의가 필요하였다. 동네를 돌며 작은북을 둘러매고 북채로 그 북을 둥둥 치면서 사람들을 모아서 '동동구리무'라고 불렀던 화장용 로션 크림은 자그마한 흰색 용기에 덜어서 팔았는데, 그 유리 용기의 입 부분으로 살살 문지르면서 주름이 지지 않게 종이를 곡면의 알루미늄 구에 붙이는 것이었다. 이렇게 지도를 구에 완전히 붙여서 건조한 다음에는 그 위에 투명한 광택제인 니스를 칠해서 보존성과 완성도를 높였다. 니스를 칠해서 말려 놓으면 지구본에 그려진 파란 바다와 초록빛 들판, 노랗거나 진한 갈색의 언덕과 산들은 반짝반짝 빛났고 최종 조립 전에 수십 개의 지구를 쌓아 놓으면 조그만 집의 방과 다락은 마치 커다랗고 예쁜 공으로 가득 채워진 별세계 같아 보이기도 하였다.

지구를 세우는 지지대를 만드는 일은 망치와 쇠톱, 펜치와 스패너 등이 동원되는 철공 작업이었다. 우선 지지대를 세울 쇠로 된 발판을 부산진역 가는 길에 있던 철공소에 주문해서 집으로 가져왔다. 이 발판은 모양이 특이했는데, 옛날 공책에 아버지가 그림으로 그려가며 그 모양을 고심했던 흔적이 남아 있었다. 서울의 몇몇 다른 업체에서도 지구본을 만들었는데 대부분은 발판이 둥그런 원판 형태였던데 반해 아버지가 만든 지구본 발판은 옛날 솥 모양으로 세 개의 발로 지구본 전체를 지탱하게 되어있어서 특이한 모양과 안정성에서 다른 제품들과 차이가 났다. 차이가 나는 것은 좋았지만 그를 위해서는 별도의 비상한 노력이 필요하여서, 우선 삼발이 모양의 기본 틀을 철공소에 주문해서 가져와서 일일이 집에서 망치로 두드려가며 각진 곳과 둥근 모양을 만들었고 새파란 마린블루 색깔의 페인트를 칠해서 지구본의 바다 색깔과 맞추었다. 많은 수공手工이 들어가는 작업이었다.

지구의 지축이 23.5도 기울어져 태양 주위를 돌고 있으니 그 모양대로 지구를 지탱할 테를 만들기 위해 2센티미터 폭의 긴 강판을 일정 크기로 잘라내었다. 그 기다란 테를 또 일일이 망치로 두들겨서 완벽하게 동그란 호弧 모양으로 만드는 것도 많은 정성이 들어가는 작업이었다. 테와 발판을 연결하는 부분은 촛대라고 불렀는데, 그것은 10센티미터 정도 길이의 작은 원기둥으로 위아래에 테와 발판을 연결하는 부분이 튀어나와 있어서 일견 작은 촛대처럼 보이기도 하였다. 이 활 모양의 테와 촛대를 보림연탄 공장 부근에 있던 도금공장에서 반짝반짝 빛나는 은색 도금을 입혀서 지구본의 전체 완성도와 고급스러움을 더했다.

　지구본과 테, 발판 작업이 완료되면 이제 지구본을 테에 최종 체결하는 작업이 남았다. 직경 50센티미터가 넘는 커다란 구를 은빛 도금으로 빛나는 테에 연결하기 위해서는 우선 0.5센티미터 정도 굵기의 철사를 구의 직경보다 좀 더 길게 자른 후, 철사의 양쪽 끝 1센티미터 정도에 끌을 사용하여 수나사를 파내었다. 그 후 지구의 남북극에 뚫린 구멍을 그 철사로 관통시켜서 23.5도 기울어 세워져 있는 테의 아래·위 쪽 구멍에 끼우고 금색 도금이 입혀져 있는 예쁜 나비 너트로 고정하였다.

기다란 철사를 구의 양쪽 끝 조그만 구멍에 꿰는 일은 간단치 않아서 아래쪽에 우선 철사를 넣은 후에 위쪽 구멍에 눈을 갖다 대고 조심스레 구 속의 철사 끝을 위쪽 구멍으로 끼워야 했는데, 자칫 눈을 찌를 수도 있어서 특별한 주의가 필요하였다. 작아서 빠트릴 뻔 하였는데, 구에 철사를 끼워 넣고 나면 지구본 양쪽 구멍의 끝에 오백 원짜리 동전만 한 알루미늄 조각을 덧대었는데, 이것도 알루미늄판 위에 학교에서 쓰는 컴퍼스로 동그랗게 표시를 한 후에 가위로 오려내고 한가운데에 펀치로 작은 구멍을 내어서 철사가 끼워진 구의 위아래를 막았다. 그 위에는 구에서 빠져나온 철사와 테 사이를 지탱하고 원활하게 지구가 회전할 수 있도록 직경 0.5센티미터 정도의 동 파이프를 약 1.5센티미터 정도 길이로 쇠톱으로 잘라서 끼운 후에 마지막으로 나비 너트로 테와 체결하여 하나의 지구본을 완성하였다.

지구본이 완성되면 커다란 투명비닐로 포장을 하고 골판지 박스에 넣은 후 테이프로 봉하면 최종적으로 판매를 위한 준비가 완료되는 것이었다. 완성품 박스의 크기도 만만치 않아서 하나만 해도 높이가 어른 허리춤 넘게 올라올 정도여서 가끔 주문이 많을 때는 포장한 박스들을 집 앞 골목에 한가득 쌓아두기도 하였다. 보통 서울로는 한 번에 일이십 개씩 부산 진역의 화물 열차편이나 부둣길에 있던 정기화물 트럭을 통해 실어 보내었고 부산은 광복동과 남포동에 밀집해 있던 과학교재 판매상에게 리어카꾼을 통해 배달하였다. 커다란 박스에는 '취급 주의'라고 인쇄된 붉은 색깔의 꼬리표와 '부산 지구공업사'라고 적힌 흰색의 꼬리표를 각각 부착하였다. 부산시 동구 범일동 매축지의 열 평 칠 홉 우리 집은 '부산 지구공업사'였던 것이다.

지구본 하나를 완성하는 데는 수십 가지의 부품이 필요했는데 특히 그중에서도 철물을 사서 운반하고 자르고 칠하는 일들은 큰형과 둘째 형이 주로 맡았지만, 엄마가 직접 망치로 철판을 두드려 테를 만들고 쇠톱으로 동 파이프를 자르기도 했다. 엄마는 일이 있을 때면 하루 종일 방 안에 앉아서 알루미늄 구 위에 지도를 입히는 일을 계속했고, 주문이 많을 때는 동네 아줌마들도 동원되어서 동동구리무 통들을 들고 시멘트 포대 종이를 알루미늄 구 표면에 바르는 작업을 도우며 반찬값을 벌었다. 양반다리를 하고 앉아 지구를 바르느라 엄마 발목의 바깥쪽 복숭아뼈는 납작하게 눌러서 굳은살이 박였다. 동네 아주머니들은 엄마를 '지구야'라고 불렀으며 우리는 지구집 아들딸로 불렀다.

지구는 서울·부산을 위시해서 전국의 각급 학교에 팔려서, 어느 해인가 전국에서 학생 수가 가장 많은 매축지 성남국민학교의 자료실에도 비치되었다. 집에서 매일 보는 지구본을 학교 자료실에서 처음 봤을 때는 같은 집에서 먹고 자는 식구를 낯선 곳에서 마주친 느낌이었다. 엄마와 형들이 만든 지구본은 전국의 학교에 공급될 만큼 팔리기는 하였고 아마도 어떤 부잣집에서는 거실이나 서재에 두기도 했을 것이다. 그러나 지구본이 며칠 쓰고 버리는 물건도 아니고 당시 집에 그런 물건을 두고 살 만큼 부자들이 많은 것도 아니었으니, 부산 지구공업사의 벌이는 딱 다섯 남매를 먹이고 입히고 학교 보낼 정도였던 것이다. 아버지가 남겨 놓은 지구 만드는 일은 그 뒤 큰형과 둘째 형이 군대를 다녀오고 직장에 취직하고 내가 고등학교에 입학할 때까지 계속되었다.

대리점 격으로 서울의 과학 교재사들로 납품해 주던 서울사는 친척 아저씨나 직접 거래를 하던 부산의 과학 교재사들은 너나 할 것 없이 모두 외상으로 물건을 떼어갔다. 어떤 경우는 자신들이 물건을 팔고 돈을 받아야 우리에게 대금을 지

불하기도 했고 가끔 서너 달짜리 어음을 끊어주기도 하였으니 모두 외상거래였고 그마저도 제때 수금이 되는 경우는 드물었다. 부산 과학사들에 대한 수금은 큰형이 가끔 나가는 경우도 있었지만 주로 엄마가 직접 거래처들을 찾아가서 하였는데, 집에는 전화도 없었으니 사전약속을 하기도 쉽지 않았지만 설사 약속을 했더라도 찾아가면 허탕 치기가 일쑤였다.

어느 날 내가 학교 오전반 수업을 마치고 집으로 돌아와서 '엄마, 배고푸다. 밥 도!'라고 외치며 작은방 문을 열었는데, 엄마는 앉은뱅이책상 위의 작은 거울 앞에 앉아서 동동구리무를 얼굴에 찍어 바르며 외출준비를 하고 있었다.

"야~야, 엄마하고 밖에 같이 나가까? 뻐스 타고 저어기 시내로 놀러 가자. 나가서 맛있는 점심도 사 묵고."

평소 엄마는 시장에 반찬거리를 산다거나 가까운 친척집을 찾거나 할 때는 엄마 치맛자락을 잡고 따라나서는 나를 데리고 다니고는 했지만 지구본을 만들어서 파는 일에 관련되어서는 그러는 법이 없었다. 그날 엄마가 시내로 외출하는 것은 물어볼 것도 없이 일과 관련된 것이 분명하였고, 내가 같이 가겠다고 떼를 쓰지도 않았는데도 불구하고 엄마가 먼저 내게 손을 내밀었던 것이다.

　나는 좋아서 팔짝팔짝 뛰면서 엄마 손을 잡고 부둣길의 버스 정류장으로 나갔다. 시내로 가는 마이크로버스는 일종의 승합차로 열두어 명 정도 타면 딱 맞을 크기의 소형 버스였는데, 코밑수염이 거뭇거뭇해서 아이도 아니고 어른도 아닌 정도의 남자 차장이 승객들을 온몸으로 밀어 넣으면 그 작은 버스의 정원이 몇 명인지는 누구도 알 바 아니었다. 나는 콩나물시루 가운데에 묻힌 작은 콩나물처럼 승객들 사이에 끼여서 겨우 엄마 손을 붙들고 버스가 흔들리는 대로 몸을 맡겼다. 시내 구경에 대한 기대 하나로, 연소가 제대로 안 되어서 버스 뒤꽁무니로 시꺼먼 매연을 토해내는 질 낮은 휘발유 냄새와 버스를 가득 메운 승객들의 땀 냄새를 참으며 남포동의 커다란 개봉관 극장 앞에서 버스를 내렸다. 버스 운전사는 빽빽한 콩나물시루에서 콩나물들이 제대로 자리를 잡을 수 있도록 하기 위한 배려였겠지만, 수시로 조리질하듯 운전대로 좌우로 흔들어대어서 정류장에 내린 나는 하늘이 노래지고 땅이 울렁거리는 듯하여 엄마의 손을 잠시 꼭 붙들었다.

　시내는 번화해서 별천지였다. 개봉관 주변으로 중국 요릿집과 경양식집, 유명한 설렁탕집이 연이어 붙어있는가 하면 그 건너편에는 털이 발가벗긴 닭 여러 마리가 알루미늄 통 안에서

쇠꼬챙이에 꿰인 채 노릇노릇 구워지고 있었고, 몇 집 건너 제과점의 쇼윈도에는 도저히 사람이 만든 것이라고는 생각할 수 없을 정도로 예쁜 과자와 케이크들이 가지런히 진열되어 있었다. 매축지에서는 듣도 보도 못한 갖가지 먹을 것들이 세상에는 널려있었던 것이다.

엄마가 내 손을 이끌고 찾아간 곳은 '세기世紀 과학사'라는 간판을 붙인 제법 큰 과학 교재사의 사무실이었다. 광복동 대로변의 스무 평가량은 될 듯한 제법 큰 사무실 입구에는 인체 해부도, 인체 모형, 현미경과 망원경, 플라스크나 비커와 알코올램프를 비롯한 각종 과학 교재와 실험도구뿐 아니라 여러 가지 크기의 우리나라와 세계지도가 전시되어 있었고, 그 가운데에 '부산 지구공업사'의 지구본도 번듯하게 자리를 잡고 있었다. 엄마는 내 손을 붙들고 그 사무실로 들어서며 사무실 구석의 커다란 책상 뒤편에 앉아 있던 사내에게 공손히 인사했다.

"안녕하셨습니꺼, 최 사장님. 부산 지구에서 왔습니다."

최 사장님이라 불린 사람은 살집이 좋은 커다란 덩치에 포마드로 빗어 넘긴 머리는 형광등 아래에서 윤이 났으며 얼굴에도 기름기가 번지르르했다. 그는 엄마를 보자 반갑게 자리에서 일어서다가, 엄마 뒤를 따라 들어서는 나를 보자 흠칫하며 약간 놀라는 듯 보였다.

"아, 아지매, 어서 오이소. 참, 오늘이 지난번 지구 납품 대금 지불하기로 한 날이지요? 점심식사도 같이 하기로 했고…. "

잠깐 놀라는 눈치를 보이던 그는 언제 그랬느냐는 듯이 점잖게 웃으며 우리를 맞이하였다. 감은 지 사나흘은 되는 내 머리를 손가락까지 머리숱 속으로 집어넣어서 쓰다듬으며 그는 '아들내미인 모양이지요? 고놈 참 똘똘하게 생깃다'라고 칭찬이랍시고 말했지만, 나는 그 말이 의례적인 인사에 불과하다는 것을 잘 알고 있었다. 매축지에서도 누구나 다른 집 아이들에 대해서 '고 놈 참 대가리도 나쁘게 생깃다'라던지 '그 가시나 참 더럽게 못생깃다'라고 하는 법은 보지 못했기 때문이기도 하였지만, 무엇보다 처음 들어섰을 때 그가 보였던 행동거지로부터 썩 마뜩잖은 느낌을 받았기 때문이었다.

세기과학사의 최 사장과 '아지매'라고 불리었지만 엄연히 부산지구공업사의 대표인 엄마와 나는 햇살이 눈부신 광복동의 거리로 나섰다. 점심 때가 좀 지난 오후의 도심 길거리는 여전히 번화하고 분주하였는데, 최 사장은 엄마와 나를 길 건너편 식당으로 데리고 들어갔다. 홀에 4인용 식탁이 열 두어 개 늘

어선 제법 큰 규모의 한식당이었는데, 식당에 들어서면서부터 코를 찌르는 구수한 음식 냄새에 아침에 학교 가기 전에 보리밥 한 그릇을 먹은 후 점심때도 한참 지난 시간까지 곯은 내 배 속에서는 며칠 굶은 짐승 몇 마리가 사납게 몸을 뒤채는 듯 했다.

"아지매는 뭐 드실라요? 이 집은 소고기국밥하고 불고기를 잘하는데."

불고기 소리에 배 속의 짐승들은 아예 목구멍을 차고 올라와서 입 밖으로 튀어나올 듯이 맹렬하게 보채기 시작하였다. 소고깃국에 하얀 쌀밥 한 그릇이면 더할 나위 없는 진수성찬이었는데, 거기에 더해서 불고기라니. 두 해의 생일을 한 번에 차려도 맞을 수 없는 일생일대의 성찬임이 분명하였다. 얼마 지나지 않아서 경상도식으로 밥과 국이 따로 차려진 소고기국밥과 생전 처음 보는 듯 구경한 지가 까마득한 불고기가 전골 냄비에 차려졌다.

"니는 공부 잘하제? 공부 열심히 해야제. 그래야 커서 판검사 맨치로 훌륭한 사람이 되지."

최 사장은 눈앞에 차려진 진수성찬에 온정신이 팔려 있는 내게 원하지도 않았고 해봐야 효과도 없을, 하나 마나 한 훈시를 계속했다. 그러나 그가 그러거나 말거나 나는 소고깃국 뚝배기에 하얀 쌀밥을 말아 넣고 입천장이 데는지 콧물이 흐르는지 아랑곳하지 않고 국밥을 떠먹고 불고기를 집어 먹었다. 짭짜름하고 달콤한 불고기도 입에 들어가면 녹는 듯 없어져 버렸지만 국밥에서는 말로 표현할 수 없는 오묘한 향기와 맛이 났는데, 나중에 엄마에게 물어본 바로는 그것은 후추의 향이었다. 거기에는 매운 듯도 하고 달콤한 듯도 하며, 뜨거우면서도 서늘한 향기가 황홀하게 뒤섞여 있었다. 엄마에게서 그것이 후추의 향과 맛이라는 말을 듣고 '엄마, 우리도 담부터는 밥에 후추 뿌리 묵자'고 나는 엄마에게 말하였는데, 엄마는 슬며시 웃었다.

밥을 다 먹어갈 즈음에 최 사장은 숟가락을 식탁 위에 탁 소리 나게 놓으며 식당 주인을 불렀다.

"주인장, 이기 뭔교? 아니, 사람 먹는 음식에 신문지 쪼가리가 뭐꼬, 신문지 쪼가리가!"

거의 비워진 최 사장의 국그릇에는 작은 신문지 조각이 흐물흐물하게 익은 대파에 엉켜 있었다.

"내가 손님까지 모시고 단골이랍시고 이래 찾아왔는데, 오는 날이 장날이라 카디마는. 장사 쫌 지대로 하소!"

최 사장은 무슨 불편한 심경이었던지 소리 높여 식당 주인을 몰아붙였고 식당 주인은 대파를 싸서 보관하던 신문지 조각이 국물에 묻혀들어간 것 같다며 사과하고 '사장님의 국밥 값은 제해드리겠다'고 했다. 최 사장의 국밥에 신문지 조각이 들어갔으면 엄마와 내가 먹은 국밥도 다른 집에서 끓이지 않은 이상 같은 대파를 넣고 같이 끓여서 최 사장의 국과 마찬가지로 신문지가 우러난 국물일진대, 왜 최 사장의 국밥값만 제해주는지 잠시 궁금증이 일었지만 여덟 살 난 아이가 어른들 다툼에 끼어들기도 뭣하여서 나는 입을 다물었다. 아마도 나는 정신 없이 국밥을 퍼먹느라 최 사장 국그릇에 남은 신문지 조각보다 훨씬 더 큰 것을 이미 먹어버렸을 수도 있었지만 크게 상관하지 않았다. 맛있었고 배불렀다.

두어 달 전에 납품한 지구본 대금이 담긴 누런 편지 봉투를 최 사장은 한 손으로 엄마에게 건네었고 엄마는 일어서서 허리 굽히며 두 손으로 그 봉투를 받았으며, 불고기 3인분과 소고기국밥 두 그릇의 값은 엄마가 치렀다.

엄마가 처음이자 마지막으로 나를 데리고 일을 나갔던 그날 이후로 최 사장은 지구본 주문이나 대금 지불을 핑계로 엄마에게 점심 먹자, 차 마시자는 소리를 하지 않았다. 그날 식당에서 나와 내 손을 붙들고 자갈치시장 맞은편에 있는 버스정류장까지 걸어가는 엄마의 걸음걸이는 단호하고도 당당해서 나는 엄마에게 붙잡힌 손을 놓칠세라 종종걸음을 쳤는데, 나중에 돌이켜 생각해 보니 엄마는 그때 세상을 향해 이렇게 외치고 있었던 것이다.

'보아라,

나는 이 아이들의 엄마다.

나는 홀로 되어서 이 아이들 오 남매를 내 몸 하나로 보듬는다.

그러하되, 내가 너희에게서 섣부른 위로나 값싼 동정을 바라지 않듯이 너희가 나를 함부로 대하는 것 또한 원치 않는다.

나는 이 아이들의 엄마다.'

4

작은 방의 젊은 그들

　매축지 16통 4반 골목 한 귀퉁이 서너 평 남짓한 작은 집에 어느 날 새로운 가족이 이사해 들어왔다. 그 새 둥지만 한 집은 기다란 직사각형 모양에 부엌과 방, 또 작은 부엌과 작은방이 순서대로 배치되어 있고 출입문도 두 개의 부엌에 각각 나 있어서 그 작은 집에 두 가구가 살 수 있도록 만들어져 있었다. 그래서 전에 살던 사람은 작은방을 세내어줘서 두 가족이 살기도 했었지만 새로 이사 온 젊은 부부는 작은방을 옷이나 가재도구를 두는 창고 비슷하게 사용하였다. 따뜻한 4월의 봄날에 이사 온 그 집의 새 주인은 시장의 방앗간에서 시루떡을 쪄와서 동네 집집마다 돌리며 인사를 하였는데, 서른이 채 안 되어 보이는 젊은 새댁은 하얀 피부에 시원시원한 이목구비가 당시 여배우로서 최고의 인기를 누리던 문희보다 나았으면 나았지 못하지는 않다고 떡 쟁반을 받아 든 동네 사람들이 이구동성으로 말했다. 젊은 아내 못지않게 남편 역시 하얀 피부에 훤칠하게 큰 키에다가 자연적으로 웨이브 진 반곱슬머리를 단정히 빗어 넘긴 모습은 영화배우 최무룡을 닮아서 동네 사람들은 선남선녀 딱 맞는 배필이라며 칭찬 반 시샘 반으로 이야기했다. 젊은 부부에게는 부모를 닮아 말 그대로 인형처럼 예쁜 갓 두 돌이 지난 딸이 하나 있었는데 그 예쁘고 행복해 보이는 가족은, 말을 할 때도 억양이 거친 부산 사투리를 쓰지 않고 라디오 연속극에 나오는 사근사근한 서울말 표준어를 쓸 것 같아서 어쩐지 매축지의 우중충한 분위기와는 어울리지 않아 보였다.

남편은 초량동 산 중턱에 있는 부산에서 제일가는 명문 공립 중학교의 국어 선생이었다. 그 학교 학생의 교복 소매와 교모에는 하얀 줄이 둘러져 있었으며 다른 학교들과는 달리 학생들에게 운동화 대신 새까만 가죽구두를 신고 등하교를 하도록 하였다. 그것은 일제 시대에 근대 교육제도가 도입되면서 각 시도별로 명문 학교를 육성하기 위하여 그 학교들에게 부여한 자부심의 표시였는데, 흰 줄 쳐진 교모를 쓰고 구두를 신고 지나가는 그 학교 학생들은 주변 여중학교 학생들로부터 선망의 눈길을 한 몸에 받았다. 명문 상급 학교 진학률로 학교들의 순위가 매겨졌고 명문 학교에 진학하기 위한 경쟁도 치열하여 어지간히 먹고살 만한 동네에서는 학부모들의 지나친 교육열로 인한 치맛바람이 교육 비리로 비화되어 가끔 신문 사회면을 장식하기도 하였다. 과외가 만연하여 그럭저럭 괜찮은 학교이기는 하였지만 최고 명문에는 좀 미치지 못하는 학교에 다니던 동네 중학생 하나는, 물상物象 과목을 가르치는 담임 선생이 나이 마흔도 되지 않아 대지 칠십 평짜리 이층 양옥집을 광안리에 지었다고 수업 시간에 자랑하더라는 말을 동네 친구들에게 전하며 국어나 영어, 수학 같은 주요 과목이 아님에도 불구하고 그 정도였으니 저도 커서 중학교 수학이나 영어 선생이 되어 더 큰 돈을 벌겠다고 다짐하기도 했다. 얼마나 자신의 성취가 자랑스러웠으면 담임 맡은 중학교 2학년 아이들을 앞에 두고 그런 이야기를 했을까 싶기도 하지만 그런 자랑이 빡빡머리 아이들에게 크게 교육적이지는 못했을 것은 분명하였다. 여하간에 그럴 정도로 과외가 만연하여 박봉의 교육공무원인 중고등학교 선생들은 어지간하면 방과 후 과외를 통해 월급보다 더 많은 비과세 수입을 올렸던 것이다. 그 물상 선생에 비해서 젊은 남편은 아직 서른 남짓이었으니 교사 경력이 그리 길지 않은 것도 있었지만, 그래도 부산 최고 명문 중학교에서 국어를 가르치면서 학교에서 가까운 곳에 집도 구하지 못하고 새 둥지만 한 매축지의 서너 평짜리 집으로 이사 온 것에 대해서 자녀 교육에 약간의 관심을 가지고 있었던 몇몇 이웃들은 의아해했다.

"희한하제? 반 똥통 중학교 물상 선생도 광안리에 번듯한 이층집을 지었다 카는데, 저 젊은 선생은 부산중학교에서 갈친다믄서 어데 갈 데가 엄써서 이 매축지 하고도 제일 작은 집에 들어와서 살꼬?"

"그래, 쫌 이상키는 이상타. 생긴 거도 멀끔하고 그래도 부산중학교 선생이라카믄 실력이 엄는 거는 아일끼고, 과외를 안 하는갑지?"

"그 학교 댕기는 아~들은 원래 공부를 잘해서 과외 거튼 거는 아예 안 하는 긴강?"

"어데? 갸들도 부고(부산고)로 바로 올라갈라꼬 더 머리 싸매고 공부 한다 카든데…"

학교 교사들이 과외로 비과세 수입을 올리는 것을 구태여 법에 어긋난다고 말할 수는 없었지만 모두 먹고살기가 어려워서였는지 다양한 생계형 불법과 탈법이 횡행하였다. 뒷배나 돈이 있으면 군대도 아예 면제를 받거나 하다못해 배치라도 편한 곳으로 받는 병역 비리가 만연하였으며, 하다못해 시장통의 쌀집에서조차 곡식을 재는 되의 윗부분을 대패로 깎아내어서 되의 양을 줄였고 고춧가루 장사는 붉은 물감을 들인 톱밥을 고춧가루에 섞어서 그 양을 늘렸다.

까마득한 옛날부터 조상 대대로 상호부조의 미풍양속으로 이어져 내려오던 계契도 그러한 수단으로 변질되기도 하였다. 낙찰계는 서로 잘 아는 사이의 지인들 간에 매월 일정 금액을 모아서 추첨을 통하거나 높은 할인율을 써내는 방식으로 낙찰자를 선정하여 한 사람에게 목돈을 만들어주는 일종의 사적私的 적금이었다. 주로 한 동네의 여자들 간에 계를 조직하였는데, 일본말로 '오야'라고 불렸던 계주가 사람을 모으고 돈을 걸어서 전체 계를 관리하였다. 은행에 적금을 든다고 목돈을 대출해 주는 것도 아니어서 이런 낙찰계는 곳곳에서 성행하였는데, 매축지도 예외는 아니었다. 미군 부대에서 흘러나오는 화장품, 커피, 씨레이션과 양주 등 갖가지 미제 물건들을 전문으로 팔아서 '미제 아지매'라고 불리던 여자가 굴다리 근처에 살고 있었는데, 장사하면서 만들어진 안면을 통해서 어느 날 낙찰계를 만들고 아는 사람들을 찾아다니며 계원들을 모집하였다. 부산진시장에서 장사하는 사람들을 포함해서 스무 명 이상의 아주머니들이 그 낙찰계에 가입했고, 이사 온 지 그리 오래되지도 않은 문희를 닮은 새댁도 앞집 여자의 강권에 가까운 추천으로 생전 처음 계를 들었다. 보통 첫 번째 낙찰은 관례상 '오야'가 타갔기에 그 계의 첫번째 낙찰도 '미제 아지매'가 받아갔는데 그 후 얼마 지나지 않아서 그녀는 홀연히 종적을 감추고 말았다. 미리 준비하였던 듯, 월세 살던 집도 깨끗이 정리하고 말 그대로 한밤중에 이삿짐 보따리를 싸서 야반도주하였던 것인데, 알고 보니 '미제 아지매'는 다른 계도 서너 개 더 만들어서 마찬가지로 돈을 빼먹고 사라져버린 것이었다. 파출소에 신고하고 피해를 본 아줌마들이 여기저기 알 만한 곳을 찾아다니며 탐문을 하기도 했지만 아무런 소용이 없었다. 소위 계가 '빵구'난 것인데 그 일로 남편과 대판 싸우느라 그렇지 않아도 별로 많지 않은 집안의 가재도구를 부숴 먹은 집도 몇 군데 있었다.

"천하에 못된 년. 문디 콧구멍에 마늘을 빼 묵고 걸뱅이 동 냥그릇에 쉰 밥을 훔치 묵지, 어데 사기 치 묵을 데가 엄써서 여기 매축지 사는 사람들 돈을 사기 치 묵는단 말이고. 발가배

끼가꼬 동네방네 조리를 돌릴 년…"

"그년이 우리 계만 빵구를 낸 기 아이고, 다른 데서도 계를 몇 개 해 묫다 카고, 미군 부대 물건 값도 마카 띠 묵고 날랐다 안 카나. 그년은 천벌이 무섭지도 안 한강?'"

피해를 본 사람들은 모여 앉아 화풀이랍시고 욕을 해댔지만 이미 깨진 그릇 이 맞추기로 만사휴의였다. 새댁을 그 낙찰계에 끌어들인 앞집 아주머니는 '나도 당했는데 우짜겠노, 그냥 더러븐 년 만나서 액땜했다 치야지'라며 위로 아닌 위로를 건넸지만, 박봉의 중학교 교사 월급을 알뜰히 모아서 살림 밑천이라도 조금 마련하려 했던 새댁의 상심은 작지 않았다.

세상살이는 팍팍하고 먹고살기도 힘들어서 하루 벌어 이틀 먹는 사람이 많아서였는지 곳곳에 좀도둑이 들끓었고 소매치기는 만원버스 간과 시장통을 가리지 않고 기승을 부렸으며 각종 형태의 네다바이 사건이 심심찮게 신문 사회면을 장식하였다. '미제 아지매'처럼 낙찰계를 빵구내고 야반도주하는 사건은 다반사였고, 며칠 후 이사 나가는 세입자 전세금을 갚아주기 위해서 낙찰계에서 받은 돈과 은행에서 찾아온 큰돈을 장롱 깊숙이 넣어두었던 매축지의 어느 집에서는 문단속도 제대로 하지 않은 안주인이 옆집에서 동네 사람들과 육백 화투를

치며 노는 사이에 감쪽같이 돈 보따리가 사라져서 온 동네를
들쑤신 듯 난리가 나기도 했다. 그 집 안주인은 파출소에 신고
도 했지만 스스로도 범인 색출에 직접 나섰다. 용하다 해서 불
러온 무당은 양법禳法을 한다면서 죽은 고양이 한 마리를 깨끗
한 그릇에 담고 이웃집의 대여섯 살 난 어린 여자아이와 한 방
에 넣어두고 굿을 하면 떠 놓은 정화수에 그 여자아이의 눈에
만 보이는 도둑의 얼굴이 어린다고 장담하였다. 그러나 애꿎은
고양이 한 마리만 죽어나가고 도둑은 결국 얼굴을 드러내지
않아서, 무당은 굿값을 반으로 깎자는 주인아주머니와 다투다
가 굿상이 뒤집어지기도 하였다.

어느 여름날 오후에 허름한 차림의 중년 여자가 골목길을 마
주한 작은 부엌에서 설거지를 하고 있던 문희를 닮은 새댁에게
말을 걸었다.

"아이구 다리야. 새댁, 새댁. 찬물 한 사발만 좀 얻어 마시고
갈 수 있겠능교?"

냉수 사발을 한 번에 들이킨 중년의 여자는 선 김에 좀 쉬어
가자며 치맛자락을 쓸어 안고 문지방에 걸터앉아서 이런저런
말을 붙이기 시작했다. 자신은 시골에서 부산 사는 동생 집을
찾아왔으나 동생이 어디론지 이사를 가버리고 없어서 시골집

으로 돌아가야 하는데, 지갑이 든 가방도 소매치기를 당하여 오도 가도 못하게 되었다며 하소연을 늘어놓았다. 그 여자는 가방은 소매치기당했다면서도 작은 보퉁이에서 두 홉들이 소주병에 담긴 것을 꺼내어서는 시골에서 직접 딴 꿀이라며 집에 돌아갈 차비나 하게 그걸 좀 사 달라고 애원하였다. 예쁜 얼굴만큼이나 마음씨도 고왔던 새댁은 나중에 보니 흑설탕을 끓여 졸인 물로 드러난 꿀값을 후하게 쳐주었다.

"아이고, 새댁. 얼굴만 이뿐 줄 알았다마는, 마음씨는 더 이뿌네. 새댁은 후제 죽어서도 천당 갈끼구마는. 고맙고도 고마븐기라. 그런데, 시외뻐스 탈라믄 내가 어데로 가야 할지 도통 모리겠네. 뻐스터미널 갈라믄 우째 가야 되능교, 새댁?"

시외버스터미널은 제법 멀리 떨어진 조방朝紡 앞을 지나서도 한참을 더 가야 해서 꼬불꼬불 미로같은 매축지 길을 말로 설명해서는 누구라도 초행길에 쉽게 찾아갈 수 있는 곳이 아니었다. 중년의 여인은 난처해하는 새댁에게 시외버스터미널을 찾아갈 수 있게 큰길까지만이라도 길 안내를 좀 해달라며 손을 붙들었고 새댁은 그 부탁을 뿌리칠 만치 모질지 못했다. 새댁이 딸 아이를 포대기로 업고 나서는데 그 여자는 지나가는 말투로 새댁에게 한마디 했다.

"촌에 살다가 부산 나와서 쓰리까지 당하고 봉께네 인자 뭐를 할라 캐도 겁부터 나네. 세상이 험해서 이 동네라꼬 좀도둑이 엄찌는 않을 끼니 문단속을 잘해야 할 끼라. 금붙이나 돈되는 것들은 몸에 지니고 댕기는 기 맞을 끼고."

새댁은 평소에는 닳을까 싶어 끼지도 않고 옷장 서랍에 깊이 넣어 두었던 석 돈짜리 결혼 금반지와 다섯 돈짜리 금목걸이에다가 딸 아이 돌에 친정아버지가 시골에서 보리농사 지어 모은 돈으로 맞추어 준 한 돈짜리 돌 반지까지 챙겨서 길을 나섰다. 가짜 꿀을 판 여자는 진짜 꿀을 입에 바른 듯 쉴새 없이 이런저런 말을 건네며 끊임없이 입을 놀렸고 새댁은 그냥 웃으며 응대하는 중에 그들은 어느덧 매축지 국민학교 앞 큰 사거리에 이르렀다. 신호등의 파란 불을 기다리며 건널목에 잠시 멈춰 서 있는 사이에, 여자는 갑자기 '아이고, 저기 뭐꼬!'라며 큰 소리로 비명을 질렀다. 깜짝 놀란 새댁이 고개를 돌려 뒤를 돌아보는 순간 여자는 아기를 업은 포대기를 받친 손에 쥐고 있던 새댁의 손가방을 순식간에 빼앗아서 빨간불이 켜져 있는 건널목을 쏜살같이 건너 달아났다.

"아이고, 아이고. 이 일을 우짜꼬."

새댁은 비명을 지르며 건널목을 건너 따라가 보았으니 날다

람쥐처럼 날쌔게 학교 앞 시장통으로 빠지는 길로 사라져 버린 여인을 딸아이를 업은 채로 따라잡을 수가 없었다.

새댁은 눈물을 철철 흘리며 집으로 돌아왔다. 목숨처럼 귀하게 여기던 결혼 패물과 농사짓느라 볕에 얼굴이 새까맣게 그을린 아버지가 웃으며 건네준 아기의 돌 반지를 잃어버린 것이 너무나 마음 아프고 사기를 당한 자신이 스스로 미워서, 저녁 때면 웃으며 귀가할 남편 얼굴을 어떻게 볼지 하늘이 무너지는 듯하였다.

우여곡절을 겪은 새댁은 이사 들어온 지 2년여 만에 매축지를 떠났고, 그 작은 집에 새로 들어온 가족은 딸만 둘을 둔 삼십 대 초중반의 부부였다. 그 집의 남편은 일용직 노동일을 하는 듯 불규칙적으로 아침에 집을 나갔다가 일찍 들어오기도 하고 가끔은 땀과 먼지에 절은 채로 어두컴컴한 저녁에 귀가했다. 부부는 두 사람 다 무뚝뚝하니 말수가 적어서 동네 사람들과 잘 어울리지는 않았지만 남들을 해코지하거나 남의 말을 함부로 옮기거나 하지 않고 그냥 있는 듯 없는 듯 두 딸을 데리고 묵묵히 하루하루를 살았다. 그 집은 앞에서 말했듯이 서너 평 남짓한 집에 작은방과 더 작은 부엌이 딸려있었는데, 새로 들어온 부부는 그 작은방마저 성도 이름도 모르는 떠돌이 장사꾼에게 내어주고 월세를 받아서 일용日用에 보태었다. 사정이 그러니 손바닥만 한 방 하나에 어린 두 딸과 부부 네 사람이 오글오글 모여서 살았는데, 추운 겨울이야 모르겠지만 뜨거운 한여름을 어떻게 살아내는지 궁금할 지경이었다. 그들이 이사 온 지 일 년 남짓 지난 후 아내의 배가 조금씩 불러오는 듯하더니 얼마 지나지 않아서 그녀는 산파도 부르지 않고 혼자서 세 번째 아이를 집에서 순산했는데, 아들이었다. 그 좁은 방에서 아이를 어떻게 만들었는지 재주도 좋다는 농을 던지며 동네 아주머니들이 미역국을 끓여다 주기는 했지만, 아내는 아이를 낳고 바로 다음 날 툴툴 자리를 털고 일어나서 딸들을 챙겨먹이고 집안일을 다시 시작했다. 원래 말도 없고 남들에게 감정 표현도 거의 하지 않는 부부였지만 아들을 낳고 나서는 이웃들에게 자주 웃는 모습을 보였고 저녁에는 골목길을 면한 작은 창문을 넘어서 온 가족의 웃음소리가 갓난아이의 울음소리에 섞여서 흘러나오기도 하였다.

일용직 남편의 수입은 일정치 않았고 작은방의 월세 또한 아이들 고기반찬 한번 제대로 해줄 것도 못 되어서 아내도 손에 잡히는 대로 일을 시작하였다. 자갈치시장에서 생선을 양동이로 떼와서 머리에 이고 다른 동네로 다니며 팔기도 했고 여름에는 생선을 담아 팔던 양동이에 우뭇가사리 콩국을 만들어 머리에 이고 자갈치시장에 나가서 자신에게 생선을 팔던 상인들에게 콩국을 팔았다. 우뭇가사리를 연탄 화로 위의 커다란 솥에 넣고 한참을 엉기거나 눌어붙지 않게 저으면 진득하게 되는데 이것을 묵이나 두부처럼 굳혀서 채 위에 놓고 조심스레 누르면 국수처럼 가는 우뭇가사리 가락이 만들어졌다. 여자들은 이것을 콩국에 말아서 양동이에 이고 다니면서 팔았는데, 여름에는 허기진 배 속을 채워주는 음식으로 콩국을 사서 먹는 사람들이 제법 있어서 매축지에는 여러 집에서 삶은 콩을 맷돌에 갈아서 콩국물을 만들고 연탄 화로를 골목에 내어놓고 우뭇가사리를 고았다.

그러던 어느 날 아침, 다른 집에서는 아침 밥상들을 물릴 때쯤에 벽을 사이에 둔 옆집에서도 들릴 만한 아내의 흐느낌 소리가 그 작은 집에서 새어 나왔다. 그 울음은 오랫동안 계속되었고, 점심때가 가까워질 무렵에 두 눈이 벌겋게 충혈된 남편이 공사판 일을 나갈 때 쓰던 삽을 한쪽 손에 들고 다른 쪽 팔로는 포대기에 싼 작은 무엇인가를 안은 채 집을 나섰다.

그 부부는 그 후로 아들을 낳기 전보다 더 말이 없어졌고 동네 사람 누구에게도 무슨 일이 있었는지 말하지 않았다. 그러나 동네 사람들은, 전날 일하느라 지친 부부가 좁디좁은 방에서 아기가 어디에 눌린 줄도 모르고 곯아떨어졌다가 그런 안타까운 일이 벌어진 것일 거라며 자기네들끼리 수군대면서 쯧쯧 혀를 찼다.

채 돌이 지나지 않은 그 아기는 그때까지 출생신고도 되어있지 않아서 달리 사망신고를 할 것도 없었는데, 태어나는 생명도 많았지만 어떤 목숨은 세상에 태어난 흔적도 없이 애처롭고도 덧없이 스러졌다.

볶음밥, 도시락 그리고 개미

설날과 추석을 빼면 제일 먹을거리가 풍성하고 놀 거리가 많아서 신나는 날은 봄, 가을 소풍과 5월 5일 어린이날 그리고 가을 운동회였다. 그중에서 어린이날은 일 년 삼백육십사일 동안 온전한 사람 취급을 못 받으며 압박과 설움 속에 지내다가, 일 년에 단 하루 그날만은 우리가 세상의 주인인 양 방송에서도 하루 종일 어린이들을 받들어 떠들어대고 전국적으로 어린이들을 위한 행사가 곳곳에서 벌어지는 등 지난 1년간의 서러움을 보상받는 날이었다. 어린이가 그렇게 소중하면 평소에 귀하게 대해야지 왜 1년에 딱 하루 날을 잡아서 이렇게 난리를 치는지 한편 야속하고도 궁금했지만, 어쨌든 연필이나 공책 등학용품과 사탕, 과자가 든 선물 꾸러미를 나눠주고 '오늘은 어린이날 우리들 세상'이라며 거국적으로 축하를 해주니 기분 나쁠 일은 전혀 아니었다. 어린이날이면 전교 회장과 학급의 반장을 비롯한 지도위원 아이들의 부모님들은 미리 모여서 어린이날 예산의 규모를 논의하고 각자 갹출할 현금이나 현물을 정해서 5월 5일 당일 전교의 모든 어린이가 '우리들 세상'을 만날 수 있도록 정성을 다해 준비하였다. 물론 반마다 선물의 종류나 규모의 차이는 약간 있었지만 암묵적으로 어느 정도 비슷한 수준의 선물이 모든 어린이에게 골고루 돌아가도록 조율되어 있어서 4학년과 6학년 간에 혹은 1반과 12반 간에 큰 차이는 없었다. 하기야, 일이십 명도 아니고 자그마치 오천 명도 훨씬 넘는 아이들에게 선물을 골고루 나누어 주는 것만 해도 생각해 보면 보통 일은 아니었던 것이다.

가을 운동회로 말하자면 아이와 어른 모두 뒤섞여 한바탕 뛰어노는 동네잔치였는데, 한 가지 문제는 학생 오천여 명과 가족들을 모두 한 번에 모아서 행사를 하려면 부산에서 제일 큰 구덕 공설 운동장을 빌려서 해도 충분치 않았을 것이어서 하는 수 없이 오전에는 주로 저학년생들의 놀이 위주로, 오후에는 고학년생들의 달리기 줄다리기 등 경기를 치렀다. 어린이날 선물과 마찬가지로, 따지고 보면 별로 크지도 않은 운동장에서 그 많은 학생과 선생님과 학부모들이 모여서 하루 만에 그 큰 행사를 문제없이 치를 수 있었던 것만 하여도 칭찬을 해 주고도 남을 일이었다. 닥치면 안 되는 일은 없는 법이었다. 가족들도 도시락을 싸서 응원하러 와서 학부모 달리기 대회에도 참가하고 아이들과 점심 도시락을 운동장에 앉아서 나누어 먹었는데 그 많은 사람이 다 운동장에 앉을 수는 없었기에 빈 교실로 올라가서 밥을 먹는 가족들도 많았다. 청군 백군으로 나뉘어서 청군은 파란색 모자들을 쓰고 백군은 같은 모자를 하얀색이 밖으로 나오도록 뒤집어 쓴 채 한나절을 뛰고 응원하느라 소리치며 정신없이 놀다 보면 아이들의 얼굴은 가을 햇볕에 발갛게 익고 이마에는 땀방울이 송골송골 맺혀서 모두 하나하나 예쁜 가을꽃들 같아 보였다.

봄 가을 소풍 역시 운동회나 어린이날 못지않게 기다려지는 축제일이었다. 간다고 해봐야 유엔묘지나 성지곡 수원지 혹은 멀지 않은 산에 가서 장기자랑하고 보물찾기해서 연필이나 지우개를 상품으로 받고 하루 노는 것이 전부였지만 어디가 되었건 일단 매축지와 학교에서 벗어나는 것만으로도 충분히 즐거운 일이었다. 소풍 가는 날에는 평소에는 맛보지 못하는 과자와 음료수며 맛있는 도시락으로 소풍 가방을 각자의 형편에 따라서 채웠다. 먹기 위해 소풍을 오는 듯 커다란 가방이 미어 터지게 싸서 오는 아이도 있었고 작은 륙색에 몇 가지 먹을 것 만 챙겨 오는 아이들도 있었지만, 빨갛고 노란 해태 사탕과 입에 넣으면 저절로 스르르 녹아버려서 안타까움을 자아내기까지 하는 달콤쌉쌀한 롯데 초콜릿과 마시고 나면 목구멍으로는 트림이 올라오고 코가 싸해지는 초록색 병의 칠성 사이다는 아이들 소풍 가방의 필수품이었다. 점심 도시락은 거의 예외 없이 김밥이었다. 그 김밥들은 또 십중팔구 아주 얇게 저민 나무판자와 마분지로 만든 일회용 도시락에 담겼는데 그 일회용 도시락의 마분지 뚜껑에는 붉은색과 초록색으로 예쁜 꽃이나 동물들의 그림이 그려져 있었다.

엄마는 운동회 날에도 소풍 가는 날에도 일회용 도시락을 쓰지도, 김밥을 싸 주지도 않았다. 몇 년에 한 번 아주 가끔 김밥을 싸준 적이 있었던 것으로 보아 엄마가 김밥을 쌀 줄 몰랐던 것은 아닌 게 분명한데, 대부분의 경우 엄마는 볶음밥을 만들어서 평소 들고 다니는 양철 도시락에 싸주었다. 그 볶음밥은 흔하디흔한 어묵이나 잘하면 비계가 많이 붙은 돼지고기를 볶은 다음 파, 당근 등을 잘게 썰어서 밥과 함께 식용유에 볶은 것이었다. 엄마가 싸 준 볶음밥은 알록달록 색깔이 예쁘기도 했거니와 고소한 맛도 사실은 김밥보다 나았으면 나았지 못하지 않았다. 하지만 양철 도시락의 볶음밥을 소풍 가방에서 꺼내 보면 도시락을 싼 신문지에 볶음밥의 기름이 새어 나와 얼룩이 져 있었고 다 먹고 나서도 일회용 도시락처럼 버리지도 못하고 다시 기름 묻은 신문지에 싸서 빈 도시락을 가져와야 했다. 빈 양철 도시락 안에 젓가락을 넣어 놓으면 소풍에서 돌아오는 내내 떨거럭거리며 도시락과 젓가락이 부딪치는 소리를 등 뒤로 들어야 했다. 물론 아예 소풍도 못 올 만큼 집안이 가난한 아이들도 간혹 있었지만 자주도 아니고 일 년에 두어 번 있는 나들이에 김밥을 못 싸 줄 만큼 우리가 형편이 어렵지는 않았는데, 왜 엄마는 늘 볶음밥만을 싸 주는지 나는 궁금했다. 저학년 때에는 엄마가 김밥보다 볶음밥을 더 좋아하는 것인가 생각도 했지만 대놓고 묻지는 않았는데, 고학년으로 올라간 4학년 봄 소풍 가기 전날 마침내 나도 남들처럼 김밥을 일회용 도시락에 싸 달라고 엄마에게 대놓고 요구하였다.

소풍 가는 날 아침, 엄마는 평소보다 훨씬 더 일찍부터 부엌에서 도시락을 준비했고 전날 시장에서 사 온 일회용 종이도시락에 김밥을 싸 주었다. 아침에 그 김밥 도시락이 든 소풍

70

가방을 메고 집을 나서면서 나는 왜 엄마가 평소에 김밥 대신 볶음밥을 만들었는지를 이해할 수 있었다. 아이들이 하나둘도 아니니 여러 개의 도시락을 싸야 하는 데다 명색이 소풍이고 운동회 날인데 꽁보리밥 도시락을 싸서 보낼 수도 없으니 엄마는 시간을 절약하는 방편으로 볶음밥을 택한 것이었다. 엄마는 바빴던 것이고, 나는 그날 이후로 엄마에게 김밥을 싸 달라고 요구하지 않았다. 다시 말하지만 기름 냄새가 고소한 볶음밥이 친구들에게서 하나씩 얻어먹어 본 어느 누구의 김밥보다 더 맛있기도 하였고….

3학년 때까지는 하루 네 시간 수업이라 도시락을 쌀 필요가 없었지만 학교에서는 미국의 무상원조로 들여온 옥수수로 만든 식빵과 가루우유를 물에 풀어서 끓인 우유를 하고 전에 아이들에게 나누어 주었다. 크기가 어지간한 아이 머리통만 한 옥수수 식빵은 늘 양이 모자라서 주로 시험에서 백 점을 맞은 아이나 당일 청소분단 아이들에게만 선별적으로 나누어졌지만 커다란 양재기에 풀어 끓인 우유는 다행히 모든 아이에게 한 컵씩 골고루 주어졌다. 4학년에 올라가자 6교시까지 수업이 이어졌으므로 도시락을 싸서 다녀야 했다. 평소 형이나 누나가 매일 싸가던 도시락을 부러워했던 나도 이제 점심을 도시락으로 학교에서 먹을 수 있는 의젓한 고학년이 된 것이었다. 형들의 도시락이라 해봐야 보리밥에다가 양철 도시락 안에 같이 넣게 되어있는 작은 반찬통에 멸치조림이나 장아찌 같은 적은 양의 건건이로 채워져서 집에서 먹는 밥보다 낫다고 할 수도 없었지만, 친구들과 여럿이 둘러앉아 먹는 점심시간은 학교 가는 가장 큰 재미 중의 하나였다. 간혹 계란말이를 도시락 반찬으로 싸 오거나 태양처럼 빛나는 계란후라이를 밥 위에 턱 하니 얹어서 도시락을 싸 오는 아이도 드물게 있었지만 점심 도시락을 싸 올 형편도 못되어서 점심시간이면 운동장 한쪽의 수돗가로 내려가서 찬물로 빈속을 채우던 아이도 한 반에 두어 명씩 있었다. 이상하게도 4학년 올라가자 갑자기 우리나라가 잘사는 나라가 되어버렸는지 아니면 다른 무슨 사정이 있었는지 옥수수빵과 물에 푼 가루우유 무상 급식도 중단되어서 도시락을 못 싸 오던 아이들은 3학년 때보다 형편이 더 어려워졌다.

4학년에 올라가자 담임선생님도 3학년 때까지의 여선생님 일색에서 남자 선생님으로 모두 바뀌었고 역시 고학년답게 방과 후 학내 과외가 시작되었다. 우리 반 담임 선생님은 주산과 암산에 특기나 취미가 있었던지 특이하게 주산과 암산을 방과 후에 가르쳤다. 선생님은 학년 초 가정방문을 하면서 초면의 아이 담임 선생님에게 뭐 하나라도 더 대접하려고 안절부절못하는 학부모들에게 어지간해서는 거절하기 힘든 제안을 넌지시 하였다. 선생님은 '향후 중학교 가서도 수학을 잘하기 위해서는 지금부터 주산과 암산을 통해 수학적 머리를 잘 키워 놓는 것이 중요하다'는 것을 가정방문을 가는 집집마다 이야기를 했던 것이다. 선생님의 적극적인 반강제성 추천과 일반 과외보다는 좀 싸게 책정된 과외비로 인해서 보통 한 반에 여남은 명 남짓한 과외 학생 숫자가 우리 반에서는 자그마치 스물 댓 명 가까이나 되었다. 우리 반 아이들의 가정 형편이 다른 반보다 특별히 나았을 리도 없고 우리 반 아이들의 부모님들이 유별나게 아이들의 미래 수학 성적에 관심이 컸을 리도 만무한데, 아무튼 그랬다. 바꾸어 생각해보면, 가정방문을 온 초면의 아이 담임 선생님이 주산 과외를 하는 게 좋겠다며 싼 과외비까지 들먹이면서 강요 아닌 강요를 하는데도 불구하고 팔십 명 넘는 반 학생들 중에 과외받는 아이가 스물 댓 명 남짓이었던 것을 보면 나머지 아이들의 가정 형편은 안 봐도 뻔한 일이었다. 담임 선생님은 아예 산수 시간에는 산수책의 내용과 상관없이 주산과 암산을 수업 시간의 반쯤을 할애하여서 선행 학습을 한 과외 받는 아이들이 그 실력을 유감없이 발휘하도록 했다. 우리 반은 주산과 암산을 잘하는 아이들과 그렇지 못한 아이들로 나누어졌다.

공부를 잘하고 말수가 적던 어느 친구는 주산 과외를 받지 않는 축이었는데, 그 아이는 어느 산수 시간에 치러진 암산 시험에서 과외를 받는 아이들을 모두 물리치고 일 등을 해버리고 말았다. 시험은 선생님이 부르는 암산 문제를 손을 들고 맞추는 방식이었는데 문제는 갈수록 조금씩 어려워졌고 열두어 번째 문제까지 가서 손을 든 아이는 그 친구 하나뿐이었다. 그날 정규 암산 시험이 끝나고 나서 선생님은 번외로 그 아이만을 일으켜 세워 놓고 계속 더하기 빼기 암산을 시켰다.

"놓기를, 칠십육이요, 더하기를 오십칠이요, 더하기를 이백삼십일이요, 빼기를 백이십오요, 더하기를…."

선생님이 숫자를 부르는 속도는 조금씩 빨라졌고 결국 그 친구는 계산을 놓쳤다. 선생님은 의기양양해서 말했다.

"이래서 지 아무리 대가리가 좋다 캐도 주산하고 암산을 따로 배워야 하는 기라."

다행히도 5학년에 올라가면서 코가 동글동글해서 만화에 나오는 마음씨 좋은 아저씨같이 생긴 새 담임 선생님은 가끔 계란말이를 도시락 반찬으로 싸올 수 있는 아이들 몇 명만을 대상으로 방과 후 일반 과외를 했지만 특별히 과외를 받는 아이들과 받지 못하는 아이들을 달리 대하지 않았다.

4학년 때 사라졌던 무상 급식이 5학년 봄부터는 유상으로, 돈을 내고 빵과 우유를 사서 먹는 것으로 변경되었다. 가운데 하얀 생크림 버터가 든 삼미빵 하나에 유리병에 든 부산우유 한 병을 점심 도시락 대용으로 돈을 내고 먹으란 것이었는데, 짐작건대 그것은 당시 국가적으로 시행되던 분식과 혼식 장려 정책의 일환이었을 것이다. 그러나 아무리 나라에서 장려하고 영양학적으로 어떤지는 모르지만 빵 하나와 우유 몇 모금은 고봉밥을 먹고서도 돌아서면 허기졌던 아이들의 배를 채우기에는 턱없이 부족했다. 그리하여 유상 급식을 시작한 날 빵과 우유만으로 점심을 때운 후 뭔지 모를 배신감과 채워지지 않은 허기를 안고 오후 수업을 마친 아이들은 다음 날부터 모두 도시락을 다시 싸 와서 빵과 우유에 더 해서 도시락까지 배불리 먹었다. 유상 급식을 못 하는 아이들도 제법 되었는데, 나는 밀가루 음식을 별로 좋아하지 않기도 해서 평소처럼 건건이 반찬의 도시락으로 점심을 때우고 유상 급식이 시행되는 것을 엄마에게 말하지는 않았다. 반에는 여전히 도시락을 싸 오지 못하는 아이가 둘 있었다.

쌀이 부족해서 집에서 쌀 막걸리를 담가 먹는 것이 불법으로 처벌까지 받는 시절이었으니 분식과 혼식은 국가 차원의 정책으로서 각급 학교에 강제되었다. 분식을 장려한다고 국수나 수제비를 도시락으로 쌀 수는 없는 일이었으니 도시락은 보리쌀 함량 이십 프로 이상의 보리밥으로 싸야 했다. 불시에 혼식 실행 점검이 실시되는 날이면 우리는 모두 책상 위에 도시락 뚜껑을 열어놓고 엄숙하게 차려자세로 앉아서 선생님의 판정을 기다렸다. 전날 제사를 지냈거나 혹은 집에서 쌀밥만 먹는 몇몇 부잣집 아이들은 옆자리 아이의 보리밥과 섞어서 보리 비율을 맞추기도 했고, 어떤 아이는 아예 생보리쌀을 늘 비닐봉지에 넣어 다니며 도시락 검사를 하는 날에는 그 생보리쌀을 쌀밥 위에 뿌려서 검사를 받았는데 그것을 본 선생님은 헛웃음을 짓고 지나쳤다.

5학년 가을이 다가오면서 보온밥통에 점심을 싸 오는 아이들이 하나둘씩 늘어났다. 그 보온밥통은 동그란 스테인리스 찬합으로, 아래에는 밥을 담고 그 위를 반찬을 담는 찬합으로 덮고 또 그 위에는 뜨거운 국물을 담을 수 있도록 삼 단으로 구성되

어 있었으며 스티로폼으로 된 작은 가방에 넣게 되어있어서 보
온이 가능하였다. 양철 도시락보다 반찬을 많이 담을 수도 있
고, 물기 있는 반찬이 새어 나와서 책이며 공책을 얼룩지게 하
지도 않을 뿐 아니라 무엇보다 겨울에도 따뜻한 밥을 먹을 수
있게 된 것이다. 교실에 여전히 난로는 없었지만, 우리는 대청
동의 사립국민학교 아이들을 크게 부러워하지 않아도 되었다.
세상은 알게 모르게 조금씩 나아지고 있었던 것이다.

아이들은 오십 분 수업이 끝나면 쉬는 시간 십 분을 못 참고
운동장으로 뛰어 내려가서 놀거나 아예 교실 안에서 뛰어놀았
다. 아이들은 책상 위를 징검다리 건너듯 뛰어다니고 목제 걸
상을 거꾸로 타고 앉아서 말타기 놀이를 하는가 하면 홍콩 무
협 영화에서 본 흉내를 내느라 입으로 챙강챙강 칼날 부딪치
는 소리를 내며 손으로 칼싸움을 하고 돌아다녔다. 이 층과 저
반을 가리지 않고 모두 그랬으니 아무리 콘크리트로 지은 건
물이라 해도 학교가 무너지지 않는 것이 용하다 싶을 지경이었
다. 계단에서도 뛰어다니다가 엎어지는 아이들이 속출하여 학
교에서는 아이들이 좀 조용히 걸어 다니도록 모두 뒷짐을 지고
좌측통행을 하도록 하였는데, 아이들은 뒷짐을 지고 복도 좌
측으로 뛰어다녔다. 어느 날 뒷짐을 지고 계단 좌측으로 뛰어

서 내려가던 한 아이가 계단에서 굴러서 이마가 깨어진 후에 선생님은 종례 시간에 우리를 향해서 당부했다.

"느그들, 지발 쫌 뛰어댕기지 말고 걸어 댕기라. 정히 뛸 일이 있으믄 계단에서는 뒷짐을 지지 말고. 계단에서 잘못 엎어지믄 크게 다친다꼬."

"샘예, 그라다가 주번한테 걸리믄 이름 적히는데예?"

"개안타. 이름 적을라 카믄 내가 그카더라 캐라."

우리는 역시 우리 선생님이 최고라며 박수치고 엄지손가락을 치켜세웠다.

전국 최대의 성남국민학교는 학생 숫자가 많아서 원래 재능 있는 아이들도 많아서였는지 아니면 가르치는 선생님들의 실력이 뛰어나서였는지는 모르지만 각종 운동부는 전국 대회에서 빛나는 성적을 거두었다. 체육관 하나 없어 운동장의 모랫바닥에 매트를 깔고 텀블링 연습을 해서 받은 문교부 장관배 전국 국민학교 기계 체조대회 종합우승 트로피를 전교생이 모인 조회 시간에 체조부 주장이었던 이발소 옆집 내 친구에게서 건네받은 교장 선생님은 이제는 우리 학교가 전국에서 제일 큰 학교일 뿐만 아니라 체육도 제일 잘하는 학교라며 만면에 웃음을 띠고 승리를 축하하였다. 학교 본관의 출입구 양쪽 벽은 각종 운동 시합의 우승 깃발과 트로피들로 화려하게 장식되었고, 기계체조부와 탁구부, 농구부의 몇몇 아이는 나중에 대한민국을 대표하는 성인 국가대표로까지 선발되어 길이길이 모교를 빛내었다.

체육에 뛰어난 아이들은 많았지만 나는 별로 그렇지 못하였다. 엄마는 늘 갓난아기 때 제대로 먹이지 못해서 몸이 약하다고 자책하듯이 말했고 나는 2학년 봄에 기관지염으로 보름 넘게 결석하며 앓은 후로는 살도 붙지 않아서 성적통지표의 신체충실지수는 늘 별로 충실하지 못하였다. 체육 성적도 다른 과목보다 떨어져서 나는 스스로 운동에는 별로 소질이 없는 것으로 치부하였고 전국에서 운동도 잘하는 성남국민학교의 고학년 학생으로서 일말의 자괴감마저 가지고 있었다. 급식 빵이나 우유를 먹으면 좀 나아질까 생각 안 해본 바도 아니었지만, 도시락을 싸 오지 못하는 아이 하나는 점심을 먹지 않고도 말아놓고 체육시간 백 미터 달리기에서 일 등을 하였기에 꼭 빵과 우유를 먹는 것만이 운동을 잘하는 비결은 아니리라 생각되어서 그만두었다.

5학년 1학기 내 성적표의 가정통신란에 선생님은 '평소 착실하고 침착하나 학교생활에 활력이 부족함'이라고 파란색 펜글씨로 적어주었는데, 여름방학 중의 어느 날 책상 위에 아무렇게 나뒹굴던 그 성적표를 본 둘째 형이 마루 밑에서 줄지어 기어 나오는 개미 떼를 가리키며 내게 말했다.

"니, 저어기 개미 함 봐라. 개미 새끼가 지보다 수십 배나 큰 파리도 끌고 가제? 조놈들은 몸집은 작아도 힘이 무지무지 쎈 기라. 그라고, 지 크기에 비해서는 빠르기도 엄청시리 빠르제? 그랑께네 니도 개미 한 마리 함 잡아묵어 봐라. 달리기도 잘하고 힘도 쎄질 끼다."

"진짜가, 히야? 개미 잡아묵는다꼬 달리기를 잘할 수 있을랑강?"

"달리기를 잘하게 될지 아일지는 잡아묵어보고 나서 보믄 되능기라."

"히야, 개미 잡아묵어도 배탈은 안 나겠제?"

평소 흰소리 잘하지 않는 작은형이었는지라 나는 긴가민가하면서도 밑져야 본전이라고 생각하고 줄지어 기어가는 개미 중에 두 마리를 손가락 끝으로 집어서 입에 넣고 앞니로 살짝 씹었다. 별다른 느낌은 없었지만 약간 시큼한 맛이 혀끝에 미세하게 느껴졌다. 개미 두 마리를 잡아먹었다고 갑자기 천하장사가 될 리야 없었지만 나는 그해 가을운동회에서 사백 미터 릴레이 경주의 반 대표로 뽑혔으며 체육시간에 씨름을 하거나 동네에서 친구들과 닭싸움을 해도 지레 밀려서 넘어지지 않았다.

개미는 정신이었고 나 스스로의 마음가짐이었던 것인데, 형은 그것을 직접 말하지 않고 극적인 방식으로 내게 가르쳐 주었다.

결혼 이야기

골목길 건너편 16통 7반 쌀장수 아주머니 집의 둘째 딸이 돌아왔다. 그 아주머니는 오래전 무위도식하던 남편이 역마살까지 들어 집을 떠나버린 후에 과부 아닌 과부가 되어서 혼자 딸 둘에 아들 하나를 키웠는데, 남편이 집 떠난 지 근 5년 만에 거지꼴을 하고 다시 집을 찾았을 때 빨랫방망이를 휘두르며 쫓아버리면서 남편과의 인연을 완전히 정리해 버렸다. 집을 찾았다가 아주머니가 휘두르는 빨랫방망이를 피하느라 집 문앞 골목길에 엉덩방아까지 찧으며 쫓겨난 남편은 비록 초라한 거지 행색을 하고 있었지만 그 가운데에서도 번듯하게 생긴 용모는 감추어지지 않았다. 그 아주머니는 늘 '키 큰 놈치고 싱겁지 않은 놈 없고, 생긴 것 멀쩡한 놈치고 꼴값 안 하는 놈 없다'

며 허우대 멀쩡한 남자들을 단정적으로 평가 절하했지만, 어
느 날 옆집 텔레비전에서 '가슴 아프게'를 구성지게 불러 젖히
는 남진을 한번 본 후 바로 남진의 골수팬이 되면서 남자의 외
모에 대한 편견을 약간 수정한 듯하였다. 대장부 기질이 있던
그 아주머니는 가을이 되면 전라도 시골에서 농사를 짓던 친
정 동네의 쌀을 전부 수매해 와서 부산의 소매상들에게 넘기
는 한 철 벌이 장사를 해서 자식들을 키웠다. 두 딸은 모두 집
떠난 아버지를 닮아서 해반주그레하니 이목구비가 반듯했고
그중에서도 막내딸이 어릴 적부터 특히 눈에 띄게 예뻤다. 그
녀가 고등학교 다닐 때는 옆 동네 여드름쟁이 남학생들이 동
네 코흘리개들을 시켜 연애편지를 전달하기도 하고 집 앞 골
목에서 진을 치고 기다리다가 심심찮게 아주머니의 빨랫방망
이에 쫓겨 달아나기도 하였다. 그녀는 고등학교를 졸업한 후에
작은 개인회사의 비서 겸 경리로 취직해서 다닌다고 했는데,
날이 갈수록 옷맵시가 좋아지고 얼굴 화장이 짙어지더니 언젠
가부터 동네에서 자취를 감추었다. 막내딸의 거취를 묻는 동
네 화투판 친구들에게 쌀장수 아주머니는 서울로 좋은 직장
잡아서 올라갔다고만 이야기할 뿐 자세한 내막을 말하지는 않
았다. 서울로 취직해서 갔다던 막내딸은 그러나 추석에도 설에

도 집에 얼굴을 비치지 않다가 집을 떠난 지 삼 년여 지난 어느 날 갑자기 집으로 돌아온 것이었다. 얼굴은 여전히 예뻤으나 화장을 하지 않은 얼굴이 마치 짙은 분칠을 한 것처럼 창백했고, 날씬했던 몸매는 좀 더 야윈 듯하였다. 그녀는 공동변소를 가기 위해 문밖을 나서는 것 외에는 외출하는 일이 거의 없었고 간혹 동네 사람들을 만나도 말없이 눈인사만 했다.

동네 아주머니들은 집집마다 돌아가며 화투판을 벌이고 육백을 쳤는데 그 자리에서는 앞집 부엌 찬장에 숟가락이 몇 개 있는지부터 뒷집 아저씨 사타구니의 종기에는 누가 어떻게 '이명래 고약'을 붙였는지까지 있는 말 없는 이야기들이 모두 오가서 서로 숨기는 것이 없었다. 하지만 쌀집 막내딸의 귀환에 대한 이야기는 서로 대놓고 물어보거나 이야기하기를 꺼렸다. 그래서 그 이야기는 남의 말 옮기기 좋아하는 몇몇 아주머니들 간에 따로 소곤소곤 귀엣말로 추측되고 전해졌던 것인데 그중 두 가지 설이 유력하게 경합하였다.

첫 번째는 막내딸이 다니던 회사 사장의 첩으로 들어가서 신흥 부자들이 산다는 구덕산 부근에 집을 얻어 사장의 애까지 낳고 살림을 살다가 사장의 회사가 부도를 맞고 사장은 야반도주를 하는 바람에 애는 본처에게 안기고 돌아왔다는 설이었다. 그러나 누구는 사장이 도망간 것이 아니고 자살했다고 했으며 또 다른 누구는 그게 아니고 교도소에 들어갔는데 좀 있으면 나와서 둘째 딸을 다시 데려갈 거라고도 하였다. 두 번째 설은 '어쩐지 회사 다닌다고 할 때부터 화장이 요란하고 좀 수상쩍더라'로 시작하여 서울의 어느 고급 요정에서 일본인들을 상대로 술을 따르다가 술병이 나서 그만두고 집으로 내려온 것으로 결론지었다. 누구는 거기다가, 아예 일본으로 건너가 도쿄 신주쿠의 술집에서 일하다 일본 경찰에 불법 체류자로 잡혀서 강제 귀국 당했다면서 마치 가보기나 한 듯이 신주쿠며 긴자, 롯폰기의 밤 문화에 대해 장광설을 풀었다. 그러나 누구도 사실을 아는 이는 없었고 소문만 쌀장수 아주머니 모르게 동네를 떠돌았다.

집에 돌아와서 두문불출하던 막내딸은 어느 봄날 아주 오랜만에 옅은 화장을 하고 하늘하늘한 봄 원피스를 입은 채 외출을 했다. 그 뒤로 그녀의 외출은 며칠간 이어졌고 얼마 지나지 않아서 시커먼 피부에 한눈에 보아도 힘깨나 쓸 것같이 건장한 청년 하나가 쌀장수 아주머니 집을 두어 번 드나들더니 곧 막내딸의 결혼 청첩장이 동네에 돌았다.

예비신랑은 쌀장수 아주머니네 집에서 그리 멀지 않은 시장통 부근 주택가에 살았고 해양고등학교를 나와서 외항 상선을 타는 선원이라 했다. 그는 육상에 내린 휴가 기간에 중매쟁이를 통해 막내딸을 소개받아 선을 보았던 것인데 첫눈에 반해서 두 번째 만남에서 청혼을 했고, 승선을 미루어가면서 다음 항해를 떠나기 전에 결혼식을 서둘러 올리는 것이라 했다. 남 이야기하기 좋아하는 동네 사람들은 뒤돌아서서 '새 처년지 헌 처년지 알 수도 엄는데 우째 저래 번갯불에 콩 뽂아 먹득기 서둘러 결정을 하는공? 마도로스라 카디마는 바다만 돌아댕기느라꼬 세상 돌아가는 거는 잘 모리는 모양이제?'라고 시샘하며 입을 삐죽거리기도 했다. 말 옮기기 좋아하는 사람들로부터 그런 소문을 전해 들은 예비신랑의 어머니는 머리를 싸매고 누웠는데, 예비신랑은 자신의 어머니에게 '어무이, 그런 소문은 할 일 엄는 여편네들이 씨잘떼기 엄씨 씨부리 쌓는 헛소링께네 아예 신경 쓰지 마소. 그라고, 나는 그 여자가 어데 술집 아이라 지옥을 댕기왔다캐도 앞으로는 내가 평생 지키주기로 맹세를 했웅께네 다른 생각 마소!'라며 역시 바다 사나이답게 한 번에 상황을 정리했다고 했다.

그렇게 해서 그 갑작스러운 결혼식은 성남국민학교 지나서 조방 앞에 위치한 커다란 예식장에서 제법 성대하게 치러졌다.

신랑은 너무 좋은 나머지 결혼식 내내 입꼬리를 양쪽 귀에 걸어놓고 있었는데 머리를 싸매었던 그의 어머니는 그 모습을 보다 못해서 '고마 웃어라! 갤혼식날 그래 웃어 싸믄 딸 놓는다 안카나'라며 하객들이 다 듣도록 큰소리로 핀잔을 두 번이나 주었다. 하얀 드레스를 입고 면사포를 쓴 신부는 하늘에서 내려온 천사처럼 예뻤다. 동네 사람들도 신랑신부가 참 잘 어울린다며 다른 일은 다 잊고 진심 어린 축하들을 해주었고, 모두 형편에 맞게 축의금 봉투를 내어놓은 데 대한 답례품으로 1.5킬로그램짜리 백설표 설탕 한 봉지씩을 챙겨서 집으로 돌아갔다. 결혼식 답례품은 보통 스테인리스 양푼이나 수저 세트 또는 세수수건과 비누 등 생활용품이 많았지만 설탕을 포장용 종이로 싸서 주기도 하였다. 집안에 감기·몸살을 앓는 사람이 있으면 뜨거운 물에 설탕 한 숟가락을 풀어서 피로회복제로 마셨고 차나 커피가 준비되어 있는 집은 매우 드물었던 매축지에서는 집에 누가 찾아와도 설탕물 한 그릇을 손님 대접으로 흔히 내놓았으니 설탕은 요긴한 생활필수품이었던 것이다.

그날 결혼식에는 달포 전에 부둣길 도로 건너 미군 부대 보급창 옆에 새로 문을 연 호남정유 주유소에서도 축의금 봉투를 내고 갔다. 1967년에 미국 칼텍스 정유와 합작으로 설립된 호남정유는 회사 로고도 미국회사 칼텍스의 로고 아래에다 한글로 호남정유라고 써서 누가 보아도 합작회사임을 확연히 알아볼 수 있도록 만들었는데, 그 회사는 전국적으로 한창 주유소를 확대하던 차에 부둣길에 커다란 주유소를 새로 낸 것이었다. 주유기가 네 개나 되는 상당히 큰 규모의 주유소라서 저유貯油 탱크를 묻을 땅도 넓고 깊게 파내야 했고 최첨단의 주유기를 설치하고 관리사무동 건물을 짓는 등 당시 매축지에서는 6·25 이래 미군부대 짓고 난 다음으로 제일 큰 공사라며 동네가 떠들썩했다.

공사가 시작되고 며칠 되지 않아서 주유소 공사장 건너편 도로변의 작은 집에 살던 젊은이 하나가 집집마다 돌면서 연판장에 서명을 받기 시작했다. 고등학교를 졸업하고 군대를 다녀와서 정해놓고 하는 일 없이 지내던 그는 어디서 귀띔을 받았는지 '호남정유주유소 건립 결사반대 운동 매축지본부'라는 거창한 이름의 유령단체를 만들어서 스스로 본부장이라 칭하면서 오전에는 주유소 공사장 앞에 가서 버려진 합판 조각으로 만든 피켓을 휘두르며 주유소 건설 결사반대를 혼자서 외치고 점심 먹고 나서는 동네를 돌며 누구에게 보낼지도 알 수 없는 청원서에 동네 사람들로부터 도장을 받았다. 그는 주유소를 지으려면 저유 시설로 엄청나게 큰 기름 탱크를 땅에 묻어야 하는데, 자칫 그 탱크에 불이 나서 폭발이라도 하는 날에는 매축지는 한 순간에 잿더미가 되고 동네 사람들도 반은 죽어나갈 거라며 주유소 건립을 목숨 걸고 막아야 한다고 목이 쉬어라 외쳤다. 일주일가량 1인 데모와 반대청원 연판장에 도장을 받으러 다니느라 분주하던 그는 어느 날 갑자기 활동을 멈추고 결사반대운동본부를 스스로 접었다. 혼자 만든 운동본부이니 닫는 것도 제 마음대로 할 수는 있는 일이었지만 목숨을 걸고 매축지를 지키겠노라며 목청을 높이던 것을 생각해보면 전혀 예상치 못한 결정이라 하지 않을 수 없었다. 대부분의 사람들은 연판장에 지장을 찍고도 잊어버렸지만 몇몇 기억력이 좋은 사람은 주유소 공사가 계속되는 것을 보고 그 청년에게 반대 운동의 진행 상황을 물었는데, 그는 똑 부러지게 답하지 않고 '꼭 기름 땅끄가 폭발한다는 보장이 있는 거는 아이라 카던데…'라며 말끝을 흐렸다.

몇 개월 후 드디어 최신식의 호남정유 주유소 개소식이 호남정유 본사의 높은 사람과 구청장을 비롯한 귀빈들을 모신 가운데 흰색의 짧은 치마와 무릎까지 올라오는 하얀 구두를 멋들어지게 차려입은 여고 고적대의 힘찬 팡파레로 시작되었다.

한때 주유소 건립 결사반대운동 본부장이었던 그 청년은 말끔한 호남정유 직원 제복을 차려입고 호남정유 마크가 선명하게 새겨진 모자까지 단정히 쓴 채 손님들을 맞이하고 있었는데, 나중에 들으니 그는 주유소 관리 부소장으로 취직을 했다고 했다. 사실 거창하게 직함만 부소장이지 주유하는 일과 청소 같은 허드렛일이 그가 맡은 업무였는데, 어쨌거나 엄지손가락에 인주를 묻혀가며 연판장에 지장을 찍었던 동네 사람 중 몇몇은 '뭐 이런 꼬롬한(뒤가 구리고 비겁한) 자슥이 다 있노?'라며 분개하였다. 그 뒤로 동네에 길흉사가 있으면 주유소 소장이 꼬박꼬박 부조 봉투를 보내왔던 것인데 주유소 운영이 온전히 자리를 잡자 그것도 채 일 년이 지나지 않아서 흐지부지 없어지고 말았다.

어쨌거나 마도로스 신랑과 천사같이 아름다운 신부의 결혼식은 시종일관 벌어진 입을 다물지 못하던 신랑의 기쁨 속에 잘 끝났고, 사람들이 설탕 봉지를 챙겨서 집으로 돌아온 후에 본격적인 동네잔치가 신부 집에서 벌어졌다. 밥과 국, 술과 고기가 신부 집 마루와 집 앞 골목길에 차려졌고 동네 어른아이 모두 모여서 먹고 마셨으며 굴다리 거지들도 빠지지 않고 모두 찾아와서 배를 불렸다. 신명 많은 건넛집 아저씨가 꽹과리를 치며 장고를 메고 나온 옆집 아주머니와 함께 흥을 돋우어서 동네 사람들은 밤 깊은 줄 모르고 춤추고 노래 부르며 놀았는데 꽹과리를 쳤던 아저씨는 신명이 지나쳐 너무 무리한 나머지 다음 날부터 며칠간 몸져누웠다. 성질 괄괄한 그 집 안주인은 결혼식장에서 받아온 설탕을 뜨거운 물에 풀어서는 끙끙대며 드러누운 남편에게 던지듯 안기면서 장탄식했는데, 그것은 꼭 남편이 이웃 잔치에서 잘 놀아준 것에 대한 타박만은 아니고 무슨 다른 불만이 있는 것처럼 들렸다.

"남의 집 잔치에서 지랄 좀 작작 떨고, 그 힘을 다른 좋은 데다가도 좀 써 보지! 집구석에 남정네라고 하나 있는 거 꼬라지 참 조오타. 아이고, 지지리도 박복한 이년의 팔자야!"

좌천동과 범일동을 가르며 흐르는 개천은 양쪽 동네의 생활 오수가 그대로 흘러들고 가까이 사는 사람들은 매일 아침 밤새 사용한 요강을 비우기까지 해서 일 년 내내 악취가 끊이지 않았다. 그 개천 변 범일동 쪽으로는 집들이 개천을 등지고 줄지어 들어서 있었는데, 그중의 한 집에는 어릴 적 심한 소아마비를 앓아서 목발을 짚고 다니는 큰딸이 있었다. 키는 자그마하지만 새까맣고 숱이 풍성한 머릿결에 눈썹이 진하고 콧날이 오뚝해서 이국적인 느낌을 주는 얼굴이었는데, 그녀의 오른쪽 다리는 예닐곱 살 어린아이의 그것처럼 가늘고 짧아서 목발을 짚고 일어서면 그 다리는 땅에 닿지 못하고 허공에 매달렸다. 그녀는 의무교육인 국민학교만 시장통에서 장사하는 엄마의 등에 업혀서 겨우 졸업하고는 하루 종일 방에 앉아서 뜨개질을 했다. 그녀가 뜨개질하던 방의 벽 한쪽에는 작은 나무상자 같은 것 하나가 전선에 연결된 채 설치되어 있었는데 그것은 스피커라고 불렀던 유선방송 청취용 라디오였다. 미국 제네럴 일렉트릭사나 한창 인기를 끌던 금성사의 진공관 라디오를 살 수 없는 형편인 집들은 다이얼 하나로 볼륨만 조절할 수 있고 채널은 딱 하나로 고정되어있어서 방송국에서 내보내는 것만 일방적으로 들어야 하는 스피커를 집에 설치하였는데, 비록 채널 선택의 여지는 없었지만 그 유선 스피커만으로도 한창 인기를 끌던 '전설 따라 삼천리'나 '즐거운 우리 집' 같은 연속극과 이미자의 구성진 노래를 듣는 데에는 별 지장이 없었다. 그녀는 하루 종일 방 안에서 스피커 방송을 들으며 뜨개질을 했고 간혹 밖에 나왔다가 마주치는 동네 사람들에게는 말없이 눈웃음 지으며 인사했다. 그녀의 수줍은 듯한 웃음은 아름다웠지만 슬퍼 보였는데, 그녀의 미소에 어려 있는 그늘은 그녀의 아픈 다리와는 상관없이 타고난 것처럼 느껴지기도 했다.

대바늘과 코바늘로 뜨개질만 하던 그녀는 작은 중고 앉은뱅이 재봉틀을 하나 마련하여 이런저런 옷들을 만들기 시작했다. 동생들의 속옷이며 어머니의 나들이옷까지 그녀는 스스로 재단하고 박음질하여 만들었는데 그 옷들의 맵시가 기성복 못지않아서 얼마 지나지 않아 친척을 통해 소개받은 부산진시장 양장점에 옷들을 하나둘씩 납품하기 시작하였다. 양장점에서 주문받은 여성복들의 치수와 옷감을 받아서 집에서 옷을 지어 양장점에 납품한 것인데, 그녀의 솜씨가 예사롭지 않아서 양장점 여주인이 직접 만드는 것보다 때깔이 더 낫다고들 하였다. 그 일을 시작하면서 양장점을 오가는 그녀의 외출이 조금씩 늘어갔고, 나들이할 때 짚는 그녀의 목발은 여전히 위태롭고 힘들어 보였지만 그녀가 사람들에게 지어 보이는 수줍은 미소에는 예전에 서려있던 그늘이 꽤 옅어진 듯하였다. 양장점과의 거래가 일 년여가 지나면서 그녀의 일감은 안정되었고 동생들의 공납금과 용돈을 그녀가 다 떠맡으며 살림 형편이 좀 나아졌다. 그 집의 방 벽에 매달려있던 유선 스피커는 새로 나온 금성 진공관 라디오로 바뀌었고 그녀는 이제 방송 채널을 골라서 들으며 일을 할 수 있게 되었다.

그러던 어느 날, 그녀의 일솜씨와 말없이 성실한 성품을 탐탁히 보던 양장점 여주인이 그녀를 시장 안에 있는 다방으로 조용히 불러내었다.

　"김 양, 요새 일이 너무 많아서 힘들제? 그래도 김 양 실력이 좋아서 도꾸이(단골손님)들도 하나둘 늘고 일하는 재미가 있다, 그제?"

　그녀는 사장님 덕분이라며 고맙다고 대답했는데, 여주인은 컵에 담긴 보리차를 한 모금 마신 뒤 몸을 탁자 앞으로 숙이며 나지막한 목소리로 말했다.

　"김 양도 나이가 있고, 다리가 쪼깨이 불편키는 하지만도 남들처럼 시집가서 행복하게 잘 살아야 할 거 아이라? 내가 좋은 중신 자리가 있어서 카는 긴데, 김 양 마음이 어떤지 일단 말이나 꺼내 보는 기라. 부담 가지지 말고 그냥 편하게 사람 하나 만나 보라꼬…"

　생각지도 않은 제안에 그녀는 깜짝 놀랐다. 이어진 여주인의 설명에 따르면 양장점을 드나들던 그녀를 유심히 지켜보던 양장점 맞은편 포목점 주인아주머니가 자신의 남동생과 그녀 사이에 다리를 놓아달라고 부탁을 했다는 것이었다. 평소 결혼은 생각지도 않고 있던 그녀는 어떤 대답을 해야 할지 갈피를 잡지 못하고 허둥대었다.

"재취再娶 자리고, 전처소생 얼라들 남매가 있기는 하지마는 그래도 그만한 자리가 없지 시푸다."

양장점 주인의 강권에 가까운 소개로 만난 상대방은 들은 바와 같이 아이를 둘 둔 삼십 중반의 이혼남이었는데 양장점 주인이 말해 주지 않았던 것은 그가 교통사고로 머리를 다친 장애인이라는 것이었다. 교통사고 후 부산에서 제일 크고 유명하다는 부산진역 앞의 신경외과 전문병원에서 큰 수술을 받은 끝에 신체 기능을 많이 회복하기는 했지만 한쪽 팔과 다리가 부자연스러웠고 언어 기능이 완전치 못하여 하는 말을 제대로 알아듣기가 어려웠다. 그가 큰 수술을 하고 난 후 일 년이 채 지나지 않아서 전처는 어린 남매를 남겨두고 떠나버렸으며 그는 혼자서 아이들과 같이 살아간다 하였다. 포목점 주인은 불쌍한 남동생과 조카들을 가까이 두고 파출부를 대어주며 도와주고 있었는데, 맞은편 양장점에 드나들던 그녀를 눈여겨보다가 중신해 달라고 평소 친하던 양장점 주인의 손을 붙들며 부탁을 했던 것이다.

며칠을 혼자 고민하던 그녀는 어느 날 저녁 밥상을 물린 후 어머니와 동생들 앞에서 죄라도 지은 듯 고개를 떨구고 기어

들어가는 목소리로 그 이야기를 꺼내었다. 고등학교를 졸업한 후 좌천동의 연탄 공장 트럭 운전수 보조로 일을 시작한 남동생과 국민학생 막냇동생은 절대로 그럴 수 없다며 누이의 손을 잡고 만류했지만 그녀의 어머니는 말없이 깊이 생각하는 듯하였다. 그녀의 어머니는 며칠 후 포목점 주인아주머니를 지난번 그 시장 안의 다방에서 따로 만났고 그 자리에서 포목점 주인은 '나중에 작은 양장점 가게라도 하나 내어 줄 요량인데 그러면 저희끼리 오손도손 남부럽지 않게 잘살 수 있지 않겠느냐'고 그녀의 어머니에게 간곡하게 이야기하였다.

별도의 결혼식은 없었고 따라서 시끌벅적한 마을 잔치도 없었다.

제대로 내리는 눈은 십 년 가야 한 번 볼까 말까 한 부산의 어느 부슬비 내리는 겨울날 오후에 그녀는 작은 짐 보따리 몇 개만을 달랑 지운 지게꾼을 앞세운 채 집을 떠났다. 연탄 트럭 일을 하는 동생은 그날 일을 나가지도 않고 방에 들어앉아 대낮부터 막소주를 사발에 부어 마셨고 막냇동생은 목발을 짚고 떠나는 누이의 뒷모습을 바라보며 울었다.

부둣길과 U.S.A.

호남정유 주유소가 자리 잡은 부둣길 옆으로는 일제시대 병참기지로 사용되던 곳이 6·25 전쟁이 나면서 미군의 보급창으로 확장 운영되고 있었는데 그곳은 미군 전용 부두로서 전국의 미군 기지로 공급되는 물품들이 하역되고 배송되는 곳이었다. 미군은 한국의 식자재들이 미군 검역 규정을 충족시키지 못한다면서 달걀이나 우유, 채소나 고기 등 거의 모든 것을 본국이나 일본, 하다못해 필리핀에서까지 가져온다고 하였는데, 보급창을 빙 두른 콘크리트 담벼락에는 그런 미국의 물자를 넘볼 생각은 꿈도 꾸지 말라는 듯 '유에스 거번먼트 프로퍼티. 노 트레스패싱(US Government Property. No Trespassing)-미합

중국 정부 시설. 불법 침입 엄금'이라는 경고문이 십 미터 간격
으로 검은 페인트로 굵게 적혀있었다. 그곳에는 공급 물품 하
역과 관리를 위해 미군속美軍屬의 한국인 직원들도 있었지만 전
체 보급창 운영과 출입 게이트 경비 등 주요 업무는 미군이 직
접 맡아서 했으므로 미군의 인원도 상당하였다. 보통 미군들
은 야간 근무 인원을 빼고는 근무시간 후에 연지동에 위치한
하야리야 부대로 돌아갔는데, 부사관과 장교들은 본인이 원하
면 영외 거주가 허락되었기에 가끔 일부 미군은 보급창 건너편
매축지에서 한국 여인과 살림을 차리기도 하였다.

그러저러한 연유로 우리 학교에는 눈동자가 파랗고 머리카락
이 금빛으로 빛나는 혼혈 여자아이가 하나 있었다. 키가 커서
농구부에서도 활약했던 그 여자아이는 말수는 적었지만 얼굴
보다 더 예쁜 수줍은 미소를 지니고 있었는데 짓궂은 남자아
이들이 '아이노꾸(혼혈아, 잡종이란 뜻의 일본어 비속어)'라고 놀리
면 커다랗고 파란 눈망울에 눈물을 가득 담고 집으로 뛰어 들
어가고는 했다. 그 여자아이의 아버지는 하야리야 부대에서 보
급창으로 파견 나와서 근무하던 미군 부사관이었는데 미국에
이미 결혼을 한 본처가 있었으므로 한국에서 다시 결혼할 수
가 없었기에 한국 근무를 마치고 귀국하면서 여자아이의 엄마

를 미국으로 데려가겠다는 약속을 지키지 못했다. 그 여자아이는 아버지가 귀국한 지 두 달 뒤에 태어났다고 했고, 여자아이의 엄마는 시장에서 좌판을 펴고 채소 장사를 하면서 딸을 키웠는데 아이의 아버지가 다시 돌아와서 그들을 미국으로 데려가기를 기다리는 듯 오랫동안 매축지를 떠나지 않았다.

미군 보급창에서 부둣길 건너 맞은편 집 중에는 미군 병사와 계약 동거를 하는 여자들도 몇몇 살았다. 어떤 사람들은 그녀들을 '양갈보'라며 손가락질했으나 외출할 때 화사한 원피스를 입은 그녀들은 예뻤고 그녀들이 지나간 자리에는 짙은 향수 냄새가 번졌다. 미군과 그녀들의 살림은 계약 동거였으므로 기간은 계약하기 나름이어서 어떤 경우는 몇 달씩 월세방을 얻어서 살기도 했고 어떤 단기 계약은 한 달로 종료되기도 하였다.

그중 한 집은 방의 미닫이문이 좁은 골목길에 바로 나 있어서 방 안에서 말하는 소리를 길 가던 사람이 알아들을 수 있을 정도였는데, 그 쪽방을 세내어서 흑인 미군 병사와 살던 한 여인은 어느 토요일 저녁에 동네 사람이 다 들을 수 있을 정도의 큰 소리로 미군 병사와 말다툼을 벌였다. 그들의 말다툼은 십중팔구 계약 이행에 대한 논쟁이었겠지만 동네 사람들이 그 내용을 전혀 이해할 수 없었던 것은 그들의 언쟁이 순전히 영어로 이루어졌기 때문이었다. 남자가 '빗치(Bitch)' 어쩌고 몇 마디 하면 여자는 '썬옵어빗치(Son of a bitch)' 저쩌고 하며 대거리했는데 미군 부대에서 보급계 일을 보며 몇 집 건너에 살던 내 친구 아버지는 '저것들이 뭔 소리를 저래 빗치 빗치 캐쌈시롱 다 저녁에 시끄럽구로 저 난리버꾸통을 지기노, 지기기를?'이라며 불퉁거리는 내 친구 엄마에게 '빗치'는 영어로 암캐를 말하는데 저 사람들이 말하는 두 '빗치'가 같은 '빗치'는 아니라고 점잖게 해설까지 해 주었다.

어느 뜨거운 여름 일요일 오전이었다. 나는 아침 대강 챙겨 먹고 골목길에 나와서 친구 하나와 구슬 놀이를 하고 있던 참이었다. 구슬을 땅에 파 놓은 구멍에다가 멀리서 집어넣는 '구멍 들기'라 불렀던 놀이였는데 작대기가 아닌 손으로 구슬을 굴리고 구멍의 숫자가 몇 개 되지 않았지만 얼핏 부자들의 놀이라는 골프와 비슷해 보이기도 했다. 구멍 들기 외에도 구슬을 가지고 노는 방법은 다양해서, 한 손으로 쥔 구슬 숫자의 홀짝을 맞추는 이차원 구슬 잡기가 있는가 하면 하나 둘 셋 세 가지 숫자로 하는 삼차원 구슬 잡기도 있었다. 눈높이까지 구슬을 들어서 땅 위에 튀어나온 돌덩이에 맞추어서 멀리 보내는 놀이도 있었는데, 그 놀이는 구슬을 멀리 보내기 위해 머리 위까지 구슬을 드는 것은 엄격히 금지되고 딱 눈높이까지만 허락되어서 키가 작은 아이들에게는 약간 불리한 점이 있기도 하였다. 땅바닥에 삼각형을 그려 놓고 그 안에 넣어 놓은 구슬을 빼먹는 '삼각구'라는 놀이도 있었고 여하간 구슬 몇 개로 놀수 있는 방법만 해도 열 손가락으로 다 헤아릴 수 없었다.

우리가 '구멍 들기'를 하며 놀던 중에 부둣길 쪽으로 난 골목에서 키가 멀대같이 큰 금발의 미군 하나가 빨간 티셔츠에 청바지 차림으로 한쪽 어깨에 커다란 카메라를 둘러맨 채 어슬렁거리며 걸어왔다. 그 미군의 뒤로는 동네 코흘리개 대여섯이 '할로 할로(Hello hello), 쪼꼬레뜨 기브 미. 추잉 껌도 오케이'라고 합창하듯 외치며 졸졸 따라오고 있었는데 대여섯 살쯤 된 축들은 그게 무슨 뜻인지 대강 알고 말하였고 그보다 어린 녀석들은 무슨 뜻인지도 모른 채 '할로 할로'거렸다. 조무래기 '할로' 떼를 꽁무니에 달고 좌우를 두리번거리며 골목에 들어선 미군은 아마도 사진 촬영에 취미가 있어서 이국적인 풍경을 카메라에 담기 위해 휴일을 맞아 출사出寫를 나온 듯하였다. 그가 들어선 골목 초입에서 우리가 '구멍 들기'를 하고 있었던 곳을 지나면 골목 모퉁이에 16통 4반 구역의 공동변소 두 칸이 자리잡고 있었다. 해방 후에 지어져서 수명을 다해 가던 목조의 공동변소는 여름이면 파리 떼가 들끓었고 변소 바닥에는 구더기가 바글거리기 예사였다. 그날도 그곳의 위생 상태는 여느 여름날과 별반 다르지 않았는데 그곳에는 변소 옆집에 셋방살이하는 젊은 부부의 세 살배기 아들이 혼자 나와서 변소 앞에 앉아 놀고 있었다. 아랫도리를 발가벗은 채 고추를 다 드러내놓고 혼자서 흙을 만지며 놀던 그 아기는 고물거리며 변소에서 기어 나오는 구더기 떼를 장난감 삼아 만지고 놀았는데, 빨간 셔츠의 키 큰 미군은 적당한 사냥감을 발견한 포수砲手가 사냥총을 겨누듯 세상 진지한 표정으로 카메라 셔터를 눌러대었다. 그의 꽁무니에 달린 조무래기들은 이제 지친 듯 '할로 할로'도 멈추고 생전 처음 보는 카메라가 신기한 듯 입들을 헤벌린 채 그 광경을 구경하고 있었고, 한여름 햇볕은 좁은 골목 위로 뜨겁게 내리쬐었다.

매축지 성남국민학교 앞의 고가도로 부근에서 시작되어 미군 보급창을 끼고 돌아 부산역 뒷길을 지나서 부산 세관까지 이어지는 부둣길에는 부두에서 하역되고 선적되는 각종 화물을 실은 트럭들이 오갔는데, 그중에서 먹을거리와 놀 거리에

굶주린 하이에나와 같은 우리의 사냥 목표는 고철을 싣고 오가는 트럭이었다. 바퀴가 열여덟 개나 달린 미군의 대형 트레일러도 다녔지만 미군의 화물은 대부분 철저히 포장되거나 결박되어있어서 함부로 접근이 어려웠고 다른 화물차들도 있었지만 우리의 일용에 도움이 될 만한 물건들을 찾기는 쉽지 않았다. 고철 운송트럭들은 트럭 짐칸에 각종 고철을 그득히 싣고는 덮개도 씌우지 않고 털털거리며 다녔는데 특히 호남정유 주유소를 지나서 보림연탄 공장 앞의 커브 길에서는 속도를 현저히 늦추어야 했으므로 그 지점이 늘 우리의 매복 장소가 되었다. 고철을 실은 트럭이 커브를 돌면서 속도를 늦추는 순간 길가에 무심히 앉았거나 버드나무 가로수 뒤에 몸을 숨기고 있던 우리는 모두 주먹만 한 돌멩이를 고철을 실은 짐칸으로 던졌다. 서너 명이 던지면 한두 개는 짐칸을 맞추어서 재수가 좋은 날은 주먹보다도 큰 고철 덩어리를 몇 개 주울 수 있었고, 우리는 그 노획물을 보급창 맞은편의 고물상에 가져다 팔았다. 고철의 가격은 일 원짜리 지폐 몇 장 수준이 대부분이었지만 서너 명이 구멍가게에서 주전부리하기에는 충분하였고, 고철의 종류나 크기가 부실하여 고물상에서 취급할 만한 수준이 못 되는 것은 무거워 보이는 커다란 가위를 절컥거리며 매일 동네를 찾아오는 엿장수에게서 엿과 바꾸어 먹었다.

　우리는 철없는 어린아이들이었지만 자칫 돌멩이를 잘못 던져서 차의 유리가 박살이 난다거나 길 건너 행인의 이마를 때렸다가는 앞으로 돌팔매질로 용돈을 마련하기가 어려워지리라는 것을 잘 알고 있었다. 그리하여 우리는 차량과 행인의 통행 상황을 면밀히 감안하여 주의 깊게 돌팔매질을 함으로써, 한두 점의 고철을 탈취하는 것 외에는 다른 어느 누구에게도 피해를 끼치지 않는 분별력을 발휘하였다. 고철 주인에게는 표시도 나지 않을 작은 손해로 우리는 그와 비교할 수 없으리만치 커다란 효용을 누렸기에, 그것은 사회적 총효용의 크기로 보아 크게 플러스가 되는 경제 활동이었다, 라고 말하면 새끼 도둑들이 별소리를 다 한다고 눈 흘길 사람들도 있겠지만, 하여간 그랬다….

　솔직히 고백하자면, 우리는 고철 트럭의 고철만 원주인의 허락 없이 소유권을 이전시킨 것은 아니었고, 전쟁놀이하기 위한 목검이나 목총을 만드는 데에는 목재들도 필요했으므로 시장 지나서 목욕탕 부근에 있던 목공소의 도움도 가끔 받았다. 총칼을 제조하는 작업은 순전히 어린 우리의 손으로 이루어졌지만 그 정교함이나 파괴력은 애들 장난감이라고 그냥 무시할 바가 아니었다. 특히 총은 화약을 넣어 사용할 수 있는 권총도 있었고 새총처럼 작은 돌멩이를 쏠 수 있도록 방아쇠까지 갖춘 소총도 있었는데 우리는 그 모든 작업을 골목 구석이나 동무들의 집 작은 마당에서 망치와 톱, 펜치와 못, 사포 등 각종 연장으로 자르고 못질하고 닦으면서 스스로 기본 목공 기술을 익혔다. 그래서 중학교, 늦어도 고등학교에 들어갈 나이가 되면 모두 여름에 골목길에 두고 앉아 놀 걸상이나 작은 평상 정도는 재료만 있으면 뚝딱 만들 수 있을 정도의 초보 소목(小木)들은 되어 있었던 것이다. 전쟁놀이 도구를 만들려면 목재뿐 아니라 못도 필요했으므로 우선은 각자의 집에서 가지고 온 못을 사용했으나 대부분 녹슬고 구부러진 것들이어서 가끔은 시장통의 철물점에 들러서 새 못을 종류별로 몇 개씩 협조를 받았다. 물론 나무든 못이든 목재상이나 철물점 주인아저씨들에게 공손히 말씀을 드려봐야 '오냐, 그래. 큰일들 한다'며 순순히 협찬해 줄 가능성은 전무했으므로 우리는 그 재료들을 획득함에 있어 주인아저씨들의 허락을 받지는 아니하였다.

총을 만드는 데 쓰고 남은 것 중 대못으로는 자석을 만들었다. 부산진역에서 나오는 경부선 철길에 접근할 수 있는 통로는 아예 열려 있다고 해도 좋을 정도로 출입이 자유로워서 우리는 원래 철길에서 놀아도 되는 줄 알았다. 하지만 철길 건널 목에는 엄연히 차단기가 있고 철도원 아저씨가 붉은 깃발을 들고 엄격히 통행을 관리하는 것을 보면 꼭 그렇지 않을 수도 있어 보여서 우리는 철길 출입을 하면서 남의 눈에 띄지는 않게 최소한의 주의는 기울였다. 멀리서 기차가 오는 것이 보이면 그 기차가 오고 있는 철로 위에 새 대못을 놓아두고 우리는 멀찍이 떨어져서 기차 바퀴가 그 위를 지나가기를 기다렸고, 천둥 치는 소리를 내며 기차가 지나고 난 자리에는 대못이 따뜻하게 달구어져서 납작하게 눌려있었다. 그 납작한 대못에 다른 쇠를 갖다 대면 대못은 신기하게도 자석처럼 쇠를 끌어당겼는데, 기실 그 자석을 가지고 뭘 딱히 할 일도 없었기에 우리는 한두 번 쇠를 붙여 보고는 그냥 버렸다. 꼭 자석을 만들어서 뭘 하겠다는 뜻은 당초에 없었고 그냥 이것저것 아무거나 하면서 시간을 보냈던 것이다.

시간 보내기로 치자면, 멀리 외출을 다녀오는 것만 한 것이 없었다. 아이들의 외출이라 해봐야 엄마 치맛자락을 붙들고 시장이나 따라가는 것처럼 매축지 내를 뱅뱅 도는 것이 대부분이었지만, 우리는 써도 써도 남아 돌아가는 시간을 크게 줄이는 비방으로 가끔 한나절 정도의 일정으로 원정대를 결성하여 바닷가나 시내로 진출하였다. 1960년대 후반에서 1970년대 초반에는 일시적으로 투견 시합이 전국적으로 유행하였는데 특히 부산에서 그 열기가 높아서 거의 매주 조방 앞 공터에 가설 투견장이 유랑극단 천막 극장처럼 차려지고 개싸움이 벌어졌다. 싸움개는 일본에서 투견 전용으로 교배한 도사견이었는데 그 개는 덩치의 크기도 크기려니와 한번 물면 너 죽든지 나 까무러칠 때까지 놓지 않고 싸움에서 물러설 줄을 몰라서 가축이라기보다는 차라리 맹수에 가까운 종자였다.

그 투견을 전문으로 관리하고 사고파는 집들이 부산 시내의 요지 중의 요지인 충무동 파출소 옆 대로변에 여러 곳 있었다. 돈 내고 조방 앞 투견 시합을 관람할 형편이 되지 못했던 나와 친구 셋은 도사견 구경이나마 하자며 갓 여름 방학이 시작된 7월 하순의 어느 여름날 아침 집을 나섰다. 주유소 앞에서 시작하여 목적지까지는 부둣길을 따라서 가면 시오리 남짓했지만, 바쁠 것 없고 배 꺼지는 게 두려웠던 우리는 칠십 노인 걸음걸이로 그늘을 찾으며 걷느라 아침 먹고 채 열 시가 안 되어서 출발했음에도 점심때가 훨씬 지나서야 충무동 파출소 부근에 도착했다. 개들은 커다란 쇠창살 우리 안에 앉아서 입가로 진득한 침을 줄줄 흘리며 헐떡였는데 몸통 여기저기에 긁히고 물린 상처들이 한여름 더위보다 더 참기 어려운 듯 보였다. 서너 가게 밖에 서서 개 구경을 잠시 하고 나니 그날의 용무는 허무하게 끝나버렸는데 같이 간 한 녀석은 두 시간 반이나 넘게 걸어서 온 게 아까웠던지 투덜거리며 말했다.

"이기 뭐꼬? 개새끼 몇 마리 볼라꼬 그 먼 길을 걸어 온기가? 아, 참말로 돌아삐겠네. 오늘 완전히 똥 밟았다, 똥 밟았어."

"야, 여까지 나온 김에 저 옆에 자갈치 시장 구경이나 하로 가까? 괘기도 엄청시리 많고 구경할 꺼도 있을 낀데."

내가 제안했지만 모두 배고프고 목마르다며 그냥 집으로 돌아가자고 했다. 두 시간 반 걸려 걸어와서 잠시 개 구경하고 다시 한여름 땡볕 아래서 왔던 길을 되돌아가야 하는 것이었는데, 우리는 애당초 땡전 한 푼 없는 빈털터리들이어서 버스를 탈 수도 없었다. 하기야 그 돈이 있었으면 길거리 좌판에서 냉차 한 그릇이나 삶은 옥수수 하나를 사 먹으면 사 먹었지 멀쩡한 두 다리 놓아두고 무엇 하러 돈 내고 버스를 탔으랴마는.

개 구경하느라 몸도 마음도 지친 우리 넷은 아무 말 없이 터덜터덜 한여름 이른 오후의 도심을 걸었다. 돌아오는 길은 행로를 바꾸어서 부둣길을 통해서 가지 않고 부산역 앞을 지나는 큰길을 택하였는데, 그것은 그나마 도심 건물들의 그늘을

징검다리 건너듯 찾아 들며 뜨거운 햇빛을 조금이라도 피하고
자 함이었다.

우리의 귀갓길은 부산진역 부근까지 다다라서 이제 집까지
는 채 2킬로미터가 남지 않았는데, 역 건너편의 전파상 앞에
사람들이 몰려 있었다. 세계 권투챔피언 김기수 선수는 작년
에 이탈리아에서 치러진 3차 방어전에서 아깝게 실패하고 말
았는데 다른 큰 권투 중계라도 있나 해서 우리 넷은 다시 힘을
내어서 건널목도 아닌 곳을 무단 횡단하여 왕복 8차선 도로를
건너갔다.

전파상의 19인치 대형 흑백텔레비전에서는 흐릿한 영상이 중
계되고 있었다. 아나운서는 흥분을 감추지 못한 채 '아폴로 11
호'와 '닐 암스트롱'을 되뇌었고 라디오 재치문답에 나와서 세
상만사 모르는 것 없이 달변을 자랑하던 만물박사가 거기에도
나와서 '달에는 토끼가 살지 않는 것이 확인되었군요'라며 농반
진반으로 해설을 했다. 땡볕에 쪼그리고 앉아서 중계를 시청하
던 역전 리어카 짐꾼 하나는 '퇴끼가 달에 있을 택이 엄찌. 세
상 어느 퇴끼새끼가 물도 풀도 없는 달에 살겠노'라며 텔레비전
속의 만물박사 해설에 아는 체 맞장구쳤다.

"미국 놈들은 우리 동네까지 들어와서 돌아댕기드만, 뭐 파

물 끼 있을 끼라꼬(뭐 파서 먹을 게 있을 거라고) 인자 달나라까지 가서 난리를 피우네? 참말로 이상한 놈들이네."

"아, 임마 이거 진짜로 무식하네. 우리나라에는 공산당 쫓아 내고 우리 지키 줄라꼬 와 있는 기고, 달나라는, 달나라는 말 라꼬 가는지 나도 잘 모리겠다. 우쨋든동 미국 놈들 진짜로 대단키는 대단타."

"미국에는 수돗물만 틀어도 주스하고 콜라가 콸콸 쏟아지 나온다 카덴데?"

"야, 암만 그렇지마는 수도꼭다리에서 콜라가 나오믄 미국 콜라 장사는 모조리 굶어 죽구로? 뻥을 까도 쫌 알아보고 까라, 자슥아."

"우쨋든 간에, 나는 커서 꼭 미국 함 가 볼끼다, 뱅기 타고."

"택도 엄는 소리 고마해라. 니가 뱅기 타고 미국 가믄, 나는 로케트 타고 달나라 가서 살겠다, 달나라 가서 살겠어."

아폴로 11호의 달 착륙 중계방송이 끝나고 우리는 집으로 돌아가는 길을 서둘렀다. 아직 해는 중천에서 뜨거웠지만 매축지에서 달나라까지 무소부지無所不至하는 미국이라는 나라에 관해서 이야기하며 내가 옳네 네가 그르네 아옹다옹하느라 우리는 허기진 것도 잊었다.

변소야담便所野談

[이 글을 읽는 분 중에 비위가 약하거나 식사 중인 분, 또는 임산부와 노약자들께서는 이 장은 건너뛰시는 게 어떨지 미리 말씀드립니다.]

동네 공동변소가 드디어 말썽을 부렸다. (매축지의 용변 보는 시설을 화장실이라고 부르지 않고 굳이 변소라고 칭하는 것은, 그곳은 객관적으로 보아서 이 세상 어느 누구도 화장을 할 수 있는 시설이 아니어서 간단명료하게 변소라고 부르는 것이 이치에 맞아서이다. 가끔 어떤 자들은 똥간이라고도 낮잡아 부르기도 했지만 과공過恭은 비례非禮라, 너무 스스로를 낮추는 것도 예가 아니므로 역시 변소라고 칭하는 것이 적당하다 하겠다. 하기야, '똥오줌 변便'이니 변소나 똥간이나 그 말이 그 말이기는 하지만, 그래도 변소가 똥만 누는 곳은 아니고 오줌도 함께 누는 곳이었으니 뜻으로 보아서도 역시 똥과 오줌을 포괄하는 변소라는 명칭이 가장 적절하다 할 것이다.) 매축지에 집들이 들어서면서 변소들도 같이 지어졌을 테니 족히 이십여 년은 넘었을 것이 분명한데 나무로 얼기설기 지은 변소 전체의 노후화가 문제를 일으키기 시작한 것이다. 늦은 봄부터 가을 선선한 바람이 불기 전까지는 온갖 종류의 파리가 기승을 부렸고 변소 옆집 아기가 장난감삼아 만지고 놀던 구더기도 남들 보기에 딱히 좋은 광경은 아니었다. 오죽했으면 동네 아이들은 크리스마스가 다가와도 경건하게 '고요한 밤 거룩한 밤'을 부르는 대신 '징글벨'을 개사改詞하여 성탄절에 부르기에는 대단히 적합하지 않은 내용의 노래를 크리스마스 캐럴이랍시고 고래고래 목청 높여 부르며 돌아다녔는데 그 캐럴의 제목은 '징글똥'이었다.

'변소 위~로
똥파리 타고
나르는 기분

살벌해 죽겠네

옆집 아줌마

설사 만나서

똥통 위에 홀로 앉아

물똥 쌌단다, 헤이~

똥파라 똥파라

중심 잡~아라

까딱하면 너와 나는

물똥 신세다'

착하고 순진하기로 치자면 매축지 아이들이라고 다른 동네 아이들과 특별히 달랐을 이유가 만무했을지 조금 있었을지는 딱 부러지게 말할 수 없지만, 그래도 그 아이들이 얼마나 징글징글했으면 '징글똥'같은 노래까지 만들어 불렀을지에 대해서는 약간의 연민을 가지고 들어보아야 마땅하다 할 것이다.

학교에서 내어 주는 숙제에는 국어, 산수, 사회, 자연 학과수업과 관련된 것 외에도 여러 가지의 과제들이 있었다. 학급 환경 정리를 위한 그림이나 장식품, 화병에 꽂을 꽃을 할당받기도 했고 청소용 걸레를 만들어 와야 하기도 했으며, 하물며 국가적 방역 정책에 부응하기 위해 '전국 쥐 잡기 강조 기간'에는 쥐를 잡아다 바쳐야 했다. 물론 쥐를 잡아서 한 마리씩 덜렁덜렁 들고 등교할 수는 없는 일이었으니 쥐를 잡았다는 증표로 쥐 꼬리를 잘라서 학교에 제출해야 했는데, 아니할 말로 아이들이 무슨 고양이 새끼도 아니고 쥐를 오천오백 성남 어린이가 모두 한 마리씩 잡아서 갖다 바치라는 것은 아예 집집마다 쥐를 시골집 병아리 키우듯 키우란 것인지 당최 이해할 수 없는 일이었다. 애당초 1인 1쥐 꼬리 숙제는 매축지의 쥐 사정을 전혀 감안하지 않은 문교부와 교육청의 가당치도 않은 탁상행정의 폐해라고밖에 볼 수 없었다. 거기다가 엽기적이게도 꼬리를 잘라서 가져오라니….

쥐 꼬리 숙제를 아예 포기하고 회초리 몇 대를 맞는 것을 택하는 아이들이 많았지만 선생님이 시키는 일이면 양잿물이라도 마셔야 하는 줄 알던 일부 순진하디 순진한 아이들은 정말로 쥐 꼬리를 잘라서 오기도 했고 어떤 잔머리 잘 굴리는 녀석들은 먹기에도 부족한 마른오징어 다리 중에 적당한 굵기와 길이의 다리를 잘라내어서는 오징어 다리의 흡착판을 하나하나 떼어내고 흙 바닥에 비벼서는 그걸 쥐 꼬리라고 학교에 제출하기도 했다.

쥐 잡기 강조 기간의 쥐 꼬리 숙제가 여름에는 파리로 바뀌었다. 주간목표로 저학년은 일 인당 파리 다섯 마리, 고학년은 열 마리씩을 잡아서 학교에 가져다 내어야 했는데, 파리야 무진장했으니 쥐 꼬리보다는 달성이 용이한 목표이기는 했지만 파리를 잡아서 작은 성냥갑에 담아두면 더운 날씨에 구더기가 슬기 마련이어서 아무리 험난한 세상 풍파에 단련된 매축지 아이들이었을망정 파리 잡기 숙제도 쥐 꼬리나 매일반으로 적응이 쉽지 않기는 마찬가지였다. 하지만 오징어 다리로 쥐 꼬리 만들 듯 파리를 만들 다른 방도도 없었기에 아이들은 이를 악물고 파리채를 휘두르며 숙제를 해내었다. 의무 교육을 받기 위해서는 여러 가지 힘든 의무를 다해야 했던 것이다.

비가 오면 변소의 낡은 지붕에서 떨어지는 낙숫물을 맞으며 볼일을 봐야 했고 나날이 불어나는 16통 4반의 인구를 감당하기에는 변소 똥통의 용량도 충분치 않아서 똥을 치고 나서 채 한 달도 안 되어서 똥통은 가득 찼다. 변소 옆집의 아주머니가 오로지 변소 옆집에 산다는 이유만으로 똥반장을 맡았는데 그녀의 직무는 똥통이 가득 차기 전에 오물 수거업체에 연락하여 제때에 똥을 쳐내는 것이었다. 식구 수대로 집집마다 징수하는 변소 사용 요금을 면제받는 것이 그 일에 대한 똥반장의 보수였다. 가끔 반장이 깜빡하여 똥 치기가 늦어지면 사람들은 변소 발판 사이의 투입구 위로 그득히 솟아오른 배설물 때문에 제대로 쭈그리고 앉지도 못하고 반쯤 서서 볼일을 봐야 했다. 그것마저도 한계상황에 다다르면 이웃 5반이나 7반의 똥 반장에게 사정하여 변소를 임시로 같이 사용하는 수밖에 없었다. 다만 그 경우에는 두 배 늘어난 사용자로 인해 아침마다 변소 앞의 줄이 두 배로 길어지는 불편을 피할 수 없었다. 똥치기는 원래 '똥 퍼'라고 소리치며 똥장군을 지고 동네를 돌아다니는 아저씨들이 처리했다. 그들은 굵고 진한 바리톤 목청으로 들릴 듯 말 듯 작은 소리로 먼저 '똥'하고 짧게 말한 후에 가슴 속의 무엇인가를 토해내듯 큰 소리로 우렁차게 '퍼~'라고 외쳐서 자세히 귀 기울여 듣지 않으면 단속적으로 '퍼, 퍼' 소리만 크게 부르짖는 듯 들렸다. 그들은 '퓹니다'라고 정중하게 말하기는커녕 '푸세요' 정도의 반존대도 하지 않고 '퍼, 퍼'라며 아예 반말조로 외쳤는데 자칫 시비처럼 들릴 수도 있던 그 부르짖음에는, 그러나 가만히 듣다 보면 겨울밤의 '찹쌀떡' 운율처럼 숨기래야 숨길 수 없는 물기가 서려 있었다. 나중에는 그 일도 자동화되어 트럭 짐칸에 커다란 수거통이 설치되어있고 오물 흡입용 기다란 고무호스를 그 통 주위로 둘둘 감은 오물 수거 트럭이 털털거리며 찾아와서 똥을 치워갔다. '퍼'의 기억은 시나브로 사라지고 세상은 여전히 조금씩 조금씩 변해가고 있었다.

변소 이야기가 나온 김에 덧붙이자면 볼일을 본 후의 뒤처리에 필요한 휴지에 대해서도 그냥 지나칠 수가 없겠다. 휴지라고 말은 했지만 실제적인 사용 측면에서 보면 뜻도 애매모호한 휴지라는 명칭보다 우리가 사용했던 '똥 종이'가 단도직입적이고도 명징하게 그 쓰임새를 표현한다고 할 수 있겠다. 세상 어느 옥편을 찾아봐도 휴休 자에 뒤 닦는다는 뜻은 없기도 하거니와, 조선 시대 양반들이 할일은 안 하고 뒷자리에 앉아서 음풍농월하듯이 멋이나 부리며 휴~하고 편하게 말하는 것도 마땅치 않기는 매한가지이기 때문이다. 너무 깊이 들어가는 것 같아 조심스럽지만, 그러면 아까는 '똥간'이라 하지 않고 '변소'라 하는 게 맞는다고 했으니 '똥 종이'도 '똥 종이'라 하지 말고, 휴지까지는 아니더라도 '변지'라고 불러야 마땅하지 않으냐고 주장하는 헛똑똑이들도 있겠지만, 그 종이로 사람들이 오줌까지 처리하지는 않았으므로 '변지'는 너무 그 범위가 넓어서 역시 그냥 '똥 종이'라고 부르는 것이 적절하다 하겠다. 여하간에 그 '똥 종이'로는 여러 가지 재질의 종이가 사용되었다. 제일 흔한 것이 읽고 버리는 날짜 지난 신문지였으며 신문지가 떨어지면 가용한 다른 여러 종류의 종이들이 쓰였는데, 믿기 어렵겠지만 어떤 경우에는 시멘트 포대가 사용되기도 하였다. 제일 고급으로 쳐주던 것은 얇은 습자지로 만들어진 일력日曆이었는데 그것은 일 년 삼백육십오일 하루하루가 한 장씩으로 되어 있어서 총 삼백예순다섯 장의 똥 종이로 사용할 수 있었고 보드라운 습자지의 감촉으로 인하여 많은 사용자들로부터 각광을 받았다. 일찍 일어나는 새가 벌레를 잡듯이 아침에 제일 먼저 일어나서 변소로 가는 사람이 전날의 일력을 떼어갈 수 있었는데, 어떤 집에서는 일찍 볼일을 본 누나가 이미 전날의 일력을 떼어 갔는데도 불구하고 지나지도 않은 당일 일력을 찢었다가 '똥 종이 한 장이 문제가 아이고 인간 됨됨이가 문젠기라'라며 지은 죄에 비해서는 다소 과도한 꾸지람을 아버지에게 듣고 아침밥도 못 얻어먹은 채 빈속으로 털레털레 등교한 아이도 있었다.

똥 종이의 다양한 재질로 단련되어서 모두 치질이라는 병이 뭔지 모르고 지냈지만 단지 신문지든 일력이든 인쇄물들인지라 잉크의 색깔이 이용자의 양쪽 엉덩이 사이에 흔적으로 남기는 하였는데, 그렇다고 누가 까뒤집어 볼 것도 아니었으니 크게 신경 쓸 문제는 아니었다. 참고로 말하자면 일력을 사용

할 경우 화수목금토요일에는 월화수목금요일의 검정색, 일요
일에는 토요일의 파란색, 월요일에는 일요일의 붉은색 잉크가
뒤에 묻었고 보통 사용하던 신문 잡지는 검은색의 흔적을 남
겼다.

변소의 상태가 이러하였으니 미리 이야기했듯이 집집마다 요
강은 필수품이었고 그나마 공중변소도 귀한 시설이라 모두 소
중하게 아껴서 사용해야 했으니 모든 공동변소의 문에는 어
떤 형태든지 잠금장치가 구비되어 있었다. 대부분은 문 안쪽
에 조잡한 걸쇠를 달아두고 구멍을 뚫어 놓아서 바깥에서 그
구멍 안으로 철사를 구부려 만든 열쇠 같은 것을 집어넣어서
여닫을 수 있게 만들어 놓았는데, 그 잠금장치라는 것이 조잡
하기도 했거니와 주의력 부족한 아이들은 그것을 잠그지 않는
경우가 태반이기는 했지만 이방인의 불법적인 사용을 막는 역
할은 충분히 하였다. 그렇지 않아도 넘치는 수요에 부족한 시
설에다 모든 공동변소가 무허가 사용까지 차단해 놓았으니 지
나가던 거지나 행상들을 포함한 허가를 받지 못한 자들은 급
한 용무를 어쩔 수 없이 노상에서 처리할 수밖에 없었다. 그러
나 노상 방뇨라고 여기저기 맘 내키는 대로 아무 데서나 할 수
있는 짓은 아니었으므로 몇몇 으슥한 골목 구석들이 주요 지

점으로 지정되어서 그곳들은 늘 습기에 차 있었고 고약한 지린 내가 코를 찔렀다. 그런 곳의 담벼락에는 대부분 희거나 검은 페인트로 커다란 가위 그림과 함께 '소변 금지'라는 경고 문구가 쓰여 있었지만 그 경고가 제대로 된 역할을 하는 곳은 없어서 그려놓은 가위의 효과는 기대만큼 충분치 못한 듯하였다. 그러던 중 집의 담벼락이 가설 공동변소 역할을 하던 집에 이사 온 어느 눈빛 맑은 청년이 집 담벼락의 가위와 소변 금지 경고문을 검은색 페인트로 지우고 그 위에 흰색 페인트로 산뜻하게 새로운 경고문을 내걸었는데 그날 이후로 그곳에서 바지춤을 내리고 볼일을 보는 사람이 감쪽같이 사라졌다.

거기에는 명랑하고도 간결하게 '왔구나 개새끼!' 여섯 글자가 감탄부호 하나와 함께 단정하게 쓰여 있었는데, 어떻게 보면 그것은 경고문이라기보다 집 나갔다 돌아온 강아지를 반기는 주인의 다정한 부름 같기도 하였다.

어느 날 동네 아주머니들이 쌀장수네 집에 모여서 육백 화투를 치다가 반쯤 쉰 보리밥을 찬물에 대강 씻어내고 역시 반쯤 쉰 된장찌개와 완전히 쉬어빠진 열무김치에 쓱쓱 비벼서 맛있는 점심들을 먹었다. 맛있는 점심 식사 후 얼마 지나지 않아서 평소 과민한 대장 증상을 보이던 쌀장수 아주머니는 한 손으로는 사르르 아파오는 아랫배를 움켜쥐고 다른 손으로는 구겨진 신문지와 변소 열쇠인 구부러진 철사를 그러쥔 채 공동변소로 뛰어갔다. 점심 후의 평일 오후였는지라 골목은 조용하였고 이른 아침 러시아워도 아니었으니 변소 앞에는 당연히 대기 줄도 없었다. 촌각을 다투는 긴박한 상황이어서 아주머니는 하늘이 노래지는 것 같기도 했지만 젖 먹던 힘까지 짜내어서 어찌어찌 뒤를 단도리하면서 변소 문 앞까지 무사히 도착하였다. 아주머니는 변소를 사용할 때에는 우선 안에 누가 있는지 노크부터 해야 한다는 것쯤은 당연히 알 만한 교양인이었지만, 그날은 상황이 매우 여의치 못했던 관계로 다짜고짜 철사로 된 열쇠를 변소문의 구멍에 집어넣고 안쪽의 걸쇠를 푸는 동시에 변소 문을 있는 힘껏 잡아당겼다. 변소 문은 덜커덕 삐그덕 요란한 소리를 내며 활짝 열렸다.

문이 열리기는 열렸는데, 비어 있었어야 할 그 어둠침침한 변소 안에는 커다란 몸집의 사람 하나가 쭈그리고 앉아 있다가 바로 눈앞의 문이 벼락 치듯 벌컥 열리자 너무나 놀란 나머지 눈을 화등잔만큼 크게 뜨면서 벌떡 일어섰다. 변소의 방향이 문을 보고 앉게 되어있었으므로 변소 안의 화등잔만 한 눈과 역시 변소 바깥에서 화등잔만 하게 커진 아주머니의 눈이 정면으로 맞부딪쳤다. '흐억'하는 탄성을 단말마처럼 내뱉으며 벌떡 일어선 변소 안 화등잔의 주인공은 전에 묻지도 않은 이 '빗치' 저 '빗치'를 점잖게 설명해 주던 미군속 아저씨였다. 그날은 평일이었지만 미국은 독립기념일 휴일이었기에 그는 미군 보급창에 출근하지 않고 집에서 쉬고 있던 참이었다고 나중에 전해졌다. 여하간에, 미제美製 휴일을 편히 즐겨야 했던 그 아저씨는 이웃 아주머니의 남보다 과민한 대장 증상과 국가대표 축구선수 이회택보다도 날랜 그녀의 동작을 막지 못하여 '우째 이런 일이!'라고 속으로 수없이 되뇌며 남은 휴일을 좀 쑥스럽고도 불편한 심정으로 보내야 하였다.

아주머니는 아저씨의 '흐억'하는 감탄사에 '아이고머니나'라며 역시 감탄사로 간단히 대답하고는 쏜살같이 치맛자락을 휘어잡고 집으로 뛰어 돌아갔다. 그 상황에서 아무리 오랜만에 만난 이웃 간이라고 한들 격식을 차려가며 다정한 말씨로 '안녕하십니까, 별고 없으시지요?' '네, 오랜만이군요. 그런데 어쩐 일이십니까?' '아닙니다. 계속 볼일 보시지요. 그럼 이만…'이라며 점잖게 수인사를 할 수는 없는 일이었으니, 가능한 한 빨리 상황을 정리하는 것이 예의에 맞는 행동이었다 할 것이다. 얼굴이 벌겋게 상기되고 숨을 헐떡거리며 뛰어 들어오는 아주머니를 본 육백판의 다른 아주머니들은 화투패를 돌리며 무심하게 물었다.

"설사 만났다 카디마는 뭔 놈의 똥을 이래 빨리 누고 오노?"

"변소간에서 그 짧은 시간에 뭘 했길래 저래 헐떡거리 쌓노, 헐떡거리 쌓기를?"

아프던 아랫배 증상이 거짓말처럼 사라진 쌀장수 아주머니는 가쁜 숨을 진정시킨 뒤 평소의 호방한 성격답지 않게 약간은 쑥스러운 듯 얼굴을 살짝 붉히며 둘러앉은 육백회원 동료들에게 자초지종을 풀어놓았다. 다행히 피해자였던 아저씨의 부인은 평소 화투 같은 잡기를 즐겨하지 않아서 그 육백 모임의 회원은 아니었다.

"내가 변소 문을 벌컥 열었디마는 뭐가 시커먼 기 벌떡 일나 서는데, 아이고 참말로 얄궂어라…. 일나 서는 다리 중간에 뭐가 덜렁덜렁 거리는 기라. 아이고 마, 참말로…. 그냥 앉아있던지 하지 일나 서기는 말라꼬 일나 서 가지고…."

"그 아저씨가 얼마나 놀랐시면 똥 누다가 벌떡 일나 섰겠노, 일나 서기를? 니가 반가버서 일나 섰겠나?"

"아이고 니는 좋았겠네. 서방 쫓아내고 몇 년 만에 좋은 구경 했네?"

"덜렁거리는 기 크기는 크더나, 우뚱더노? 자시(자세히) 봤나?"

동네 아주머니들은 화투패도 팽개치고 배들을 잡고 방바닥을 뒹굴었다.

사정이 이러하여 날이 갈수록 변소와 관련된 사건 사고가 끊이지 않자 16통 4반 반장 아저씨와 16통 4반 똥반장 아주머니는 어느 날 밤에 한 이불 속에 나란히 누워서 변소 문제 해결을 위한 논의를 시작하였다. 변소 지붕의 슬레이트를 새 것으로 갈고 문짝을 새로 만들어 달면 좀 나아지지 않겠느냐는 반장 아저씨의 제안에 변소 실무에 정통한 똥반장 아주머니는 작금의 변소 상황이 부분적인 수리로 해결될 수준이 아니라며 '마카 갈아 엎어삐고(모두 갈아 엎어버리고) 밴소를 아예 새로 지어야 한다'고 주장하였다. 한 이불 속이라니 자칫 오해가 있을 법하여 정확하게 사실을 말해두자면 반장과 똥반장은 부부간이었는데, 내주장이 센 똥반장 아주머니의 의견이 당연히 채택되어서 다음 날부터 부부가 집집마다 돌면서 변소 재건축에 대해 설명을 하고 동의를 받았다. 변소 재건축 비용 역시 똥 치는 것과 마찬가지로 가구당 가족 수로 나누어서 배분했는데,

아이들은 어른들의 반값을 쳤다. 큰 비용이 들어가는 공사고 그럴 리야 없지만 혹시나 반장 똥반장 부부가 안팎으로 짜고 부정을 저지르면 안 되었으므로 투명한 재정 집행을 위해서 육백회원 중 점수 계산에 밝은 아주머니 하나가 감사로 선임되었다. 공사기간 16통 4반 주민들의 문제 해결은 맞은편 16통 5반과 뒤편의 16통 7반 공동변소를 나누어서 사용키로 각 반의 똥반장 간에 협의하고 드디어 16통 4반의 변소 재건축공사가 시작되었다.

반장네 옆집에 세 들어 살던 삼십 대 중반의 남자는 건축공사장에서 날품팔이하면서 목공 일과 미장 일을 다 경험해 보았다 해서 변소 재건축공사를 자의 반 타의 반으로 떠맡았다. 자의라 함은 변소 재건축 일이 그가 다른 공사장에서 잡역부로 버는 일당보다 배는 더 벌 수 있었기 때문이고 타의라 함은 다른 전문 업체에다가 일을 맡기는 것보다 예산을 반으로 줄일 수 있었던 반장네의 강력한 추천과 요청 때문이었다. 일거리도 변변치 않아서 하루 벌고 사흘 쉬는 형편이었던 지라 그는 혼자 그 일을 어떻게 다 할 것이냐며 말리는 아내의 만류를 뿌리치고 변소 재건축공사를 떠맡았다. 오래된 목조 변소를 헐어낸 후 묻혀 있던 삭아빠진 똥통을 걷어 내는 것이 제일 큰일이었는데, 가용하지도 않았지만 쓸 수 있었더라도 좁은 매축지 골목으로 포크레인이나 지게차를 불러와서 공사할 수도 없었으니 모든 일은 그 젊은 아저씨 혼자서 다 맡아서 해야 했다. 나흘 걸려 목조 변소를 철거하고 닷새 걸려서 용량이 훨씬 커진 새 통을 묻고 공구리를 치고 시멘트 블록으로 벽과 천장을 올린 후에 나무 문짝을 만들어 달았다. 거창한 변소 개축기념식은 없었지만 동네 사람들은 혼자서 근 열흘을 수고하여 번듯한 새 변소를 지어낸 아저씨를 치하했고, 공사를 마무리한 날 저녁에 그는 반장 댁에서 똥반장 아주머니가 마련한 소박한 술상을 받고 반장과 함께 거나하게 취했다.

공사가 끝난 후 며칠을 쉬던 그는 시나브로 조금씩 기력을 잃는 듯 혈색이 나빠지고 시름시름 앓기 시작했다. 그렇게 자리보전을 한 지 채 한 달도 지나지 않아서 그는 숨을 거두고 말았는데, 병원에서 진료도 제대로 받지 못해서 병명이 무엇인지 다들 알지도 못했다. 어떤 사람들은 평소에 지병이 있었던 것이 갑자기 나빠졌을 거라고 말했고, 어떤 이들은 혼자서 변소 공사를 맡아서 그 지독한 냄새와 가스를 맡으며 일하다가 똥독이 올라서 그렇게 된 게 아니었겠냐고 했다. 동네 사람들은 보통 때보다는 후하게 부조했지만, 가까운 친척도 없었는지 가족만으로 약식으로 치러진 장례에서 변소 일을 만류했던 그의 아내와 국민학생 아들딸은 서로 부둥켜안고 한없이 눈물을 흘리기만 하였다.

잘살아 보세

　종가 큰집은 전국적인 온천 명승지로 유명한 동래의 부촌에
자리잡고 있었다. 종손이었던 나의 재종숙再從叔 아저씨는 일찍
이 신문물에 눈을 떠서 일제시대부터 부산에서 사업을 일으켜
당시 한국 최대의 재벌로 자리잡기 시작한 기업의 최고 경영진
이었다. 그 아저씨는 고향에서 한학을 공부했지만 원래 타고난
영민함과 가문의 종손으로서 어릴 때부터 가꾸어온 덕성으로
그 회사의 부사장까지 승진하였는데, 그 회사 창업자의 직책이
사장이었으니 명실공히 당시 재벌회사의 최고 경영진 중의 한
사람이었던 것이다. 내가 그 종가의 저택을 방문한 것은 어느
겨울 양력 설날이 며칠 지난 후였는데, 종가에서는 이중과세=

重過歲하지 말라는 정부의 시책에 따라 양력으로 설을 쇠고 있었다. 시골 고향의 몇몇 어른들은 그래도 명절 차례는 음력으로 모셔야지 어디 왜놈 설을 쇠느냐면서 마땅치 않은 얼굴들을 하였지만 종가의 결정이라 누구도 대놓고 말을 하지는 못했다. 워낙 분주한 종가의 설날이 지나고 며칠 후에 엄마는 오랜만에 종가댁의 큰 형님에게 새해 인사라도 올리려고 찾아갔던 것인데 엄마가 가는 곳이라면 어디든지 따라나섰던 나는 그날도 엄마의 외출을 놓치지 않았다. 동래 고급 주택가의 한가운데에 자리한 그 집은 대문이 부둣길 호남정유 주유소의 간판보다 높고 컸는데, 찌르릉 초인종을 누르니 한참 있다가 하얀 앞치마를 두른 일하는 아주머니가 나와서 큰 대문 옆에 나있는 작은 쪽문을 열어 주었다. 집 안으로 들어가니 눈앞에 펼쳐진 잔디 정원이 전국 최대 학생수를 자랑하는 우리 학교 운동장 크기의 반도 넘어 보였다. 본채의 복도는 자칫 주의를 게을리했다가는 엉덩방아를 찧기 좋을 만큼 반질반질 윤이 나게 닦여있었고 그 긴 복도를 지나자 커다란 거실이 나타났다. 엄마는 고운 한복을 차려입은 종가 큰형님에게 공손히 인사하며 안부를 전했고 내게 7촌 아주머니뻘 되는 그 귀부인은 친절하고 정답게 엄마를 맞아주었다. 난생처음 소파라는 데에 앉아본 나는 말 그대로 좌불안석이어서 엉거주춤 소파 끄트머리에 불안하게 엉덩이를 걸치고 있었는데 하필 그 와중에 뒤가 마렵기 시작하였다. 내가 '엄마, 똥?!'이라고 엄마를 올려다보며 신호를 보냈더니 옆에서 과일 접시를 치우던 가정부 아주머니가 친절히 현관 부근의 손님용 변소, 아니 화장실로 안내해 주었는데 그곳이야말로 변소가 아니라 '화장실'이라고 불리어 마땅한 곳이었다.

화장실은 천장과 사방 벽이 새하얗게 칠해져 있었고 무엇보다 그 크기가 우리 집의 작은방만 하였다. 화장실의 한쪽에는 새하얀 세면대가 자리잡고 있었고 그 옆의 수건걸이에는 뽀송뽀송한 세수수건 두 개가 가지런히 걸려있었다. 반짝거리며 윤이 나는 타일 바닥의 가운데에는 생전 처음 보는 모양새의 새하얀 도자기 그릇 하나가 자리잡고 있었는데 반짝반짝 윤이 나는 그 그릇은 너무 깨끗해서 볼일을 보는 곳이 맞는지 잠시 의문이 들었지만 그 그릇 외에는 달리 마땅한 것이 없기도 하였고 용무가 급했던 나는 그 그릇의 가운데를 조심스레 맞추어서 앉아 볼일을 보았다. 평소 익숙하던 변소의 상황과 판이하여 나는 적잖게 긴장하기는 하였지만 워낙 급했던 터라 시원하게 용무를 마쳤다. 그런데 문제는 배설물 덩어리가 매축지나

학교의 변소처럼 가운데 구멍으로 사라지지 않고 새하얀 도자기 그릇 한가운데에 그대로 동그마니 남아있는 것이어서 나는 도대체 이 사태를 어떻게 해결해야 할지 몹시 당황스러웠다. 도자기 그릇의 앞쪽으로 물이 고여있는 구멍이 있으니 필시 그곳으로 문제의 덩어리를 밀어 넣어야 할 것인데 이걸 손으로 집어서 넣으라는 것인지 어쩌란 것인지 당최 알 수가 없는 일이었다. 엄마를 또 불러야 하나 아니면 그냥 두고 나가서 모르는 척 시치미를 떼고 앉아있어야 하나 망설이다가 정신을 가다듬고 주위를 둘러보니 천장 한구석에 상자 모양의 갈색 플라스틱 물통 같은 것이 달려있었고 그 물통의 한 귀퉁이로 기다란 손잡이가 늘어뜨려져 있었다. 필시 문제의 해결책은 그 손잡이에 있음이 분명하다고 판단한 나는 손잡이를 살짝 당겨보았지만 아무런 기별이 없길래 에라 모르겠다는 심정으로 힘껏 잡아당겼는데, '쏴아아 쏴르르 쏴아 쏴르르' 천둥 치는 듯한 소리를 내며 도자기 그릇 안에서 물이 쏟아져 나왔다. 시원스러운 물줄기에 문제의 덩어리는 게 눈 감추듯 사라져버렸지만 굉음에 가까운 물 내리는 소리에 놀라서 나는 자칫 화장실 맨바닥에 털썩 주저앉을 뻔하였다. 벌렁거리는 가슴을 진정시키면서, 나는 냄새 나고 여름에는 파리가 가끔 콧구멍 속으로 들어와서 재채기해야 할 경우도 있지만 매축지의 변소가 아주 못 쓸 것은 아니라는 생각을 잠시 동안 하였다.

　그 저택의 화장실은 매축지의 변소와 비교해서 일장일단이 있었지만 다른 것들은 한마디로 하늘과 땅만큼 차이가 나서 입이 떡 벌어질 지경이었다. 하지만 나는 점잖은 체면에 대놓고 눈을 휘둥그래 뜨고 두리번거리며 촌놈행세를 할 수는 없었기에 소파에 엉덩이를 걸치고 조신하게 앉아있었다. 거실 소파 옆의 탁자에는 새까만 전화기가 놓여있었고 금성사의 대형 19인치 텔레비전 옆의 생전 처음 보는 커다란 전축이며 음악시간마다 이 반에서 저 반으로 낑낑거리며 들어 옮겨야 했던 학교 풍금보다 두 배는 더 커 보이는 피아노까지 마치 별천지에 온 듯하였다. 전화는 워낙 공급이 부족해서 매매가 가능한 백색 전화 하나를 들여놓으려면 어지간한 집 한 채 값의 설치비가 들었으니 보통 사람들은 아예 엄두를 낼 수 없는 귀물이었다. 나중에 집에 오는 길에 엄마가 말했는데 그 집의 주인인 재종숙 아저씨는 수박을 워낙 좋아해서 어떻게 구하는지 모르지만 겨울에도 수박을 냉장고에 넣어두고 먹는다 하였다.

　그날 그곳에는 서부 경남의 고향에서 찾아온 친척 할머니도 한 분 와 계셨는데, 재종숙모는 그분을 모시고 극장 구경을 하러 가기로 되어있었는데 마침 잘되었다며 엄마와 나도 같이 극장 구경을 가자고 청했다. 6~70년대가 한국 영화의 전성기였고 영화 보는 것이 보통 사람들의 제일 큰 오락거리 중의 하나였던 터라 부산에도 도심의 남포동과 서면, 그리고 매축지에서 가까운 범일동을 비롯한 시내 곳곳에 많은 영화상영관이 성업 중이었다. 그날 본 영화는 연전에 개봉하여 공전의 히트를 치고 정부의 대대적인 지원까지 받아 가며 계속 제작된 '팔도강산'시리즈의 여섯 번째 작품인 '아름다운 팔도강산'이란 제목의 영화였는데 다분히 국가 정책 홍보가 가미된 줄거리였지만 재미있다고 소문이 나서 큰 인기를 모았던 것인데, 고향에서 어르신도 오셨으니 그날의 선택은 당연히 '팔도강산'이었다. 난생처음 부잣집의 자가용인 '지프' 뒷자리 가운데에 끼어 앉아서 동래에서 남포동까지 먼 길을 갔다. 처음 가 본 국도극장은 부산시내에서 몇 안 되는 개봉관이었는데 우리의 단골 극장인 부산진역 앞의 미성극장과는 동래 저택과 매축지 집의 차이만큼이나 달랐다. 의자도 쿠션이 찢어지거나 팔걸이가 깨진 곳 없이 안락하였고 무엇보다 화장실에서 냄새가 나지 않았으며 극장 건물 전면에 커다랗게 걸려있는 영화 간판 속의 김희갑 할아버지와 황정순 할머니도 포스터 사진을 그대로 옮겨다 놓은 것처럼 정교하여서, 어딘가 좀 어설퍼 보이던 미성극장의 간판이 고등학교 미술반 학생이 그린 그림이라면 국도극장의 그것은 전문화가가 그린 것이라 할 만큼 어린 내 눈에도 그 차이가 확연하였다.

영화의 내용은 시골의 노부부가 전국에 흩어져 사는 1남 6녀 자식들을 찾아다니며 자식들의 사는 모습과 우리나라의 발전상 같은 것을 보여주는 것이었고 1편과 속편의 내용이 큰 차이가 없었는데도 1편이 나온 후 근 10년 동안 7편까지 제작되었다. '잘살고 못사는 게 팔자만은 아니더라'는 주제가도 큰 인기를 얻어서 우리도 그 노래를 부른 최희준의 저음 흉내를 내느라 내려가지도 않는 이상한 음정으로 '잘살고 못사는 건 마음 먹기 달렸더라'며 따라 불렀다.

꼭 팔도강산의 흥행에 고무되어서는 아니었겠지만 정부에서는 농촌의 생활환경 개선과 소득 증대를 목표로 '근면 자조 협동의 정신을 기치로 내걸고 새마을운동을 거국적으로 펼쳐 나갔다. 팔도강산 주제가와 닮은 꼴인 '잘살아 보세'라는 노래와 대통령이 청와대 거실의 피아노 앞에 앉아서 직접 작사·작곡했다는 새마을 노래가 마을마다 '새벽종이 울리고 새 아침이 밝으면' 스피커를 타고 동네 구석구석에 울려 퍼졌다. 텔레비전,

라디오 할 것 없이 가용한 모든 방송에서는 새마을운동의 정신과 성공 사례들을 전국적으로 퍼뜨려서 알렸고, 새마을운동은 일종의 국민 정신 개조 운동으로 농촌을 벗어나 도시를 포함한 전국적인 운동으로 확대되었다. 유명한 만화가가 그린 새마을운동 홍보 팸플릿이 집집마다 배포되었는데, 거기에는 새마을운동이 성공적으로 정착하면 농촌에서도 집집마다 텔레비전과 냉장고를 두고 살며 전국이 일일생활권이 되어서 서울에서 점심 먹고 부산에서 저녁을 먹을 수 있다는 꿈 같은 이야기가 총천연색으로 그려져 있었다. 대부분의 사람은 고개를 끄덕이며 그렇게 되면 얼마나 좋을까 생각들을 했지만 진심으로 그런 일이 일어나리라고는 믿는 사람은 그리 많지 않았다.

자랑스러운 전국 최대 국민학교의 학생으로서 당연히 우리도 그 운동의 대열에서 빠질 수 없었기에 학교에서는 새마을운동과 관련한 웅변대회가 개최되었다. 학급마다 웅변대회 예선이 벌어지고 한 목청 한다는 아이들은 연단에 서서 두 주먹을 불끈 쥐고 '새마을운동만이 우리나라와 민족을 살려낼 오직 한가지 길임을 이 연사 힘~ 주어 외칩니다~'라고 얼굴이 벌겋게 되도록 핏대를 세우며 부르짖었다. 사생대회와 글짓기대회가 연이어 열리고 일요일 새벽에는 반별로 학교와 동네 부근의 구역을 할당하여 청소까지 하였는데 모두 빗자루와 쓰레받기를 집에서 들고나와서 해 뜰 무렵까지 동네 청소를 하고 해산하였다. 청소를 한다면서 오천 명이 넘는 아이들이 모두 쏟아져 나오면 일요일 아침의 동네가 너무 소란해질 것이었으므로 고학년들만 각 반의 인원을 스무남은 명씩 차출해서 운영하였기에 매주 일요일 새벽잠을 설치지 않아도 된 것은 그나마 다행이었다.

반드시 새마을 운동과 관련된 것은 아니지만, 상부상조의 협동 정신을 고양하는 정부정책에 동참하기 위해서 우리는 수시로 불우이웃돕기에도 적극 참여해야 하였다. 불우이웃돕기 성금 십 원을 내던지 현금이 안 되면 현물로 쌀을 편지 봉투에 한 봉지 담아서 반별로 모았다. 우리 반만 하여도 여전히 점심 도시락을 싸 오지 못하는 '불우이웃' 친구들이 두엇 있었고 '불우에 가까운 이웃' 친구들은 그 숫자를 헤아리기가 힘들었는데도 때가 되면 모두 꼬박꼬박 성금을 내고 쌀을 갖다 바쳤다.

세상살이 혼자 다 아는 듯 목청 높은 정치인들과 언론에서는 당장 먹고사는 데 별반 도움이 안 되고 경제성도 없다며 쌍지팡이를 들고 반대하는데도 불구하고 포항의 영일만 모래밭에서는 군인 출신의 젊은 사장이 직원들을 모아놓고 '선조들의

136

피의 대가인 대일청구권자금으로 시작하는 이 사업을 우리가 성공시키지 못하면 모두 우향우해서 영일만에 빠져 죽는다'는 각오를 다지며 커다란 제철소 건설을 위한 말뚝을 박았다. 서울·부산 간에는 고속도로가 개통되었는데, 거기에 대해서도 잘난 사람들은 재벌들 기생놀이 가는 길 닦는다고 또 쌍지팡이를 짚고들 나섰다. 하지만 고속도로 개통 직전에 당시 최고의 인기를 누리던 영화배우 신성일이 혼자 미제 무스탕 자가용을 몰고 대통령보다 먼저 고속도로를 달렸다는 가십성 뉴스가 신문 한구석을 장식했을 뿐 어느 재벌이 여자를 옆에 태우고 놀러 다니느라 고속도로에 문제가 생겼다는 소식은 없었다. 국산 버스는 고속도로를 달릴 만한 속도를 제대로 내지 못해서 일본에서 버스를 수입한다 했고 얼마 후에는 미국의 그레이하운드사의 버스를 들여와서 운행하였다. 그 버스는 차체가 중간 부분부터 바퀴 위로 높이 올라와 있어서 마치 이층버스처럼 보였는데, 치타보다 더 늘씬한 개 한 마리가 뛰어가는 모습이 버스 양쪽에 커다랗게 그려진 그 버스는 한눈에도 고속도로를 달려야 마땅해 보였다. 고속버스에는 운전석 옆에 안내원의 자리가 따로 있어서 젊고 예쁜 승무원이 미니스커트 유니폼을 입고 안내방송을 했는데 어쩐지 그들은 덜덜거리며 달리는 만원시내버스의 보조원처럼 그냥 차장이라고 불러서는 안 될 것 같았다. 무슨 일로 고속버스를 타고 서울을 한 번 다녀온 옆집의 아저씨는 고속버스가 비행기만큼 깨끗하고 편할 뿐 아니라 안내양이 비행기 스튜어디스보다 더 예쁘고 상냥하더라고 입에 침이 마르게 서울 구경 자랑 겸 떠들었지만 막상 그 아저씨가 비행기를 타 보았는지에 대해서는 확인할 방법이 없었다.

'월남에서 돌아온 김 상사'라는 노래로 김추자는 데뷔한 지 얼마 되지도 않아서 일약 스타덤에 올랐는데 몸에 찰싹 달라붙는 판탈롱 바지를 입고 흔들어대는 그녀의 요란한 율동에, 매축지 16통 4반과 5반을 통틀어 딱 한 집에 있던 텔레비전을 그 집 마당에 모여 앉아 보던 동네 아이들은 모두 벌린 입을 다물지 못했다. 집 옥상에서 은을 만들어 '은집'이라 불리던 그 집 주인아저씨는 차마 화면을 똑바로 바라보지 못했는데 그렇다고 놓치기에는 너무 아까운 듯 고개를 옆으로 돌린 채 곁눈질로 김추자의 쇼를 우리와 같이 시청하였다.

우리 집에 월남에서 돌아온 사람은 김 상사가 아니라 이 중사였는데, 막내 오촌 당숙이 월남 파병 근무를 마치고 귀국한 것이었다. 김추자의 말대로 새까맣게 그을린 모습에 바짝 마른 몸매의 당숙이 입은 군복의 왼쪽 팔뚝에는 입을 크게 벌린 호

138

랑이가 그려진 부대 마크가 붙어있었다. 당숙은 월남에 가기 위해서 소위 '말뚝'을 박고 장기 하사관으로 지원하였고 월남파병 중 중사로 진급하였다 했다. '아재, 월남에서 베트콩하고 총쌈 진짜로 했능교? 베트콩 몇 놈이나 쏴 죽였습니꺼?'하고 내가 물었지만 그는 그냥 하하하 웃기만 했다. 실제 전투가 벌어지는 전쟁터를 가겠다는 지원자가 넘쳐서 그나마 장기 복무를 지원하면 파병이 쉬웠기에 당숙은 장기 하사관으로 말뚝을 박았다는 것인데, 서로 죽고 죽이는 전쟁터를 가기 위해 줄을 선 것은 필시 사람 좋은 웃음을 웃던 당숙이 딱히 폭력적이거나 남을 해치는 것을 좋아해서는 아니었을 것이다. 젊은 사람들이 낯설고 물선 이역만리 독일로 탄부炭夫나 간호사로 파견 나가기 위해서 줄을 서고, 하물며 목숨 건 전쟁터에 나가려고 군대 장기 복무 신청까지 했던 것은 오로지 돈을 벌기 위해서였는데, 월남을 다녀오면 제 하기 나름이지만 장가갈 밑천은 물론이고 잘하면 작은 가게 하나쯤은 차릴 목돈은 마련한다 하였다. 월남 근무를 마치고 귀국할 때는 보통 커다란 나무 상자에 각종 미제 피엑스 물품을 한가득 담아왔는데 미제 '제니스' 텔레비전 같은 값나가는 전자제품이나 외제 화장품 등을 담아와서 서울의 남대문시장이나 부산의 텍사스시장에 내다 팔았다. 당숙은 그 나무 상자를 우리 집에서 열지는 않았지만 따로 작은 골판지 상자에 든 미군 씨레이션 한 상자를 귀국 선물로 우리 집에 남겼다. 국방색 깡통들에 든 소고기 죽이나 돼지고기 햄은 조금 닝닝했지만 먹을 만은 했고 비닐 봉지에 싸인 크래커도 짭짜름하니 맛있었지만 당최 입맛에 맞지 않는 것은 작은 은박 종이 포장에 들어있는 커피라는 물건이었다. 물에 타서 먹어도 쓰고 그냥 찍어 먹으면 더 써서 나는 두어 번 혀끝에 대어보다가 사람 먹을 음식이 아니라고 결론 짓고 누가 그걸 먹는지 아니면 어디 갖다 버리는지 다시 쳐다보지도 않았다.

그렇게 제2차 경제개발 5개년 계획이 착실히 진행되고 새마을 운동이 전국적으로 확산되어 자리를 잡아가면서 마치 온 나라가 커다란 공장과 시장이 되어서 힘차게 돌아가는 것처럼 보였는데, 전국에 뿌려졌던 만화가 신동우가 그린 팸플릿에 나왔던 텔레비전과 냉장고가 있는 보통 사람들의 집은 불가능한 선전만이 아닌 것으로 느껴지기 시작했다. '정신일도 하사불성精神一到 何事不成'이라 써놓고 '정신 똑바로 차려봐야 아무 일도 안 된다'고 해석하고 '일찍 일어나는 새가 벌레를 잡지만, 아침에 일찍 일어나는 벌레는 먼저 잡아먹힌다'라고 농지거리나 하며 패배감에 사로잡혀 스스로를 비하하던 사람들도 이제 우리도 무엇인가를 이루어 낼 수 있겠다는 자신감을 조금씩 키워 갔다.

독일의 탄광과 월남의 밀림이 우리나라 농촌이나 도시와 다르지 않아서, 그곳들은 모두 조상 대대로 뼈에 사무친 가난을 벗어나기 위해 발버둥치던 사람들이 피땀 흘리던 삶의 전쟁터였던 것이다.

목욕 이발기沐浴 理髮記

매축지 사람들은 추석과 설이 다가오면 목욕을 했는데, 집집마다 온 가족이 남성팀과 여성팀으로 나뉘어서 무슨 운동 시합을 나가듯이 줄지어 목욕탕을 향했다. 일종의 연례행사였는데, 그렇다고 사람들이 일 년에 추석, 설 딱 두 번 목욕을 했다는 것은 당연히 아니고 목욕'탕'에 가서 씻는 것이 그랬다는 것인데, 형편이 되거나 특별히 깔끔을 떠는 사람들은 명절이 아니라도 두어 달에 한 번씩은 목욕탕에 가기도 하였다. 겨울에는 땀 흘릴 일도 없으니 목욕할 필요도 별로 없었지만 사람들은 가끔 좁은 부엌에서 물을 데워서 묵은 때를 벗겼고 여름에는 너나 할 것 없이 집안 마당에서 웃통을 벗고 등목을 하거나 발가벗고 온몸을 씻었다. 여름에 여자들은 혹시 남들이 볼까 봐 한밤중에 마루와 방의 불들을 모두 끄고 마당에서 목욕을 했는데, 매축지는 모든 집이 벽 하나를 사이에 두고 다닥다닥 붙어 있었으니 아무리 신경 쓴다고 해도 물 끼얹는 소리가 옆집으로 새어 나가기 마련이었다.

쌀장수네 옆집에는 지붕 위에 장독대로 쓰는 작은 옥상이 있었다. 거기서는 쌀장수네 집의 안마당을 훤히 내려다 볼 수 있어서 그 집의 국민학생 막내는 여름날 밤이 되면 자주 그 장독대 옥상으로 살금살금 기어 올라가서 쌀장수네 두 딸이 목욕하는지를 염탐하였다. 어둠 속에서 사냥감을 기다리는 살쾡이마냥 장독 뒤에 몸을 숨기고 두 눈만 반짝이며 기다리다가 그대로 잠들어버리기 일쑤였지만 어느 날 그 녀석은 동네 친구들을 모아놓고 드디어 큰딸의 목욕 장면을 봤다며 침을 사방으로 튀기면서 자랑했다. 아이들이 믿지 않는 눈치를 내비치자 그 녀석은 목욕하는 옆집 누나가 바가지로 물을 퍼서 몸에 끼얹는 자세부터 벗은 몸의 각 부분까지 세밀하게 묘사하기까지 했는데, 원래 과장이 심하고 말이 많은 녀석이었던 지라 아이들은 있는 그대로 다 믿지는 않았지만 긴가민가하면서도 호기심을 거두지 못하고 고개를 빼고 귀 기울여 들었다.

목욕탕은 동네를 통틀어서 시장통에서 부둣길로 빠지는 쪽에 딱 한 곳이 있었는데 전국 최대 국민학교와 동명의 '성남탕'은 문을 연 지 오래되어서 시설들이 낡은 편이었다. 성남탕에서 얼마 떨어지지 않은 파출소 맞은편에 추석을 목전에 둔 어느 날 새 목욕탕이 문을 열었다. 새로 문을 연 '오동탕'은 새로 지은 곳답게 넓고 깨끗해서, 오래되고 낡은 성남탕은 문을 닫아야 하는 절체절명의 위기를 맞는 것이 아닌지 주변에서 걱정하는 사람들도 있었지만, 중고등학생을 포함한 동네 대부분의 젊은이와 아이들은 자랑스러운 전국 최대 '성남'국민학교 동문이었던 관계로 '성남'탕을 고수하는 의리파들도 많았기에 성남탕은 오동탕에 비해서 현저히 노후화된 시설에도 불구하고 치명적인 타격을 받지는 않고 그럭저럭 운영해 나갈 수 있었다.

명절이 다가오면 온 가족이 남성팀과 여성팀으로 나뉘어서 한날한시에 목욕을 간다고 했는데, 새로 지은 오동탕은 무슨 연유에서인지 남탕과 여탕 사이의 벽을 천장까지 다 올려 막지 않고 천장에서 약 이십 센티미터 정도 틈을 만들어 두었는데, 남탕과 여탕 간의 원활한 소통을 위해 의도적으로 그런 것인지 벽을 치다가 시멘트가 모자라서 다 막지 못했는지는 알 수 없는 일이었다. 이유야 어찌되었던 간에 같이 목욕을 온 가족들은 그 틈을 이용해서 남탕과 여탕 간에 격의 없이 이야기를 나누었다.

"거시기 아부지요, 거시기 뜨신 물에 푹 불려 가꼬 사타리 새(사타구니 사이)까지 때 쫌 빡빡 밀어 주소."

"알았다, 고마. 앵간히 알아서 비낄까(벗길까). 걱정 붙들어 매고 니 때나 지대로 비끼라."

"머시기야, 이쪽은 비누를 이자뿌고 안 가꼬 왔네. 비누 좀 던져도고."

"아이고 참. 미리미리 쫌 지대로 챙기 오지. 자, 비누 잘 받으소."

"인자 고마 나가자. 답답해서 더 몬 있겠다."

"먼 택도 엄는 소린교? 인자 겨우 때 한번 비꼈고, 빨래도 안 죽 안 했구마는…."

가족들은 벽을 사이에 두고 있었지만 천장 아래에 뚫린 틈으로 비누나 때수건을 주고받으며 자기네집의 이쪽 방에서 저쪽 방으로 하듯이 편하게 이야기를 나누었다. 여자들은 한 번 목욕탕에 들어갔다 하면 최소한 두세 시간 이상씩을 머물며 온탕에서 몸을 불리고 나와서 때를 벗겨내기를 서너 번씩 반복했을 뿐만 아니라 빨랫거리도 한 바가지씩 가져와서 빨래까지

10. 목욕 이발기(沐浴 理髮記)　　145

했다. 그리하여, 여탕 탈의실에는 '빨래는 집에서!'라는 경고인지 호소인지 모를 정체불명의 안내문이 붙어 있었지만 별 소용이 없었다. 목욕탕 주인은 재어 보지는 않아서 정확히는 모르지만 일 인당 평균 목욕 시간이 남탕의 두 배는 훨씬 넘을 여탕의 목욕 요금을 좀 올려야 하나 말아야 하나 고민하였지만, 또 그랬다가는 남녀 차별하냐며 드잡이로 나설 목소리 큰 '아지매'들이 걱정되어 고민만 하다가 결국 가격 이원화는 실행하지 못하였다.

목욕탕도 극장처럼 미취학 어린이는 무료입장이어서 목욕탕 입구의 요금 받는 곳에서는 수시로 엄마 손에 이끌려 온 아이의 나이 문제로 주인과 손님 간에 실랑이가 붙었고 어린아이들은 성별과 관계없이 남탕이나 여탕을 구분 없이 사용했다. 그렇지만 거기에도 엄연히 관습적 불문율이 있어서, 대체로 국민학교 취학 전까지가 남자아이가 엄마 손을 붙들고 여탕에 들어갈 수 있는 상한선이었고 아무리 피치 못할 사정이 있어도 국민학교 일이 학년을 넘지 않았다. 아버지들의 딸에 대한 관심보다 엄마들의 아들 사랑이 극진해서는 아니겠지만 대체로 엄마가 아들을 데리고 여탕으로 가는 경우가 대부분이었는데 추석을 목전에 둔 어느 날에 오동탕의 남탕에서는 조금 보

기 드문 상황이 벌어졌다. 도대체 어떻게 주인으로부터 허락을
받았는지 국민학교 4학년 여자아이가 버젓이 남탕으로 아버지
의 손에 이끌려 입장한 것이었다. 추석 전 대목이었으니 얼마
나 손님이 많았을지는 굳이 설명하지 않아도 충분히 짐작할 일
인데, 그 많은 목욕 손님 중에는 작년 3학년 때 같은 반이었던
남자아이도 하나 끼어 있었다. 그래도 명색이 '남녀칠세부동석
男女七歲不同席'하던 동방예의지국의 자손들이었는데 하물며 일곱
살을 훨씬 넘긴 나이에 '남녀십세합동탕男女十歲合同湯'을 한 것이
었다. 난감하기 짝이 없는 일이었지만 둘은 서로 모른 체하며
목욕을 마쳤고 그날 목욕탕에서의 뜻하지 않았던 조우 이후에
는 학교나 밖에서 마주쳐도 눈을 마주치지 못하고 서로 내외
했다.

　여탕에서는 아주 가끔이었지만 나이에 비해 조숙한 남자아
이의 호기심으로 인하여 아이 엄마와 다른 손님 간에 다툼이
벌어지기도 하였다.

　"옴마야, 조노무 자슥이 아까부터 자꾸 내 궁디를 치다 봐
쌓네? 얼라가 얼라가 아이구마는. 아지매, 얼릉 저 자슥 델꼬
나가소!"

　"이 아지매가 머시라 캐쌓노? 아무것도 모르는 얼라한테…"

"모르기는 뭘 몰라? 조노무 자슥이 자꾸 내 궁디를 치다 본다 안카나, 이 여편네야!"

"뭐시라? 여편네야? 이 년 이거 말하는 뽄새 함 바라. 우리 아들이 뭐가 볼 끼 엄써서 잘난 니 궁디를 치다 본다꼬 지랄이고, 지랄이?"

두 벌거벗은 여인은 목욕 중인 관계로 서로 멱살은 잡지 못하고 험한 소리로 목청을 돋우었다.

다사다난했던 목욕탕이었지만 겨울에는 세상 어느 곳보다 따뜻해서 하루에 연탄 두 장으로 난방을 하는 집에서 콧물을 달고 살던 한 아이는 커서 꼭 목욕탕에서 일하는 사람이 되겠다는 소박한 포부를 친구들 앞에서 피력하기도 하였는데, 안타깝게도 그 아이는 추운 겨울만 생각했지 무더운 여름에 까지는 생각이 미치지 못한 것 같았다.

국민학교에서는 수시로 용모 검사를 해서 손톱 밑에 때가 꼈는지 세수는 제대로 해서 눈코딱지는 떼고 다니는지를 선생님이 점검했고, 중고등학교로 올라가면 단속 대상이 머리로 옮겨갔다. 여학생들은 단발머리의 길이가 좌우 귀밑으로 2센티미터 이상 내려오면 단속 대상이어서 규율부 선생님들은 삼십 센티미터 자와 가위를 들고 다녔고, 남학생들의 경우에는 박박

깎은 머리를 길러봐야 얼마나 기른다고 조금 더부룩하다 싶으
면 완장 찬 선도부 선배나 선생님들이 바리깡으로 머리를 밀어
버렸다. 머리를 밀어 줄 거면 이발비라도 아끼도록 아예 다 밀
어주던지 하지 않고 뭐가 바쁜지 앞 이마 가운데서 시작하여
목덜미 뒤까지 속칭 '고속도로'만 내어 놓고는 그만이었다. 꺼
먼 머리 사이로 허옇게 뚫린 '고속도로'는 교모를 써도 다 가릴
수가 없어서 한창 외모에 민감한 학생들에게는 거의 만행에 가
까운 형벌이었는데, 어느 강직한 동네 중학생 하나는 딱히 이
발비가 없어서는 아닌 듯했지만 고속도로를 개통한 상태로 계
속 등교하다가 괘씸죄에 걸려서 양쪽 관자놀이를 연결하는 2
차 고속도로를 또 개통 당했다. 두 개의 고속도로는 마치 십자
가를 머리 위에 얹어 놓은 듯 보여서 그는 친구들로부터 '십자
대가리'라는 별호를 얻었다.

　머리는 16통 7반 신작로에 위치한 '대동이발관'에서 주로 깎
았지만 가끔 접이식 의자를 한쪽 어깨에 메고 다른 쪽 손에는
이발용 가위며 면도칼 같은 이발 도구를 담은 상자를 들고 다
니며 머리를 깎아주는 이동식 이발관이 있었는데 당연히 이발
비가 저렴해서 아이들이나 학생들은 자주 이용하였다. 그러던
중에 동네 고등학생 하나가 부산진시장의 이발용품상에서 바

리깡을 사 와서 처음에는 제 동생과 서로 머리를 깎아 주기 시작하다가 얼마 가지 않아 일요일이면 동네 골목에 의자를 하나 내어다 놓고 동네 아이들 머리도 깎아 주기 시작했다. 그 형제는 처음 얼마간은 아이들 머리를 공짜로 깎아주었지만 점점 수요가 증가하자 이발소 요금의 삼 분의 일 정도로 약간의 수고비를 징수하였다. 그 후로는 바리깡을 구비하는 집들이 점차 늘어나면서 아이들과 학생들이 주 고객층이었던 이동식 이발관은 매축지 방문을 중단하였는데, 매축지에서 영업이 안 될 정도였으면 확인할 방법은 없었지만 아마도 그 이발사는 이발 일을 접고 다른 업종으로 전환했다고 보는 것이 타당할 것이었다.

그러하였지만, 동네의 '대동이발관'은 꿋꿋이 명맥을 유지하였는데, 6·25 이후에 매축지에 자리를 잡고 이발 일을 하던 16통 통장 박씨는 통장 수당과 이발 일로 아이들 넷을 고등학교까지 다 교육시킨 후에, 오래전에 삼천포에서 흘러들어와서 이발소에서 숙식하며 이발 기술을 배운 젊은 김 씨에게 이발소를 맡기고 자성대 밑으로 제법 집 같은 집을 사서 이사하였다. 새 주인인 삼천포 김 씨는 사람 좋은 미소와 괜찮은 이발 솜씨로 동네 사람들의 인심을 얻어서 '대동이발관'은 동네 남자들의

사랑방 노릇을 오랫동안 톡톡히 하였다. 그곳에는 오래전 봄날
에 갑작스레 아버지를 잃은 고등학생 아들이 와서 날이 파랗
게 선 면도칼로 머리를 밀던 때와 변함없이 밀레의 만종과 기
도하는 소녀 그림 액자가 걸려있었고 겨울이면 성남탕이나 오
동탕 못지않게 따뜻하고 아늑하여서 이발하러 갔던 아이들은
종종 의자에 앉아서 꼬박꼬박 졸았다.

우리의 명랑 문화생활

우리는 다 쓰고 버리는 공책 한 권만 있어도 딱지를 접어서 반나절을 놀 수 있었으니 놀잇거리야 무궁무진하여 어지간한 정도의 시간 때우기는 언제 어디서든 가능했다. 그러나 그렇다고 하루 온종일 일 년 삼백육십오 일을 밖에서 뛰어놀 수만은 없는 일이었기에 우리는 푼돈이 생기면 만화방으로 달려가서 턱없이 부족했던 문화 욕구를 충족시켰다. 좁은 만화방의 벽에는 나무로 띠처럼 만화책을 놓는 받침대를 두르고 그 위쪽으로 고무줄을 친 후에 거기에다 표지가 보이도록 만화책들을 죽 둘러서 전시해 놓아서 아이들은 보고 싶은 만화를 집어서 보고는 제자리에 가져다 놓았다. 그렇다고 무한정 만화를 볼 수 있는 것은 물론 아니었고 만화방 주인에게 일 원이든 오 원이든 돈을 내고 만화 표를 사서 만화 한 권 볼 때마다 만화 표 한 장씩과 교환을 해야 하였다. 만화 표는 두꺼운 마분지를 우표보다 좀 크게 잘라서 만화방 고유의 도장을 파란 스탬프 잉크로 찍은 것이었는데 어떤 아이들은 비슷한 재질의 마분지를 구해서 지우개에 연필 깎는 칼로 도장을 새겨서 만화 표를 위조해 보려고도 하였으나 주인은 귀신같이 진짜와 가짜를 구분해 내어서 아이들이 들인 공이 모두 허사로 돌아가기 마련이었다. 서너 군데 있던 만화방 주인들은 코흘리개 고정 고객 확보를 위한 마케팅의 일환으로 거금을 들여 만화방 안이나 하다못해 자신들의 집 안방에 텔레비전을 설치하기도 했는데, 일정 금액 이상의 만화를 보고 나면 저녁에 텔레비전 방송을 볼 수 있는 시청권이 주어졌다. 텔레비전 시청권은 종이로 만든 만화 표와는 차별화하여 주로 방바닥에 까는 비닐 장판을 역시 우표보다 좀 크게 잘라서 각 만화방만의 고유 표시를 해서 배포하였다.

나는 몇 푼 용돈이 생기면 만화방으로 달려가서 만화 보기를 구멍가게에서 주전부리하는 것보다 즐겼다. 그러나 늘 예산이 넉넉지 못했던 관계로 한 두 권 보고 나면 만화 표가 동나고 말아서 때로는 오륙십 페이지도 되지 않는 한 권의 만화책을 몇 번씩 앉은자리에서 되풀이해서 읽기도 했고, 간혹 동무와 둘이서 만화방에 갈 때는 각자 다른 만화를 집어서 다 읽은 후에 주인 모르게 서로 바꿔 보기도 했는데, 발각되면 부정 행위자로 간주되어 당장 퇴방退房 조치가 내려지므로 매우 신중하고도 신속하게 행동해야 했다. 그렇게 한두 권씩 만화를 보아서 모은 텔레비전 시청권이 제일 큰 힘을 발휘할 때는 단연 김일과 천규덕의 레슬링 경기를 중계하는 날이었다. 천규덕은 경기가 시작되기 전에 황소를 링 옆에다 끌어다 놓고 맨손 당수로 소가 실신해서 쓰러질 때까지 뿔 사이의 이마를 때렸는데, 관중의 흥미를 더하기 위한 방법이었겠지만 어떤 소는 수십 번을 내리쳐도 쓰러지지 않고 결국은 네 발로 걸어서 끌려나가기도 했다. 나는 천규덕의 당수가 대단하다고 생각하면서도 한편으로는 쓰러지나 안 쓰러지나 말 못 하는 소가 무슨 죄가 있어서 그 꼴을 당하는지 좀 안쓰러웠다. 소는 안 쓰러지는 경우가 있었지만 천규덕의 당수에 상대방 선수들은 여지없이 픽픽 나가떨어졌다.

하지만 뭐니 뭐니 해도 레슬링 하면 김일이었다. 그가 일본 선수들의 비겁한 반칙으로 이마가 피투성이가 된 채 비틀거리며 겨우겨우 상대방의 공격을 버텨내다가 결국은 원자폭탄 박치기로 상대방을 실신시키면 만화방 주인집 안방은 애국가만 부르지 않았을 뿐 마치 광복을 다시 맞은 듯 꼬맹이들의 환호와 박수소리로 떠나갈 듯하였다. 방 안은 승리의 기쁨과 더불어 일본에 대한 적개심과 자랑스러운 한국인으로서의 자부심으로 열기가 가득했는데, 가끔은 짜 놓은 각본처럼 어찌하여 일본 선수들은 꼭 비열한 반칙을 도맡아서 하며, 심판은 왜 일본 선수의 반칙을 은근슬쩍 눈감아 주어서 우리나라 선수들을 곤경에 빠뜨리는지, 하지만 그 모든 역경을 이겨내고 어떻게 마지막에는 반드시 우리나라 선수가 극적으로 승리를 거두고야 마는지 약간은 궁금할 때도 있었다.

어느 날 저녁 만화방 주인집 안방에서 레슬링 중계방송을 보던 아이 하나는 김일 선수가 일본 선수로부터 반칙을 당하여 이마에서 피를 흘리기 시작하자 제 이마빡에서 피가 나는 양 몸부림치며 펄펄 뛰다가 방구들 꺼진다며 주인아저씨로부터 1차 주의를 들었다. 하지만 당연히 예견된 결말이었지만 김일 선수가 예의 원자폭탄 박치기로 상대방을 통쾌하게 꺼꾸러뜨리자 그 녀석은 아예 눈물을 줄줄 흘리며 조금 전 주인아저씨의 주의를 까맣게 잊고 또다시 방구들아 꺼져라 펄쩍펄쩍 뛰며 비명 같은 함성을 지르다가 결국은 퇴실 조치를 당하고 말았다.

낮에는 골목에서 뛰어놀고 돈이 몇 푼 생기면 만화방에서 문화생활을 즐겼지만, 해가 지면 집집마다 라디오 앞에 붙어 앉아 노래와 연속극과 뉴스를 가리지 않고 들었다. 매일 저녁 라디오 앞에서 시간을 보냈으니 어지간한 가요는 거의 다 가사를 외울 지경이어서 우리는 나훈아와 배호를 넘나들었고 이미자와 펄씨스터즈를 가리지 않았으며 나온 지 얼마 되지도 않은 남진의 '님과 함께'는 코러스까지 만들어 넣어가며 합창하듯 불렀다. 내가 '저 푸른 초원 위에'하면 옆의 친구는 같은 곡조로 '지랄하고 자빠졌네'하며 박자를 맞추었는데 희한하게도 이 추임새는 노래 중반부의 '겨울이면 행복하네' 소절까지 입에 달라붙듯이 딱 맞아떨어져서 친한 사람과 같이 부르기에 좋았다.

우리는 영어 공부를 할 기회가 전혀 없어서 영어 회화는 여전히 '할로 할로' 수준에 머물러 있었으나 믿기 어렵게도 팝송도 수월찮게 불렀다. 폴 앵카(Paul Anka)의 '크레이지 러브(Crazy Love)'와 레이 챨스(Ray Charles)의 '언체인 마이 하트

156

(Unchain My Heart)'를 알아들을 수 있는 제목 부분만 큰 소리
로 부르고 나머지는 곡조만 대충 흥얼거리며 따라 불렀는데,
이 두 외국 노래를 많이 부른 이유는 다른 데 있지 않았고 노
래의 제목이 전체 가사의 많은 부분을 차지하여 그나마 외국
노래 중에 따라 부르기 쉬웠기 때문이었다. 우리는 그 노래들
을 귀에 들리는 제목만 어찌어찌 알아듣고 흉내 내었지만 그
게 정확히 무슨 소리인지는 알려주는 이가 없어서 '언체인 마
이 하트'를 '언, 쳄, 마, 하'라며 국적 불명의 괴상한 소리로 바
꾸어서 불렀다. 그러나 언체인 마이 하트든 언, 쳄, 마, 하든
누구도 그 뜻을 아는 이 없었으니 그 옳고 그름을 따질 일도
없었다.

아침에는 등교하기 전인 일곱 시 오십 분에 '즐거운 우리 집'
이라는 일일 연속극이 라디오에서 방송되었는데 그것은 작은
개인회사의 과장이 가장인 어느 평범한 중산층 가족의 화목한
일상을 재미있는 에피소드들로 꾸민 10분짜리 단막극이었다.
할아버지 할머니와 부모, 아들딸 삼대가 만드는 소소한 일상
의 이야기들은 너무 재미있고 행복해 보여서 나는 3학년 새 학
기 가정환경 조사에 장래 희망을 '과장'이라고 적을까 말까 잠
시 고민하기도 했다. 성우 구민이 구수한 목소리로 들려준 '김

삿갓 북한 방랑기'는 국가의 정책 홍보성 드라마였지만 오랫동안 방송되었고, 사회 저명인사들이 출연하는 '재치문답'은 일요일 저녁에 각종 퀴즈와 게임을 망라한 종합 오락 프로그램으로 인기를 끌었다.

여름은 단연코 고교 야구의 계절이었다. 전국 대회로 청룡기, 대통령배, 봉황기, 황금사자기 대회를 주요 신문사들이 경쟁적으로 주최하였고 부산일보가 구덕 야구장에서 지방 유일의 전국 대회인 화랑기 대회를 열었다. 우리는 차마 야구 경기를 경기장에 가서 돈 내고 직접 볼 엄두는 내지 못하고 부산의 고등학교들이 대회 4강에라도 올라가면 골목길이나 어느 집 이층 옥상에 모여 앉아 라디오 볼륨을 크게 올려놓고 가슴을 졸이며 부산 팀을 응원했다. 어느 무더운 여름날 봉황대기 결승에서 부산과 대구의 두 명문고등학교가 격돌하였는데, 골목길 평상에 옹기종기 모여 앉아 중계방송을 듣던 중에 '왜 고등학교 야구는 각 시도의 1차 입시 명문 학교들이 잘하는가'에 대한 토론이 벌어졌다. 평소 야구에 관심이 많던 한 아이가 같이 야구 중계방송을 듣고 있던 동네 형에게 그 이유를 물었는데, 그 녀석이 한 가지 생각지 못했던 것은 동네 형이 작년 고교 입시에서 1차와 2차를 모두 낙방하고 등록금만 내면 무시

험 합격이 가능한 어느 3차 입시 고등학교에 지난봄 입학했다
는 사실이었다.

"행님아, 행님아. 우째서 야구를 부고(부산고)나 갱고(경남고)
나 부상(부산상고)맨치로 1차 학교들만 잘하는 기고? 가마이
보믄 부산만 그런 기 아이고 서울도 그렇고 광주도 그렇고 대
구도 다 그렇던데?"

"와 그러꼬? 니는 아나?"

되물어보는 말투에 이미 가시가 돋아있었는데도 눈치가 좀
둔한 녀석은 한 걸음 더 나아갔다.

"내가 모룽께네 행님아 니한테 물어보는 거 아이가? 머리 좋
은 넘들이 야구도 잘하는 긴가, 아이믄 야구 잘하는 넘들이
공부도 잘하는 긴가? 하기사 똥통 학교에는 야구부 있는 데도
밸로 업승께네."

"야, 이 문디 자슥아. 똥통 똥통 캐쌓지 마라. 2차 3차 학교
에 야구부가 밸로 엄는 거는 자슥아, 갸들이 대가리가 나뿌거
나 운동을 못해서가 아이고 자슥아, 야구부를 만들라카믄 돈
이 억수로 마이 드는데 자슥아, 부고나 갱고는 돈 많은 선배들
도 많고 자슥아, 동창회가 빵빵해 가꼬 자슥아, 돈을 팍팍 풀
어서 그런 기라 자슥아. 지대로 알지도 못하믄서 자슥아…"

짧은 토론은 분노한 동네 형의 기다란 자식 타령으로 서먹서 먹하게 끝났다.

우리 집에서 세 블록 떨어진 15통에는 부산 MBC 방송국 악단의 기타리스트 아저씨가 살았다. 그 아저씨는 방송국 일정이 있는 날에는 낮에 방송국으로 출근을 했지만 보통은 매일해 질 무렵이 되면 포마드 바른 머리를 멋있게 빗어 넘기고 빨갛거나 파란 원색의 양복 윗도리에 반짝반짝 빛나는 백구두를 신고 선글라스까지 낀 채 커다란 기타 가방을 둘러메고 집을 나섰다. 한쪽 다리를 약간 절었지만 두말할 것도 없이 매축지에서 최고의 멋쟁이였는데, 내가 보기에는 세상에서 제일 기타를 잘 치는 것 같아 보이던 미장이 정 씨집의 고등학생 형에 따르면 그 아저씨는 무슨 노래든 딱 한 번만 들으면 바로 악보를 받아 적을 수 있고 세상에서 연주 못 하는 노래가 없다고 했다. 어느 날 멋을 한껏 낸 기타리스트 아저씨가 야간업소에 저녁 출근을 하던 길에 골목길에 평상을 펴고 앉아 '러브 포우션 넘버 나인(Love Potion No.9)'을 멋들어지게 연주하고 있던 그 고등학생 형을 발견했다. 아저씨는 잠시 서서 가만히 듣더니 연주가 끝나자 통기타를 받아들고 코드 짚는 법과 주법奏法 두어 가지를 고쳐주며 '잘 치네. 니 나이에 실력이 괜찮다. 앞으로 연습 마이 해라'라며 한마디 해주고 떠났다. 1차 입시의 야구 잘하는 상업고등학교에 다니던 그 형은 그 뒤로 더 기타 연습에 열을 올려서 그 형의 집에서는 밤늦게까지 기타 소리가 끊이지 않을 때가 많았고 코드를 짚는 왼쪽 네 손가락은 모두 굳은살이 배겨서 지문을 찾을 수 없다고 동네 아이들에게 손바닥을 펴 보이며 자랑했다.

1960년대 후반 들어서면서 한국 영화의 전성기가 펼쳐졌다고 앞에서 말했듯이 문화생활 중의 최고는 뭐니 뭐니 해도 극장구경이라고 불렀던 영화관람이었다. 개봉관들은 주로 시내 번화가에 자리잡고 있었는데 충무동의 국도극장·왕자극장, 남포동의 부영극장 등이 개봉작들을 상영하였고 부도심인 서면에도 태화극장·대한극장 등이 개봉관 역할을 하였다. 매축지에서 가까운 범일동에는 집에서 일이십 분만 걸으면 삼성극장과 삼일극장 등의 재개봉관이 있었으며 조금 더 걸어서 범천 로터리까지 가면 당시 객석 수로는 부산 최대 규모의 보림극장이 자리잡고 있었다. 보림극장은 개관 당시에는 개봉관으로 시작하였으나 주변의 삼화고무, 국제화학, 태화고무 등 확장 일로에 있던 부산의 신발공장으로 물밀 듯이 밀려든 공장 여성 근로자들을 대상으로 '쑈도 보고 영화도 보고'라는 특이한 방식을 도입하여 인기를 끌었다. 주말마다 보림극장은 소위 '공순이'로 불리던 여성 근로자들로 발 디딜 틈이 없었는데 시골에서 부산으로 진입한 젊은 여공들은 공장 부근의 쪽방에서 자취 생활을 하면서 타향살이의 외로움과 공장 노동의 피로를 주말에 극장에서 풀었던 것이다. '쑈도 보고 영화도 보고'는 가수들의 실제 공연을 한 두 시간 한 후에 영화 한 편을 상영하는 식으로 구성되어 있었는데 나훈아, 남진, 하춘화 등 유명 가수는 영화 상영은 빼고 아예 통째로 '리싸이틀'만 했다. 유명한 가수들의 공연 날에는 극장 부근은 그야말로 인산인해를 이루어서 추석 명절에 영화관으로 몰려드는 인파를 방불케 하였고 암표상들과 소매치기들이 제철을 만난 메뚜기처럼 여기저기서 날뛰었다.

　우리의 단골극장은 재개봉관인 삼일극장도 '쑈도 보고 영화도 보는' 보림극장도 아니었고 부산진역 맞은편 시커먼 개천 옆에 위치한 미성극장이었다. 미리 말했듯이 남포동이나 서면 등지에는 개봉관이 있었고 동네에서 멀지 않은 곳에 있던 삼일극장 삼성극장 등은 재개봉관이었는데 재개봉관에서는 개봉관에서 몇 주 혹은 몇 달 동안 상영을 마친 영화나 개봉한 지 몇 년 지나서 한물간 영화들을 재상영하였다. 미성극장은 재

개봉관도 아니고 굳이 말하자면 재재개봉관이었다. 그곳은 전
국을 돌며 곳곳의 재개봉관에서 돌리고 돌려서 필름이 너덜
너덜해진 영화들과 재미가 없어서 재개봉도 못 한 삼류 영화
들을 받아서 상영하는 영화의 종착역 같은 곳이었다. 미성극
장은 입장료가 쌀 뿐만 아니라 '이본 동시상영二本 同時上映'이라
서 돈은 없지만 시간은 많은 우리에게 안성맞춤인 극장이었다.
'이본 동시상영'이라는 것이 말 그대로 두 편의 영화를 한꺼번
에 두 스크린에 보여주는 것은 물론 아니었고 표 하나를 끊고
들어가서 번갈아 상영되는 두 편의 영화를 이어서 보는 것이었
으니 '이본 동시상영'이라기보다는 '이본 연속상영'이라 하는 것
이 정확한 표현이었지만, 상관하는 사람은 없었다. 영화 두 편
의 선정은 대체로 돈 내고 봐줄 만한 영화 한 편과 공짜로 보
라 해도 볼까 말까 망설일 영화 한 편으로 짜였는데, 간혹 볼
만한 영화 두 편이 함께 편성되면 꼭 공짜 선물 하나를 받은
듯하여 매축지의 돈 없고 시간 많은 관객들이 몰려들었다. 그
러나 적은 돈으로 많은 시간을 보낼 수 있어서 좋기는 하였으
되 싼 게 비지떡이라 그 값에 상응하는 몇 가지의 불편은 감수
해야만 했다. 명절이나 007시리즈 같은 블록버스터급 영화가
들어오면 개봉관도 정원을 안 지키기는 마찬가지였지만 미성

극장은 아예 정원의 개념이 없어서 극장입장권에 좌석이 표시되지도 않았고 공짜 손님도 많아서 어지간히 재미없는 영화가 아니고서는 제대로 자리에 앉아서 영화를 관람하기란 하늘의 별 따기였다. 풀통을 들고 동네마다 돌면서 영화 포스터를 전봇대며 담벼락에 붙이던 극장 직원은 '초대권'이라는 공짜 티켓을 여러 장 가지고 다녔는데 그가 나타나면 동네 조무래기들이 '할로' 때 못지않게 몰려들어서 그들의 뒤꽁무니를 쫓았다. 파리 떼처럼 앵앵거리며 달라붙는 애들이 귀찮았던 그들은 종종 초대권을 동네 구멍가게에서 사이다 한 병을 얻어 마시고 가게 주인에게 몽땅 줘버리기 일쑤였고 가게 주인은 또 그 초대권을 가게 물건에 끼워서 팔았다. 여하간에 미성극장은 기본적으로 시설이 낡고 지저분하여 극장 변소의 지린내가 바로 옆의 시커먼 개천에서 올라오는 냄새와 뒤섞여서 온 극장 안을 맴돌았고 볼만한 영화가 들어와서 관객이 바글바글한 날에는 소매치기가 들끓었으며 젊은 여자 관객을 대상으로 어둠을 틈타 추행을 일삼는 파렴치한破廉恥漢들도 극장 여기저기에 암약하였다. 학교도 빼먹은 까까머리 중학생이 교복 차림으로 좌석에 앉아서 버젓이 담배를 피워도 아무도 뭐라고 하는 사람 하나 없었고, 전국을 돌아다니다 마지막으로 도착한 영화 필름들은 낡고 낡아서 커다란 스크린에는 늘 굵은 소낙비가 주룩주룩 내렸다. 영화 상영 중에 필름은 수시로 끊어지고 전기도 시도 때도 없이 끊겼는데 그럴 때면 암흑천지 속에서는 어디서 배웠는지 코흘리개들까지 빽빽 휘파람들을 불어대고 고함을 지르고 발을 구르며 난리를 부렸다.

어느 날 동네 친구들과 영화를 보러 온 아이 하나는 첫 번째 영화가 이미 옛날에 본 것이기도 했고 워낙 재미없는 것이라 휴게실에 나와서 빈둥거리고 있었다. 지린내 나는 변소에 가서 오줌도 누고 휴게실의 낡은 나무 의자에 앉아서 시간을 보내던 그 녀석은 너무 심심했던 나머지 영화가 상영 중인 깜깜한 극장 문을 조금 열고 화재 대피 연습도 할 겸 '불이야' 하고 장난삼아 한 번 외쳐보았다. 재미없는 영화를 참고 보고 있던 사람 중에는 밀치고 당기며 뛰쳐나오다가 엎어지고 자빠져서 신발을 잃어버리고 옷이 찢어진 사람이 여러 명 있었지만 다행히 더 심각한 인명피해가 발생하지는 않아서 다행이었다. 그 아이는 극장 경비원에게 뒷덜미가 붙들려서 이층의 극장간판 제작하는 곳에 끌려가서는 이십 분 넘게 원산폭격을 하고 두 시간을 꿇어앉아서 반성에 반성을 거듭한 후에야 겨우 석방되었다.

그토록 미성극장의 상태가 여의치는 않았으되 영화는 봐야 했기에 우리는 돈이 없더라도 갖은 수단을 동원해서 극장 진입을 시도하였다. 세상의 거의 모든 여자가 흠모해 마지않던 '알랑 들롱'급 인기를 남자아이들 사이에서 누리던 홍콩 영화 배우 '왕우'가 주연으로 열연한 '의리의 사나이 외팔이'와 한국 공포 영화의 비조鼻祖라 할 만한 '월하月下의 공동묘지'가 동시 상영되던 날에, 초대권도 못 구하고 예산도 부족했던 우리는 한가지 묘책을 짜내었다. 그것은 표 한 장을 사서는 둘도 셋도 아니고 자그마치 네 명이 입장하자는 대담하고도 창의적인 계획이었는데, 중학교에 다니는 뒷집 형이 표 하나로 국민학교 2학년 동생을 업고서 여섯 살 어린아이로 위장하여 입장하고 나와 동갑내기 동무 하나는 2학년짜리 위장 여섯 살을 업은 중학생 형이 입장권을 끊으며 집표원의 주의를 끄는 사이에 살짝 무허가 무료입장을 하는 것이었다. 미취학 아동은 무료입장이 가능하였으므로 중학생 형은 여섯 살 역할의 2학년 동생에게 혹시 누가 나이를 물어보면 반드시 여섯 살이라고 말하라고 두어 번 연습까지 시킨 후 우리는 어느 늦은 오후에 황혼을 등지고 작전을 떠났다. 계획대로 좀 무거운 여섯 살을 둘러업은 중학생 형이 표 한 장을 사서 입장을 시도했는데 '기도'라고 불리며 경비 겸 집표원 일을 하던 청년이 그들을 불러 세웠다. 누가 봐도 업혀 다닐 나이는 아닌 것 같은 아이가 업혀서 들어오고 있었으니 '기도'가 특별히 눈이 밝다고 칭찬할 일은 전혀 아니었다.

"바라 바라, 학생. 학생 니가 업은 아~ 나이가 몇 살이나 됐을랑가?"

"이 얼라 인자 게우 여섯 살인데예?"

"아, 글나? 인자 게우 여섯 살이라꼬? 왓따매, 얼라가 억수로 올됐다, 그자? 그란데, 얼라가 어데 아푼갑지, 다 큰 아~가 업히 댕기는 거 봉께네?"

기도는 꼭 의심해서 그런 것은 아닌 듯 업혀있던 여섯 살짜리에게 지나가듯이 물었다.

"그래, 얼라야, 니는 학교서는 몇 학년이고?"

"2학년인데예…."

잠입조는 그 와중에 무리하게 무료입장을 시도했다가 이미 발각된 부정 입장에 신경을 곤두세우고 있던 기도에게 뒷덜미를 붙잡히고 말아서 그날의 작전은 완전히 실패로 끝나고 말았고, 비참한 패배를 맞은 황야의 4인은 극장 안의 사무실로 인계되었다. 지난번 '불이야' 사건을 잘 알고 있던 우리는 비슷한 상황이 벌어지지는 않을지 잔뜩 긴장했는데, 사무실의 나이 지

긋한 아저씨는 '야, 이 돌대가리 거튼 자슥아. 머리를 쓸라카
믄 쫌 지대로 써야지, 다 큰 아~를 업고 들어 오믄 그기 내 잡
아 주소 하는 소리가 아이고 뭐꼬?'라며 중학생 형의 머리에
꿀밤 한 대를 먹이고는 나가서 얼른 영화 보고 집에 가라고 훈
방해 주었다.

　돈은 없었지만 이런저런 방법으로 우리는 '의리의 사나이 외
팔이'를 보고 한쪽 팔을 소매에서 빼내어 옷 속에 집어넣고서
는 외팔이 흉내를 낸다며 빈 소매를 덜렁거리면서 뛰어놀았다.

배반의 세월

미장이 정 씨네 집에서 또 큰 소리가 흘러나왔다. 환갑 가까운 나이의 정 씨는 흙손 하나만 있으면 원하는 모양대로 흙이든 시멘트든 모양 좋게 잘 바르는 기술이 있어서 여기저기 부르는 곳이 많아 그날도 일을 마치고 이미 술이 한 잔 되어서 귀가한 터였다. 얼마간 그의 고함 소리가 담장을 넘어 흘러 나오더니 곧 무언가가 엎어지고 깨어지는 소리가 우지끈 뚝딱 담장 밖으로 울렸다. 그가 술이 한 잔 거나하게 되어 골목길을 들어섰을 때 지난번 이웃의 MBC 악단의 기타리스트 아저씨로부터 즉석 레슨과 칭찬을 듣고 기타 공부에 더 열심이던 셋째 아들의 기타 소리가 집 담장 밖으로 흘러나오고 있었던 것인데, 가을날 늦은 저녁에 골목에 울려 퍼지던 기타 선율은 남들이 듣기에 감미로웠지만 최근 들어 울화가 깊어진 아버지의 귀에는 그 기타 소리마저도 짜증스럽고 거슬렸던 것이다.

"공부하라꼬 이 나이 되도록 쎄 빠지게 일해서 학교 보내 노니, 맨날 여치 새끼맨치로 기타나 뜯고 앉았나, 이 노무 자슥아."

그는 차려놓은 저녁 밥상을 마당에 내팽개쳐서 뒤집어엎었을 뿐만 아니라 셋째 아들이 늘 끼고 애지중지하던 기타마저 빼앗아서 땅바닥에 내리쳤다. 우지끈하는 소리와 함께 기타는 박살이 났고 셋째 아들은 망연자실하여 옥상에 낸 작은방으로 올라가 버렸으며 직장에서 퇴근하여 아버지와 함께 저녁을 먹기 위해 기다리던 큰아들은 굳은 얼굴을 한 채 집을 나가버렸다.

큰아들은 작달막한 키였지만 늘 단정하게 머리 손질을 한 채 서류 봉투를 들고 제법 멀리 떨어진 수영 부근의 동사무소에 출근했다. 그는 여러 해 전에 어렵사리 9급 공무원 시험에 합격한 후 곧 살림을 차려서 직장 부근에 쪽방을 세 얻어 살았는데 결혼식을 올리지 않았기에 동네 사람들은 큰아들이 누구와 살림을 차린 줄도 몰랐다. 한 해 전 가을 미장이 정 씨가 매축지 집 옥상에 옥탑방을 올리고 나서 큰아들은 짐 가방 두어 개를 앞세우고 예쁘장하게 생긴 여인과 함께 매축지 집으로 들어왔다. 예전에 무슨 일로 정 씨네와 싸움을 한 후에 서로 척지고 살았던 어느 이웃은 새로 들어온 며느리 걸음걸이가 커피배달 가는 다방 레지마냥 엉덩이를 살래살래 흔들고 다니는 것이 심상치 않다며 결혼식도 안올리고 저렇게 대강 맞추어서 사는 이유가 있을 거라고 근거 없는 흉을 보기도 했다. 그러나 새로 들어온 며느리는 눈웃음 살살 지으며 동네 사람들과 그럭저럭 섞였고 살림도 곧잘 살아낸다고 오십 줄에 접어든 시어머니는 화투판에서 은근히 며느리 자랑을 하였다.

　미장이 정 씨에게는 아들이 셋 있었는데, 기타를 잘 치던 셋째 위로 고등학교를 졸업하고 군대까지 다녀온 둘째가 있었다. 그는 형과는 다르게 키도 훌쩍 크고 언변도 좋았으며 원래 동생에게 처음 기타를 가르쳐줬을 만큼 기타도 치고 하모니카도 잘 불뿐 아니라 바둑도 1급이라 할 만큼 오만 가지 잡기에 능했다. 허우대 멀쩡한 젊은 사람이 군대까지 다녀와서 하는 일 없이 빈둥댄다고 뒷말하는 동네 사람들도 몇 있었지만 연전에 동네 어느 중늙은이가 '집집마다 양아치 하나둘 없는 집구석 없다'고 투덜댔던 것을 생각하면 그냥 빈둥빈둥 놀지언정 남들에게 해를 끼치지는 않았으니 꼭 둘째 아들을 뭐라 할 일은 아니었다. 그는 옥상에 옥탑방처럼 올려놓은 작은 방을 혼자 썼고 보통 하루 종일 그곳에서 '선데이 서울'이나 '명랑' 같은 연예 잡지를 뒤적이거나 바둑을 두며 시간을 보냈다. 아버지와 형은 일을 나가고 동생은 학교에 가고 종종 어머니마저 화투 마실을 나가고 나면 작은 집안은 고요하였고 그는 아무도 방해하지 않는 옥탑방에서 자유로웠다.

무더위가 한풀 꺾이고 아침저녁으로 선선한 바람이 불어올 즈음 어느 날 한밤중에 둘째 아들은 아래층 가족들이 모두 잠든 사이에 미리 챙겨 둔 옷 가방 하나만 챙겨 들고 구렁이 담 넘듯이 아무도 모르게 집을 빠져나갔다. 그가 그렇게 집을 떠난 지 얼마 지나지 않아 아래층 문간방 미닫이문이 살그머니 열리며 젊은 여자 하나가 몸만 빠져나와서는 둘째 아들이 간 방향으로 소리 나지 않게 종종걸음으로 사라졌다. 문간방은 큰아들 부부가 쓰고 있었다.

동네 사람들은 누구도 그 집에 무슨 일이 있었는지를 함부로 입에 올리지 않았지만 그날 이후로 은연중에 며느리 자랑을 하던 시어머니는 동네 화투판에도 나오지 않았다. 원래 과묵했던 큰아들은 여전히 서류 봉투를 들고 수영의 동사무소로 출근했지만 아예 입을 닫고 동네 사람들과 눈인사도 하지 않았으며, 동네 조무래기들을 데리고 잘 놀아주던 셋째 아들의 기타 소리는 기타가 부서진 이후로 동네 골목에서 사라졌다.

옥탑방 건너편 집은 '은銀집'이라 불렸다. '은집'이라고 해서 매축지에 은으로 치장한 집이 있을 리는 만무했고 지구본 만드는 집을 '지구집'이라 했으니 '은집'은 은을 만드는 집이었다. 금까지는 아니지만 은을 만들다니, 동화에서나 나올 법한 연금술鍊金術, 아니 연은술이 매축지 16통 4반에서 실제로 이루어지고 있었던 것이다. 그 집의 연은술사는 지붕 위에 슬래브를 치고 옥상을 만들어서는 주변에서 안을 들여다볼 수 없도록 어지간한 아이 키 높이만 한 담을 두르고 그곳에서 은을 만들었다. 은은 만들었다기보다는 뽑아내었다고 하는 것이 맞겠는데, 그가 은을 뽑아내는 작업을 할 때에는 이상한 색깔의 연기가 옥상 위로 피어오르며 아주 독한 화학 약품 냄새가 연기를 타고 주변으로 번졌다. 그 연기는 한눈에 보기에도 예사롭지 않아서 노란색에 검은색을 아무렇게나 섞어놓은 듯 어쩐지 좀 불길하고 음침한 느낌을 주었는데, 특히 연기와 함께 번지는 독취毒臭에 동네 사람들은 인상을 찌푸렸지만 그렇다고 서로 아는 처지에 야박하게 뭐라고 할 수도 없어서 아는 듯 모르는 듯 모두 그냥 넘겼다. 마흔 중반의 집 주인에게는 큰아들과 딸 둘이 있었는데 아이들은 모두 순하고 착실해서 매축지에서 그 흔하다는 '집집마다 양아치'에는 해당하지 않는 집이었다. 안주인도 부드러운 인상과 사근사근한 말투로 동네 사람들에게 잘했고, 특히 16통 4반과 5반을 통틀어 단 하나뿐인 흑백텔레비전을 떡하니 안방에 놓고 있어서 은집은 저녁때만 되면 동네 어른아이 할 것 없이 모이는 동네 간이극장 역할을 하였다. 프로레슬링 시합을 하는 날은 만화방에 가기에는 좀 눈치가 보이는 남자들도 쭈뼛쭈뼛 모여들었고 봄에 시작하여 추운 한겨울까지 계속된 국민 연속극 '여로'가 방영되는 시간에는 동네 아주머니들이 모여들었는데, 찬 바람 부는 겨울에는 불청객들이 염치 불고하고 안방으로 밀고 들어갈 수밖에 없었기에 주인 남자는 슬그머니 자리를 비켜주었다.

대부분의 이웃들은 꼭 공짜로 텔레비전을 봐서는 아니었지만 그 집에서 내뿜는 연기와 냄새를 대충 눈감고 넘어갔는데, 어느 날 누가 고변을 했는지 동사무소 직원 두 사람이 은집을 찾아와서 누구에게도 개방된 적이 없는 이층 옥상으로 올라갔다. 그곳에는 황산과 염산 등 강독성 화학 약품이 커다란 플라스틱 통에 나누어져 담겨있었고 한쪽 구석에는 엑스레이 필름이 한 무더기 쌓여있었다. 은을 만드는 마법은 병원에서 환자들을 촬영하고 폐기하는 엑스레이 필름을 황산과 염산 등으로 처리하여 은을 추출하는 것이었다. 그래서 그 집의 주인 연은술사는 수시로 짐칸이 커다란 자전거를 몰고 오전에 집을 나섰다가 저녁 해 질 무렵이나 되어서 누런 봉투에 담긴 엑스레이 필름들을 짐칸 가득 싣고 왔으며 가끔씩은 자전거 짐칸에 큰 플라스틱 통을 싣고 화공약품 판매상이 모여있던 충무동으로 왕래를 했던 것이다. 동사무소 직원 둘이 옥상에서 내려온 뒤 큰딸이 부리나케 주전자를 들고 밀주를 담가 팔던 길 건너편 집으로 뛰어가서 막걸리 두 되를 받아 왔고 동사무소 직원들과 집주인은 마루에 마주 앉아서 두런두런 막걸릿잔을 기울이며 무슨 이야긴지를 한참 나누었다. 동사무소 직원들은 막걸리 두 되를 나누어 마신 후 그냥 돌아갔는데, 다음 날에는 동사무소 뒤편의 파출소에서 경관 한 명이 찾아왔다가 또 한참을 머문 후에 돌아갔다. 동사무소와 파출소에서 다녀간 뒤로도 은집 옥상에서는 불길한 느낌의 연기와 독한 냄새가 끊이지 않고 피어올랐다.

텔레비전에서 '여로'가 절찬리에 방영되던 그해 여름 즈음해서 그 집 문간방에는 안주인의 남동생 가족이 이사해서 들어왔다. 날이 갈수록 몸이 수척해져서 필시 독한 염산과 황산을 만지느라 중독이 되어서일 거라는 동네 사람들의 수군거림을 받던 연은술사 아저씨는 그 일을 조금씩 젊은 처남에게 맡겼고 병원을 돌며 엑스레이 필름을 수거하고 화학약품을 구해오는 일들도 처남이 맡아서 하기 시작하였다. 그런 후 얼마 되지 않아 그는 아예 집과 일을 처남에게 넘기고 솔가하여 매축지를 떠났는데, 옮긴 집은 부산진시장 지나서 제법 부잣집들이 모여 사는 동네의 커다란 이층 양옥이었다. 그들이 떠나고 나서도 은집 옥상에서의 은 빼내는 작업은 계속되었고, 이사를 간 원조 연은술사는 몇 년 후 중병을 얻어서 세상을 떠났다고 하였다. 그의 죽음은 착실하던 큰아들이 부산대학교 의과대학에 일 년 전에 합격했다는 사실과 함께 동네에 남은 처남을 통해서 알려졌다. 남의 말하기 좋아하는 몇몇 동네 사람들은 '애비 목숨 팔아서 아들 의사 만들었다'고도 했지만 그 집 주인이 꼭 그 일 때문에 일찍 죽었는지는 확인할 수 없었고, 동네 사람들은 그 후에도 은집의 옥상에서 올라오는 노오란 연기와 독한 냄새를 그럭저럭 참고 살았다.

은집의 큰아들이 의과대학에 들어간 같은 해에 개천 변 작은 집의 큰아들은 서울대학교에 입학하였다. 그 집은 방 한쪽에 난 손바닥만 한 부엌 하나가 부둣길 대로변으로 나 있는 서너 평가량의 쪽방 집이었는데 작은 방 안은 늘 정갈하게 정리되어 있었고 방 한구석에 놓인 앉은뱅이책상에는 성경과 두 아들의 책과 참고서들이 가지런히 꽂혀있었다. 홀어머니는 굴다리 옆의 재래시장에서 손바닥만 한 작은 가게를 열고 여름이면 콩을 맷돌에 갈아서 콩국을 팔고 겨울에는 팥을 삶고 경단을 빚어 팥죽을 쑤어서 팔았다. 큰아들이 서울대학교에 합격한 것도 국민학교 다니던 동생이 동네 친구들에게 자랑삼아 이야기해서 알려지게 된 것인데, 큰아들도 그 어머니도 그것을 내놓고 누구에게 자랑하지 않았다. 다만 그 모자는 대학교 앞의 게시판에 붙은 합격자 발표명단으로 직접 확인할 수 없는 지방 지원자들을 위해서 신문사들이 알려주던 합격 여부를 전화로 확인하고서는 다음 날 새벽 통행금지가 풀리자마자 그들이 다니던 작은 개척 교회를 찾아가서 아무도 없는 차가운 교회 바닥에 무릎 꿇고 감사 기도를 올렸다. 그 교회는 기독교 교파 중에서 신자들의 도덕적 행동을 특별히 강조하고 전쟁과 같은 폭력을 단호히 거부하며 성경의 가르침에 따르기 위해 수술을 할 때도 수혈을 허용치 않는 엄격한 교리를 따르는 소수파에 속했다. 그 집 식구들이 그 소수파 교회에 다니게 된 경위는 알려지지 않았고 그들이 믿는 교리의 옳고 그름에 대해서 왈가왈부하는 사람들이 없지는 않았지만, 항상 단정하게 정돈되어있던 그 집의 작은 방만큼이나 그들의 말이나 행동도 늘 조용했지만 부드럽고 정갈했다.

서울대학교 합격 소식을 들은 몇몇 동네 사람들은 매축지 생기고 서울대 입학은 처음일 거라며 동네잔치를 해야 한다고 지레 나서서 호들갑을 떨었지만, 아주머니는 웃으며 사양하고 모두에 대한 감사의 표시로 가까운 이웃들에게 팥죽 한 그릇씩을 돌렸다. 큰아들은 시장 양복점에서 말끔하게 맞춰 입은 짙은 감색의 서울대학교 교복을 입고 아직 찬 바람이 기승을 부리던 2월 중순에 부산역까지 따라 나온 어머니와 동생의 배웅을 받으며 서울로 떠났고 어느 부잣집에서 입주 과외를 하면서 학비를 벌고 숙식도 해결하며 학교에 다녔다. 그는 서울 생활 첫해 1학년 여름 방학 때는 집으로 내려와서 교회 어린이 방학 교실 교사로 몇 명 안 되는 아이들을 가르치며 어머니와 동생과 함께 여름을 보냈다. 그러나 그해 겨울 방학에는 잠시 부산에 내려와서 어머니에게 인사한 후 곧장 서울로 다시 올라갔는데, 어머니에게는 가르치는 고등학생 아이의 공부를 방학 때도 봐줘야 하고 밀린 자신의 공부도 해야 한다고 말했다.

2학년 여름 방학이 지나고 2학기가 시작된 어느 날 부산진역 맞은편 부산 동부경찰서 소속의 형사 하나가 아주머니의 시장통 가게를 찾아왔다. 형사라는 말에 아주머니는 우선 가슴이 철렁 내려앉았지만 착실한 큰아들에게 무슨 일이 있을 거라고는 꿈에도 생각지 않았기에 처음에는 혹시 장사하는 데 무슨 자릿세를 내라는 것인지 여겼다. 그러나 형사는 큰아들의 인적 사항과 교우 관계 등에 대해 이것저것 캐어 묻더니, 큰아들이 부산 집으로 내려오면 꼭 경찰서로 전화하라는 당부를 하면서 만약 신고하지 않으면 큰일 난다는 엄포까지 덧붙이고 자리를 떴다. 형사의 말로는 큰아들이 서울대학교에서 반정부 학생 서클에 들어가서 '빨갱이 교육을 받고 빨갱이를 돕는 짓'을 한다는 것이었는데 아주머니는 청천벽력을 맞은 듯 한동안 정신을 가다듬지 못하고 우두망찰하였다. 다음 날 새벽에 그녀는 시장 장사를 작파하고 부산역으로 달려가서 경부선 기차를 탔다. 작년에 아들이 보낸 편지 봉투에 적힌 서울의 입주과외집을 물어물어 찾아갔지만 이미 몇 달 전에 그만두었다는 말만 그 집 가정부로부터 문간에서 전해 듣고 그녀는 밤 기차를 타고 다시 부산으로 내려와야 했다. 달포가 지난 후에 가슴

만 졸이며 아무것도 손에 잡히지 않아 겨우 하루하루 장사를
이어가던 그 아주머니의 가게를 경찰서에서 다시 찾아왔고 형
사는 아들이 서울에서 검거되었지만 학년도 낮고 주모자가 아
니어서 재판을 받거나 형을 살지는 않고 군에 자진 입대 형식
으로 징집되어 정신 교육을 잘 받고 나올 것이라고 전해주었
다. 며칠 후 논산훈련소에서 쪽방 집으로 보내온 작은 상자에
는 아들의 낡은 옷가지들이 들어 있었는데 아주머니는 따뜻한
밥 한 끼 제대로 챙겨 먹이지도 못하고 군에 떠나 보낸 아들의
옷들을 부여안고 오랫동안 흐느꼈다. 지난 여름 방학 때 내려
와서 잠시 얼굴을 본 후에 목소리도 듣지 못한 아들 걱정에 마
음을 놓을 수는 없었지만 그래도 몸 상하지 않고 군대 울타리
안에서 생활하고 있으려니 하는 생각에 한편으로는 수배당해
서 마음을 졸이는 것보다는 낫다는 생각으로 스스로 위안을
삼았다.

아주머니는 매일 새벽 개척교회를 찾아서 무릎 꿇고 기도를
드렸고 얼마 지나지 않아 훈련소에서 부쳐온 아들의 편지에는
잘 먹고 훈련 잘 받고 건강하게 지내고 있으니 걱정 마시라는
안부가 눈에 익은 아들의 정갈한 필체로 적혀있었다. 징집 후
두어 달이 지나서는 자대 배치를 받았다면서 강원도 어느 곳

의 주소가 적힌 아들의 군사우편이 다시 도착했다. 군대에서
잘 먹어서 몸무게가 오 킬로그램이나 늘었고 역시 잘 지낸다
는 소식과 함께 '어머니와 동생이 보고 싶다'면서 육 개월이 지
나면 첫 휴가를 나가니 조금만 기다려 달라고 적혀 있었다. 아
주머니는 그나마 한시름을 놓고 팥죽을 끓이며 장사를 이어갔
고 장사하느라 아무리 힘이 들고 피곤하여도 새벽기도는 빠뜨
리지 않았다. 그해 겨울은 유난히 추워서 어지간해서는 얼지
않던 낙동강 하구도 꽁꽁 얼어붙었는데, 날씨가 추워서 오히려
아주머니의 더운 팥죽 장사는 잘되었다.

  겨울이 지나고 3월에 들어서면서 망미동 국군 통합병원 옆
에 위치한 방첩대의 담벼락 아래 개나리도 싹을 틔우기 시작하
였다. 아주머니는 아직은 아침 공기가 쌀쌀한 이른 아침에 집
을 찾아온 방첩대 하사관에 이끌려 영문도 모른 채 군용 지프
를 타고 방첩대로 갔다. 그녀가 불안한 가슴을 싸 안고 들어간
부대 사무실에서는 소령 계급장을 단 방첩대 장교가 정중하게
그녀를 맞았다. 너무 놀라지 마시라며 서두를 꺼낸 소령은 '불
행히도 아드님이 훈련 중에 사고를 당해서 너무 안타깝고 무
슨 말씀을 드려야 할지 모르겠다'며 고개를 숙였는데, 아주머
니는 그 뒤에 그가 하는 말들은 제대로 알아듣지 못하였다. 기

함氣陷하여 정신을 잃다시피 한 그녀는 한참 만에 정신을 차렸고 방첩대 지프를 타고 여섯 시간 넘게 갓 개통한 경부 고속도로를 달려서 서울 변두리의 국군 수도 통합병원에 도착하였다. '영안실'이라고 적힌 팻말이 붙은 방의 문 앞에서 그녀는 다시 한번 다리에 힘을 잃고 쓰러졌다. 아들의 몸은 이미 차갑게 식어 있었고 보고 싶다던 어머니의 모습을 대하고도 눈을 감고만 있는 아들의 시신을 마주한 그녀는 아무것도 볼 수도 생각할 수도 없어서 오랫동안 아들의 차가운 얼굴에 볼을 비비며 울부짖었다.

나중에 누구는 그 아들이 믿던 종교의 '폭력을 행사하는 게 궁극적인 목적인 군대를 가서도 안 되며, 남을 해치기 위해 만들어진 총도 잡으면 안 된다'는 엄격한 교리 때문에 군대 생활에 적응을 못 했던 건지, 학생 운동했다고 부대에서 특별 관리를 받다가 맞아 죽은 것인지 누가 알 것이냐고 술자리에서 말했지만, 사건 조사는 이미 훈련 중 안전사고로 처리 종료되었고 억겁의 세월에도 지워지지 않을 것처럼 길고도 깊은 어머니의 통곡 속에 아들은 화장되었다.

춥고도 따뜻했던 겨울

당연한 말인지 모르겠지만 죽음은 때와 장소를 가리지 않아서 도처에 널려있었다. 차가 별로 없었으니 교통사고로 죽는 사람은 그렇게 많지 않았지만 여름이면 하루걸러 해수욕장의 익사 사고 소식이 뉴스를 장식하고 겨울이 되면 신문과 라디오 뉴스에서는 하루도 거르지 않고 연탄가스 중독 사고가 보도되었다. 새 연탄이 발화하여 연소할 때 특히 일산화탄소가 많이 발생한다고 하여 잠자기 전에 좀 일찍 연탄을 갈면 위험이 덜하다고는 했지만 그것만 지키고 있을 수도 없는 노릇이어서 일상에 바쁜 사람들은 종종 연탄불을 꺼트리기 마련이었다. 번개탄이란 것이 나오기 전에는 옆집에 피워 놓은 연탄을 빌러서 꺼진 연탄불을 붙이기도 했기에 꼭 자기 전 언제 시간을 맞추어서 연탄을 갈 수는 없는 노릇이었다. 불기가 조금 남아 있는 밑불 위에 연탄집게로 새 연탄을 연소 구멍이 맞게 올려놓고 끝이 뾰족한 쇠막대기로 구멍들을 쑤셔서 맞추어가며 불을 붙였는데, 우리 집은 한겨울에도 작은 방에만 연탄을 때서 난방을 하였다. 작은 방에 여섯 식구가 다 누울 수는 없어서 큰형은 한겨울에도 혼자서 큰방에 스펀지 요 하나를 깔고 냉골에서 잠을 잤다. 나중에 엄마가 이야기해서 알았는데, 어느 추운 겨울날 큰형은 엄마에게 큰방에도 저녁에만 연탄불을 좀 넣어 달라며 대신에 이십 리 넘게 떨어진 학교를 걸어서 다니겠다고 했다면서 엄마는 안쓰럽고 미안해하는 얼굴빛으로 말끝을 흐렸다. 훗날 어느 글 짓는 사람이 '쉽게 사랑을 말할 수 없지마는 그때 어머니에게 사랑은 한 장의 연탄 같은 것(주광혁. 「다 식은 연탄 한 장」)'이라고 노래했듯이 연탄은 자신을 태워 우리의 한겨울을 따뜻하게 지켜주었던 엄마의 사랑과 같은 것이었지만 어떤 사람들은 그마저도 마음껏 쓰지 못한 채 한 편에 아껴두어야만 했던 것이다. 그렇게 연탄 한 장의 존재는 결코 가볍지 않은 것이었기에, 찬 바람이 기승을 부리는 겨울에 접어들어 겨울 한 철 온 가족이 먹을 양식으로 배추 백오

184

십 포기가 넘는 김장을 온 식구가 모여서 해치우고, 새까만 연탄을 한 리어카 사서 좁은 마당 한구석에 쌓아놓으면 겨울 준비가 다 끝난 듯 든든하였다.

　육고기는 비싸서 특별한 때가 아니면 자주 사 먹기 어려웠으므로 엄마는 우리의 단백질 보충을 위해 가끔 소, 돼지 내장을 싸게 사서 얼큰한 국을 끓였다. 그러나 부산은 역시 생선이 제일 흔한 단백질 공급원이어서, 흔한 전쟁이나 고등어구이와 너무 많이 잡히면 그냥 버리기도 한다는 도루묵으로 찌개를 자주 해 주기도 했으며 바닷물고기뿐 아니라 낙동강에서 잡은 민물 붕어찜에 뭉근하게 푹 익혀 양념이 밴 무의 맛은 세상 어느 고기의 맛에 비길 바가 아니었다. 아버지 살아생전부터 해장용으로 엄마는 가끔 맑은 복국을 끓였다. 복어는 생선이 흔한 부산에서도 고급 축에 드는 생선이었는데, 겨울철이 살이 오르고 제일 맛있는 때여서 겨울은 복어 독 중독 사고도 제일 많이 발생하는 계절이었다. 복어를 담은 커다란 대야를 머리에 이고 복어 장수 아주머니들은 '뽁쟁이 사이소, 뽁쟁이'라고 외치며 골목길을 돌았다. 심심찮게 신문 라디오 뉴스에 복어 끓여 먹고 죽었다는 소식이 전해졌지만, 엄마는 그런 걸 아는지 모르는지 무심하게 복국을 끓였고 우리는 아무런 걱정하지 않고 엄마가 끓여주는 맑은 국물로 겨울 추위를 녹였다.

　겨울이라고 남아도는 시간을 좁은 집 안에서 다 죽일 방법은 없었고, 특히 겨울 방학은 여름 방학보다 길어서 밖에 나가서 뛰어노는 우리의 양손은 겨우내 동상이 걸리지 않을 만큼만 얼었다 녹았다를 반복하여 항상 손등은 가뭄에 마른 논바닥처럼 갈라져 있었다. 나는 겨울 방학이 시작되면 첫째 날에는 국어·산수, 둘째 날은 사회·자연, 셋째 날은 미술 및 기타 숙제, 넷째 날은 방학 책 순서로 차례대로 해치우고 마지막으로 방학 기간의 일기까지 모두 지어서 일주일 내에 방학 숙제는 모두 끝내고 그 뒤로는 주야장천 한없이 놀았다. 일기라 해봐야 하루 한두 가지 한 일을 간단히 적는 것이었으니 오십여 일 분을 적는 것이 그리 큰 일은 아니었지만, 그날그날의 날씨를 적는 곳은 부득이 그냥 비워 둘 수밖에 없었다. 방학이 끝나는 날이 다가오면 어떤 동네 친구는 방학 책과 일기장을 빌려가기도 했는데, 일기라 해봐야 특별히 숨길 사생활도 없었고 꼭 있었던 일들을 적은 것도 아니었으니 남들이 봐도 별로 거리낄 것이 없었지만 일기를 베낄 때 날짜를 섞어서 순서를 다르게 하라는 당부는 잊지 않았다.

　눈싸움하거나 얼음 지칠 일이 거의 없는 부산에서의 겨울 놀

이 중 백미는 팽이치기와 연날리기였다. 우리는 팽이채 만드는
것은 말할 것도 없고 팽이의 균형이 정확하게 잡히고 더 오래
돌도록 원래의 심을 빼고 커다란 베어링 구슬을 팽이 심으로
갈아 넣는 고난도 작업까지 모두 직접 했으며, 못 믿는 사람들
이 있을지 모르지만 팽이 만들기보다 훨씬 복잡한 연날리기에
필요한 도구들도 모두 스스로 만들었다. 그렇다고 뭐 특별히
잘났다고 자랑하는 것은 아니고, 돈 주고 살 형편들이 안 되었
기에 스스로 해결책을 마련했다는 것일 뿐이고, 세상만사 궁
하면 통하는 법이었던 것이다. 우리는 사투리로 '자새'라고 부
르던 얼레를 서로 도와가며 나무를 자르고 다듬어서 만들고,
못 쓰는 대나무 우산대에다 집에 있는 창호지와 학교 습자시
간에 쓰고 남은 얇은 습자지를 활용하여 방패연과 가오리연을
만들었다. 연은 그냥 날리는 것이 아니고 늘 연싸움을 했기에
연실의 강도가 대단히 중요하였다. 실에 유릿가루를 입히는 작
업을 '사 먹인다'고 했는데, 그 사 자字가 실 사絲자인지 가는 유
리를 입힌다고 모래 사沙자를 쓴 것인지는 누구도 아는 바 없
었지만, 어쨌던 사를 먹이는 일은 최소한 서너 명 이상이 모여
서 상당한 시간과 정성을 들여야 하는 작업이었다. 소주병이
나 각종 유리를 쇠 절구에 넣어 잘게 부수고 채로 걸러서 보드

라운 유릿가루만 모았는데, 굵고 거친 유릿가루보다 보드라운 가루들이 오히려 더 실에 잘 붙고 강도가 세기 때문이었다. 우리는 연실에 사를 먹이면서 이미 부드러운 것이 강한 것을 이기고, 넘치는 것이 차라리 약간 모자란 것만 같지 못하다는 옛말이 틀리지 않음을 스스로 깨우쳤던 것이다. 이 유릿가루를 밀가루로 쑨 풀에다가 섞어서 실에다가 입혔는데 유리는 일반 투명 유리보다 동동구리무 통 같은 백색 유리 성분을 더 쳐 주었고, 유릿가루의 접착력을 최고로 높이기 위해서 철물점에서 주인은 모르게 무상으로 획득한 아교를 녹여서 풀에 같이 섞어서 끓였다. 한쪽 얼레에 가득 감은 실타래를 아교와 풀에 끓인 유릿가루를 담은 그릇을 통과시키면서 맞은편 얼레로 옮겨 감았는데, 두 얼레의 가운데에서 실에 묻는 유릿가루의 양이 균일하게 유지되도록 종이로 가루를 닦아내는 작업이 연실의 강도를 결정하는 데 매우 중요한 공정이었다. 연날리기를 위한 준비는 서너 명이 각종 기구를 만들기 위한 재료들을 부지런히 물색하고 철물점이나 목재상의 허락 여부와는 상관없이 스스로 알아서 재료들을 마련하고, 하루 종일 협력하여 연을 만들고 사를 먹여야 했으니 새마을 운동의 기치대로 '근면 자조 협동'을 몸소 실천하는 데에는 안성맞춤이었다.

드디어 모든 준비가 끝나면 부둣길이나 하다못해 좁은 골목 길에서라도 어지럽게 얽혀있는 전깃줄들을 피해서 하늘높이 연을 올렸고, 개천 건너 좌천동 매축지 아이들이 올린 연들과 싸웠다. 상대방의 연을 끊어먹기 위해서는 연실의 강도뿐 아니라 연 날리는 기술도 매우 중요해서 상대방 연과 실이 얽혔을 때 얼레를 풀고 감으면서 내 연실로 상대방 연실을 먼저 파고 들어야 해서 누가 더 빨리 제때 연실을 감고 푸느냐 하는 것이 연싸움의 승패를 가름하였다. 이기고 지는 것은 병가지상사여서 이기면 전쟁에서 이긴 개선장군처럼 기뻤으되 지고 나면 하릴없이 떨어져 나가는 내 연을 우울하게 바라봐야 했다. 그러나 호승심好勝心이 유별난 어떤 아이들은 패배를 받아들이지 못하고 1~2미터쯤 길이의 굵은 실 양쪽에 돌멩이를 매어서 하늘 높이 날고 있는 적군의 연실에 던져 그 연을 약탈하기도 했는데, 이 유격 전술을 '알랑고리'라고 불렀지만 그게 무슨 뜻인지 어원을 아는 아이는 아무도 없었다. 우리 편에게 '알랑고리'로 연이 약탈당하면 분노한 적진으로부터 다 타서 버리는 허연 연탄재가 개천을 건너서 포탄처럼 날아와서 골목과 집집마다의 장독대를 구분하지 않고 떨어졌다. 어느 집은 열어 놓은 간장 독에 연탄재 포탄이 그대로 떨어져서 책임 추궁이 일기도 했지만, 양측은 최소한 전쟁 중에도 연탄재 외에 돌멩이와 같은 살상력이 있는 무기는 사용하지 않음으로써 동업자 의식과 생명 존중의 성숙한 시민 정신을 잃지 않았다.

앞에서도 말한 바 있지만 11월도 중순이 지나면 불우이웃돕기 운동이 벌어졌다. 매축지 국민학교 학생 중에는 이미 불우이웃이 많았지만 불우하지 않은 학생과 불우에 가까운 학생, 하물며 불우한 학생마저도 모두 자신의 불우 수준에 무관하게 불우이웃돕기에 동참하여야 했다. 어떨 때는 성금을 거두기도 했고, 어떨 때는 각종 물품을 개인별로 배정하여 선물 꾸러미를 만들었다. 불우이웃돕기뿐 아니고 연말이면 '국군장병 아저씨께' 보내는 위문품도 갹출하고 위문편지도 써야 했다. 위문품 품목은 편지지, 편지봉투와 필기구 같은 문구류에서부터 사탕, 과자에다 치약, 칫솔, 세숫비누는 물론이고 손수건과 세수수건에다 하다못해 군인 아저씨들에게 크게 필요가 있는지 모를 수첩 같은 것도 학생들 개인별로 할당되었다. 물질적인 위문품뿐 아니라 우리의 진심을 확실하게 전달하는 방편으로 백이면 백 '국군장병 아저씨께'로 시작되는 위문편지도 모두한 통씩 의무적으로 써서 위문품 보따리에 같이 넣었다. 그러나 생면부지의 국군장병 아저씨께 개인적으로 특별히 전할 사

190

연이 있을 리 없어서 편지의 내용은 모두 비슷비슷했고 어떤 아이는 옆자리 친구의 편지를 베끼기까지 하였기에 그렇게 별 성의 없이 적어 보내는 위문편지들이 국군 장병 아저씨들께 정녕 위문이 되었을지는 알 수 없는 일이었다. 여자 고등학교에서 보내는 위문편지에는 자주 펜팔하자는 국군장병 아저씨들의 답장이 온다고도 했지만 코흘리개들이 괴발개발 써 내린 소위 위문편지에 답장이 오기를 기대하는 것은 님도 보지 않고 아들 점지되기를 기다리는 것만큼이나 무망한 일이었다. 그러나, 어느 아이가 정성스럽게 써서 보낸 위문편지에 '부산 성남 국민학교의 착한 친구에게'로 시작되는 답장이 딱 한 번 도착하여 그 아이는 종례 시간에 일어서서 큰 소리로 그 편지를 낭독하는 보기 드문 일이 연출되기도 하였다. 필시 그 국군 아저씨는 남다르게 따뜻한 마음씨를 가진 군인이었음이 틀림없었는데 아이들은 모두 생전 처음 보는 신기한 광경에 그 답장을 읽는 친구를 부러운 눈으로 바라보았다.

위문을 받아도 시원치 않을 우리에게 남을 위문하도록 학교에서 강제로 시킨 것은 당연히 나의 처지와는 상관없이 남을 배려하고 작은 것일지언정 서로 나누는 것을 가르치려는 높고 깊은 뜻이었겠지만, 도시락도 못 싸서 내 코가 석 자인 아이들에게 남들 위문부터 하라는 것은 좀 무리가 있어 보이기도 하였다. 그러나, 세상은 공평해서 한겨울에 우리가 위문을 받는 경우도 있었으니 그것은 크리스마스 전후의 교회 행사들이었다. 크리스마스 이브가 되면 교회에서는 신도, 비신도를 구분하지 않고 아이들에게 빵과 사탕 같은 먹거리를 나누어 주었는데, 대신 짧은 기도회 같은 모임에 잠시 참석해서 그 배려에 보답하는 것이 받은 것에 대한 최소한의 도리요, 의무였다. 그런 기도회에서는 아이들을 모아 놓고 목사님이나 교회 학생회 형과 누나들이 기도하고 축복을 빌었다. 어떤 부지런한 아이들은 '징글뼁'을 부르며 좌천동에서 자성대 아래 개척 교회까지 서너 곳을 돌면서 크리스마스 선물을 수집하기도 했지만, 크게 부지런하지 못했던 나는 어느 크리스마스이브 이른 오후에 동네 친구 몇 명과 자성대 아래 개척 교회의 크리스마스 축복 기도회 한 군데를 겨우 찾았다. 개척 교회라 교회당이라 해봐야 대여섯 평 남짓한 커다란 방 하나에 소박한 교단을 설치해 놓고, 의자도 없이 비닐 장판을 깔아 놓은 가정집 같은 곳이었다. 젊은 목사님은 빵과 사탕을 얻으러 모인 아이들 예닐곱을 모아 놓고 기도를 하였다. '참 좋으신 하나님!'으로 시작된 그 기도는 상당히 오랫동안 계속되어서 나는 감은 눈을 떴다

감았다 하면서 이제나저제나 기도가 끝날 때만을 기다렸다. 목사님의 기도 중에 예수 그리스도를 세상에 보내시어 죄지은 우리의 죄를 사해주셨다는 대목에서 신앙심이 매우 빈약했고 성경의 교리에 무지했던 나는 내가 무슨 죄를 지었던지 생각해 내느라 곰곰이 기억을 더듬어야 하였다. 기도를 마치고 아이들과 알지도 못하는 찬송가를 따라 부르느라 입만 벙긋벙긋하고 나서 크림빵 하나와 사탕 몇 개를 받아들고 집으로 돌아오는 길에, 그 교회에 다니던 동네 친구 하나는 하나님을 꼭 믿어야 하고 하나님을 믿지 않으면 천당에 가지 못하고 지옥에 떨어진다는 말을 했는데 나는 그 말을 듣고 잠시 고민하였다. 그렇다면, 이순신 장군님도 세종대왕님도 지옥에 계신다는 것이었는데 정말로 그분들이 지금 어디에 계시는지는 그 녀석에게 물어봐야 답이 있을 것 같지도 않아서 나는 다음에 교회에 가게 되면 목사님에게 꼭 물어봐야겠다고 생각했지만, 그럴 기회를 다시 갖지는 못하였다. 아마도 신앙심은 투철했을지 모를 그 동네친구 녀석도 나보다야 백배 나았겠지만 하나님 말씀의 깊은 뜻을 제대로 이해하지는 못했음이 틀림없었다. 어찌 이순신 장군님께서 지옥에 계실 수가 있다는 말인가?

부산은 겨울에도 싸락눈 한 번 보기도 어려운 곳이어서 제대로 내리는 눈 구경하기란 하늘의 별 따기였다. 우리 동네에는 남모르게 연애하던 젊은 남녀가 있었는데 흔치 않게 안정된 직장을 다니던 남자는 누구도 예상치 못했던 함박눈이 내리던 어느 겨울 저녁에 즉시 여자 친구에게 뛰어와서 데이트 신청을 하지 않고 눈치 없이 회사 부근의 대폿집에 처박혀서 동료들과 막걸리를 마셨다가 다음 날 여자 친구로부터 '어떻게 제대로 된 정신을 가진 사람이라면 눈 내리는 날에 그럴 수가 있느냐'는 과도한 비난을 받고서는 다시 막걸릿잔을 기울이기도 하였다. 그만큼 눈이 귀한 부산이어서 눈 비슷한 것이라도 하늘에서 떨어지면 그것만으로도 축제와 같았는데, 어느 12월 초 오후에 눈발이 흩날리기 시작하였다. 눈이 내리면 동네 강아지처럼 일부러라도 맞으러 나가야 할 일이었기에 나는 이제나저제나 그 준비를 하고 있었는데 누가 아니랄까 봐 내리는 듯하던 눈은 이내 겨울 빗방울로 바뀌었다. 눈 맞이에 만반의 준비를 했던 나는 추적이는 겨울비에 김이 샐 대로 새버려서, 마루 끝에 앉아 떨어지는 낙숫물을 헤아리며 무료하게 앉아있었다. 방안에서 지구본 초벌을 바르고 있던 엄마는 '비가 오네. 네 누우는 우산도 안 갖고 학교 갔는데 비 맞고 추블라'

라고 말했고, 마루 끝에 걸터앉아 낙숫물 방울이나 세고 있던 나는 불현듯 할 일이 생긴 것을 알았다. 누나가 하교할 시간이 한 시간쯤 남았기에 나는 우산살 하나가 부러져서 완전치 않은 검정 우산 하나를 집어 들고 집을 나섰다. 시장통을 지나 철길 육교를 넘어서 삼일극장 맞은편에 있던 여자중학교 앞에서 나는 잠시 기다렸고, 누나는 쏟아져 내려오는 여학생들 틈에서 용케 나를 알아보고 뛰어왔다. 이제 비는 우산을 써도 좋고 말아도 좋을 만치 보슬대며 내리고 있었는데 우리는 우산을 같이 쓰고 작은 언덕길을 걸어 내려왔다. 큰길에 다다르기 전 길모퉁이에는 학교 주변에는 어디에나 있음직한 허름한 분식집이 하나 자리 잡고 있어서 누나는 나를 그리로 이끌었다. '간또'라고 불렀던 어묵도 있었고 너무 오래 써서 시커먼 색깔의 튀김 기름에 튀긴 꽈배기도 맛있어 보였지만 누나는 군만두 한 접시를 시켰다. 간장에 고춧가루를 약간 풀고 식초를 섞은 장맛은 시큼하고도 짭짜름했으며 달콤하고도 매콤했는데, 그 맛을 한마디로 표현하기는 불가능해 보였다. 누나와 나는 군만두 한 접시를 나누어 먹고 여전히 내리는지 그쳤는지 모를 겨울 빗속을 걸어서 집으로 돌아왔다.

부산은 겨울 기온이 그렇게 낮지는 않았지만 바닷바람이 불면 체감온도가 크게 떨어져서 밖에서 뛰어노느라 해 지는 줄 몰랐던 우리는 늘 추웠고 배가 고팠다. 저녁 해거름이면 노느라 지친 몸을 이끌고 집으로 돌아왔는데 무슨 큰 일 하고 왔다고 대단한 환영식이야 당연히 없었지만 집에는 늘 엄마가 마련해 놓은 따뜻한 밥상이 있었다. 그 밥상은 너무 소박해서 때로는 김장김치 한 보시기에 된장찌개 뚝배기 하나일 수도 있었지만 나에게는 세상에서 제일 맛있는 최고의 만찬이었다. 밖에서 뛰어 노느라 춥고 허기졌으니 그랬을 수도 있지만 어쩌면 그것은 엄마가 손수 콩을 삶고 메주를 띄워서 담근 간장과 된장의 맛 때문이었는지도 모른다. 반찬거리가 따로 없는 겨울 저녁에 엄마는 쌀뜨물에 마른 멸치 몇 마리를 우려내고 겨울 무를 채 썰어 넣고 고춧가루 한 숟가락 풀어 소금으로 간을 한 후에 아끼는 참기름 서너 방울 떨어뜨려 국을 끓였다. 그 무심한 듯한 뭇국은 온 세상의 평온함과 온기를 가득 품고 있어서 어린아이의 얼어붙은 몸과 마음을 따뜻하게 녹여주었다. 나중에 들어서 알게 된 것이지만, 본 것 많고 아는 것 많은 사람들은 세상에서 제일 맛있는 음식이 세 가지네 네 가지네 하면서 듣지도 보지도 못한 여러 가지 먹거리들을 거론했지만, 누가 뭐래도 내게 세상에서 제일 맛있는 음식은 엄마의 뭇국이었으며 학교 다녀와서 허겁지겁 퍼먹던 식은 된장찌개와 시어빠진 김장김치 또한 뭇국과 같이 세상에서 제일 맛있는 음식 중의 하나였다.

세상에서 제일 맛있는 것은 거위의 간이나 철갑상어의 알, 혹은 떡갈나무 숲의 땅속에서 자란다는 무슨 버섯도 아니었고 오로지 엄마의 손과 마음으로 빚은 모든 것이어서, 그것들로 하여 우리는 추운 겨울에도 몸과 마음을 녹일 수 있었고, 그 래서 그 겨울은 따스하였다.

하일소화夏日笑話

아이들은 겨울의 차가운 바람도 아랑곳하지 않고 밖에서 하루 종일 뛰어놀았으니, 여름 방학은 더 말할 나위가 없었다. 여름 땡볕 아래서도 아이들은 임진왜란 때 부산진성의 자성子城으로 지어졌다는 자성대에 올라가서 임진왜란 때의 전투를 흉내 내어 전쟁놀이하며 놀았고 놀다가 지치면 커다란 돌로 쌓아 올린 석축의 가운데에 뚫린 작은 굴에 들어가서 낮잠을 잤다. 놀다가 집으로 돌아와서는 저녁을 먹은 후 집 지붕 위 장독대 옥상에 누워 하늘을 올려다보며 자연 시간에 배운 별자리들을 복습하기도 하였다. 북쪽 하늘 높이 반짝이는 북극성과 북두칠성을 찾고 동쪽 하늘로 흐르는 은하수 가운데서 날

개 펼친 백조자리를 새까만 하늘에서 더듬었다. 옥상이 없는 집 사람들은 하다못해 골목길에 평상이나 대자리를 깔고 노상 취침을 하기도 했으니 비록 작은 집들이지만 선풍기 하나 없이도 여름 나기란 그리 큰 문제가 아니었다. 앞에서도 말했지만 좌천동의 전설적인 여건달 '대빵'도 소싯적에 골목길에서 자리 펴 놓고 자다가 깜빡 통제력을 잃은 이웃 아저씨 때문에 인생 행로가 바뀌는 일이 발생하기는 했지만, 그것은 아주 예외적인 경우였을 뿐이었다.

여름은 목욕도 많이 하고 아무래도 물 쓸 일이 많아서 가끔 물과 관련한 문제들이 발생하기도 했다. 집집마다 수도가 있는 것이 아니고 보통 대여섯 집에 하나꼴로 상수도가 놓여 있어서 상수도가 없는 집들은 수도가 놓여있는 집에 고무호스를 연결하여 수돗물을 받았다. 전날에 미리 물을 받아서 물통들을 채워 놓지 못한 집에서는, 아침밥을 짓고 설거지 하기 위해서 먼저 수도꼭지에 호스를 꽂아 놓고 물을 받고 있던 다른 집의 양해도 받지 않고 자기네 호스를 갈아 끼워서 두 집 사이에 작은 말다툼이 생기기도 하였다. 물값도 똥값과 마찬가지로 가구당 가족 수로 책정되었고 수도가 놓여있는 집 간에 같은 요율이 적용되어 이쪽 집 물값이나 저쪽 집 물값이 다르지 않아서 공정성 시비도 없었다. 그렇게 물 때문에 큰 갈등은 없었는데, 생각지도 않았던 문제로 어느 여름날 저녁 온 동네가 발칵 뒤집어졌다.

원래 모두 집 대문을 제대로 잠그지 않고 생활했지만 특히 수도가 있는 집은 언제든지 옆집에서 호스를 끼우고 물을 받을 수 있도록 문을 항시 열어놓고 있어서 누구든지 무시로 드나들었다. 사건이 발생하기 며칠 전 한 동네 아주머니가 물을 받기 위해 고무호스를 끌고 수돗물을 받아먹던 옆집을 찾아 들어갔다. 집안에는 아무도 없는 듯 적막하였는데 그냥 볼일이나 마쳤으면 좋았을 그 아주머니는 집에 혹시 누가 없는지 문 앞의 수도간에서 마루 건너에 있는 방 안을 아무런 생각 없이 고개를 빼고 들여다보았다. 그 방 안에는 대낮이었지만 창문도 없어 어둠침침한 구석에서 고등학교를 졸업하고 놀다가 쉬다가 얼마 전에 입대 영장을 받아놓고 더 열심히 놀고 있던 아들이, 너무 심심해서였겠지만 혼자서 벽에 비스듬히 기대고 누워서 외로운 자신을 스스로 위무慰撫하고 있었다. 그것은 남에게 아무런 피해도 주지 않는 혼자만의 심심파적이기는 하였지만 아무리 친한 이웃이라 할지라도 옆집에 사는 아주머니에게 보이기에는 약간 민망한 광경이었음이 틀림없었다. 젊은 아들은 스스로의 위로에 열중한 나머지 이웃 아주머니의 방문을 전혀 눈치채지 못했고 아주머니는 깜짝 놀란 나머지 고무호스만 수도꼭지에 살그머니 끼우고 발걸음 소리를 죽여서 자기 집으로 총총히 돌아갔다.

발 달린 사람은 말없이 집으로 돌아갔건만 발 없는 말은 그렇지 못하여서 곧 몇몇 동네 아주머니들의 입에서 입으로 그 젊은 아들의 외로웠던 오후가 전해졌고, 급기야 며칠 후에는 수돗집 아주머니의 귀에까지 들어가게 되었던 것이다. 아주머니는 아들의 명예 회복을 결심하고 말을 옮긴 주변 사람들을 비밀리에 추적한 끝에 마침내 소문의 진원지를 찾아내었다. 아들의 명예를 회복하는 길은 최초 발설자가 동네 사람들에게 그것이 허위사실임을 스스로 자백하게 하는 것이 최선이라 판단한 수돗집 아주머니는 사람들이 가능한 한 많이 모일 수 있는 일요일 저녁 시간을 택하여 옆집을 찾아갔다.

"니가 우리 아들이 얼마 전에 지 혼자 방에서 머시기 머시기 하더라꼬 동네방네 외고 다녔다매?"

"머시라카노, 누가 그라더노? 살다가 살다가 밸 귀신 씨나락 까묵는 소리 다 듣겠네…."

아주머니는 시치미를 딱 잡아떼는 이웃 아주머니의 태도에

끓어오르는 분노를 참지 못하고 먼저 흥분하고 말았다. 하기야 그 상황에서 어느 누가 계속 평정심을 유지할 수 있었을까만.

"네 요년, 요 배라묵을 년! 내가 다 조사해보고 하는 말인데 낯짝 뚜껍구로 인자 거짓말까지 하네?"

"이 여편네가 다 저녁에 나무 집에 와서 뭔 패악질이고 패악질이. 느그 아들이 방구석에서 지 혼자 뭔 짓을 하든지 말든지 내가 알끼 뭐꼬, 내가 알끼 뭐냐꼬?"

"그래, 말 잘했다, 이 요망한 년아. 우리 아들이 지가 지 껄로 무슨 짓을 하든 니가 무슨 상관이고? 니보고 뭐 우째 달라 카드나? 시들시들한 니 서방 물건만 보미 살다가 싱싱한 거 보이 눈까리가 희뜩 디비지더나, 이 때리 직이도 선찮을 년아!"

수돗집 아주머니가 너무 흥분한 나머지 아들의 명예회복이라는 당초 목적을 깜빡 잊고 아들의 외로웠던 놀이를 자인하는 듯한 말실수를 범하고 나서는 더 열불이 난 나머지 옆집 아주머니의 머리채를 붙들고 늘어졌고, 그날 저녁 골목길은 상당히 오랫동안 소란하였다. 혼자 놀다가 봉변 아닌 봉변을 당한 아들은 자신의 명예회복을 위하여 어머니가 혼자 힘써 싸우고 있는데도 불구하고 방안에서 뭘 하는지 얼굴도 내비치지 않았다. 당연히 두 집 사이의 수돗물 공급 계약은 종료되었는데 옆집은 좀 더 긴 고무호스를 장만하여 서너 집 건너 수도가 있는 다른 집으로부터 물을 받으면 되었기에 그 사건은 그렇게 마무리되었다.

여름은 밖에서 뛰어놀기 좋았지만, 장마가 지면 약간의 문제가 집집마다 발생하였다. 지은 지 오래된 집의 천장 곳곳에서는 빗물이 새어서 천장에서 떨어지는 낙숫물을 받느라 그렇지 않아도 좁은 방 곳곳에 물통이나 양재기를 여기저기 가져다 놓아야 했는데, 그 그릇들에 떨어지는 낙숫물 소리는 귀 기울여 잘 들으면 작은 실로폰을 치는 것 같기도 했다. 비가 그치고 나면 천장 여기저기에 누런 얼룩이 져서 그 얼룩이 빗물로 진 얼룩인지 천장에 사는 쥐 오줌 얼룩인지 구분하기가 어려웠다. 쥐들은 사람과 동거하였는데 얇은 베니어 합판으로 쳐진 천장 위에는 여러 마리의 쥐 가족이 살고 있었고, 야행성인 쥐의 특성상 사람들이 자려고 누운 시간에 천장 위를 돌아다니고 때로는 달리기 시합을 하는지 여러 마리가 떼로 우루루 뛰어다니는 통에 일부 예민한 사람들은 잠을 설치기도 하였지만 대부분의 보통 사람들은 그러려니 하고 그냥 잤다. 쥐가 많으니 '쥐 잡기 강조 기간'같은 것이 있어서 쥐 꼬리 수집은 연례행사였다고 이미 이야기했지만, 때가 되면 동사무소에서 나누어

주는 까만 비닐봉지에 든 쥐약을 보리 밥알에 섞어서 집안과 동네 곳곳에 놓았고 가끔은 매어 놓고 기르는 법이 없던 동네 개들이 돌아다니다가 그걸 주워 먹고는 개죽음을 당하기도 했다. 쥐약 먹고 개죽음을 당한 개는 정기적으로 동네를 돌며 쓸 것 못 쓸 것 가리지 않고 다 훑어가는 고물 장수가 지전 몇 푼을 주인에게 쥐여 주고 실어 갔는데, 고물 장수는 그 개를 직접 그슬러 먹었는지 어디 달리 처분하는 곳이 있었는지는 알 수 없었다.

부산에서 여름 방학 중에 아이들이 할 수 있는 최고의 놀이는 두말할 것도 없이 해수욕이었다. 그리고, 전국 제2의 도시, 자랑스러운 대한민국 최대 항구도시 부산에는 그 위상에 걸맞게 해수욕장도 많아서 누구나 다 아는 해운대와 광안리를 필두로 서쪽으로는 다대포, 송도해수욕장에다가 영도의 감지해변도 있었고 조금만 더 외곽으로 나가면 동해에 가까워서 물이 차고 깨끗한 송정과 일광해수욕장까지 있었다. 부산은 그렇게 골라 가면서 해수욕을 즐길 수 있는 해수욕장들이 여러 곳이었지만, 그렇다고 현실은 마냥 그렇게 외국 영화에서 나오는 주인공들이 바닷가에서 선글라스 끼고 비치 파라솔 아래

누워 폼 잡듯이 멋지고 우아한 것만은 아니었다.

쉽게 짐작하다시피 해수욕을 하러 가기 위한 준비 중에 제일 큰 난관은 예산이었다. 사실 거창하게 예산이랄 것도 없이 매축지에서 해수욕장까지 왕복할 차비가 문제였는데, 보통 아이들은 어느 누구도 광안리나 해운대가 종점인 5번과 109번 버스를 쉽게 탈 돈을 지니고 있지 못했다. 어찌어찌 몇 날 며칠 잔돈푼들을 모아서 해수욕 원정단이 꾸려지면 아이들은 매축지에서 7킬로미터 이상 가야 하는 광안리나 11킬로미터 훨씬 넘게 떨어져 있는 해운대까지 걸어서 갔다. 차로 왕복하기에는 예산도 빠듯했고 뜨거운 바닷가에서 놀다 보면 소금 넣은 얼음통에 얼려 파는 아이스케키 하나나 하다못해 먹고 나면 배탈나기 십상이기는 하지만 냉차 한 그릇이라도 사 마셔서 갈증을 풀어야 했으니, 갈 때는 걷고 올 때 남은 돈으로 버스를 타는 것이 대체적인 예산의 쓰임새였다. 하지만 부모들이 아이들을 시골집 마당에 닭 풀어 놓듯이 놓아 기르기는 했을 망정 아이들 몇이서 맨몸으로 달랑달랑 이삼십 리 길을 걸어서 심심찮게 익사 사고도 난다는 해수욕장에 가는 것을 쉬 허락할 리는 없었다. 그래서 원정대가 구성되면 모두 집에는 자성대나 어디 가까운 데 놀러 간다고 이야기하든지 아예 말을 안 하든지 알아서들 하고 아침밥 든든히 먹고 신작로의 약국 앞에 모여서 해수욕장을 향해 힘차게 출발하였다.

어느 날의 해수욕 원정대 중에는 놓아 키우기는 하되 그나마 아들의 안전에 관심을 기울이던 미군속 아저씨의 4학년짜리 막내아들이 끼여 있었는데, 미리 아버지에게 신고해봐야 허락이 떨어지지 않을 것이 자명하였으므로 그 아이는 자성대에 여름 방학 숙제용 식물과 곤충 채집을 하러 간다고 집에 이야기하고 원정대에 합류하였다. 원정대는 이십 리 길을 걸어 점심 전에 광안리에 도착하여 오후 내내 헤엄치고 모래 장난하며 놀다가 허기진 배를 가게에서 파는 크림빵 하나로 채우고 예산에 딱 맞추어서 광안리의 5번 버스 종점에서 버스를 탔다. 거기까지는 원래 계획했던 하루 일정대로 완벽하게 진행되어서 집에서 저녁 밥상이 차려지기 전에 그 아이는 집에 무사히 도착하였다. 미군 부대에 근무하는 분답게 매일 퇴근 시간이 소방서 정오 사이렌처럼 정확하던 그 아이의 아버지는 매축지 평균 이상으로 아이들의 안전과 학업에도 관심이 있었으므로 저녁 밥상머리에서 막내아들의 새빨갛게 달아오른 얼굴과 팔다리를 보고서는 그 경위를 묻지 않을 리 없었다.

"니 얼굴하고 팔다리가 와 그리 발갛게 익었노?"

"하루 종일 자성대에서 식물 채집하고 곤충 채집 한다꼬 돌아 댕기서…."

막내아들은 얼버무리며 빨리 상황을 종료하기 위해 얼른 밥숟가락을 들었는데, 아버지의 날카로운 눈은 막내의 피부만이 아니라 머리 색깔도 약간 달라진 것을 놓치지 않았다.

"니 일로 와 봐라."

아버지는 막내의 머리통을 양손으로 붙들고 정수리에 혀를 갖다 대었는데 온 머리를 허옇게 덮고 있던 것은 광안리 바닷물이 말라붙은 짜디 짠 소금기였다. 그날 막내아들은 저녁밥의 첫 숟가락을 뜨지도 못하고 팬티 바람으로 쫓겨나서 밤이슬이 내릴 때까지 집 대문 앞에 서 있어야 했다. 하기야 그게 아니었더라도 어차피 광안리 해수욕장에서 매미나 메뚜기를 잡아 오지도 못했으니 곤충채집이라는 답이 먹혔을 리도 만무했지만….

광안리 원정대의 원정이 끝난 후 얼마 지나지 않아 또 하나의 해수욕 원정대가 결성되었다. 중학교 1학년을 원정대장으로 국민학교 5학년 둘에 5학년 대원 중 하나의 동생인 3학년이 끼인 4인조 원정대였다. 원정의 목적지를 잠시 논의했지만 중中1 원정대장은 영어 시간에 선생님이 일학년 영어 교과서에는 아직 나오지도 않은 멋진 말을 가르쳐줬다며 그걸 '보이스, 비 앰비시었소(Boys, be ambitious.)'라는 영어 같지도 않은 발음으로 주워섬기며, 해운대는 걸어가기에 좀 멀지 않으냐는 5학년 아우들의 걱정을 단호히 물리쳤다. 원정대장은 '해수욕장 하믄 해운대 아이가? 우리는 싸나이답게 해운대로 가능기라!'라며 자그마치 삼십 리 가까이 떨어진 해운대를 목적지로 결정해 버렸다. 중학교 일학년 영어 교과서에는 아직 나오지도 않은 영어 문장을 공연히 미리 가르쳐 준 영어 선생님을 탓할 수도 없었고 그 말이 멋있게 들리기도 하여서 소년들은 야망을 크게 한번 품어 보기로 합의하였다.

역시 가는 길은 걸어야 했으므로 4인조 해운대 원정대는 행진 중에 스무고개도 하고 각종 군가도 부르면서 장장 삼십 리 길을 걸었다. 아이들은 이런저런 노래를 흥얼거리듯 합창하며 터덜터덜 걸었는데, 해운대로 가는 원정길에 '해변으로 가요'가 빠질 수는 없는 일이었다. 일 년 전쯤부터 방송을 타기 시작한 '키 보이스'의 '해변으로 가요'는 여름 노래답게 경쾌한 리듬과 여름 해변의 낭만을 잘 표현한 가사로 단박에 대표적인 여름 노래로 자리 잡았다. 라디오에서 나오는 노래는 어지간하면 모두 외웠던 데다 워낙 듣고 부르기 좋은 노래라 모두 즐거이 따라 불렀는데 아이들은 지역의 특성을 약간 가미하여 '해변으로 가요'를 '해운대로 가요'라고 고쳐서 부르며 해운대 종점의 109번 버스 차장 주제가로 안성맞춤이라면서 시시덕거렸던 것이다.

'별이 쏟아지는
해운대로 가요
해운대로 가요~~
젊음이 넘치는
해운대로 가요
해운대로 가요~~
달콤한 사랑을 속삭여줘요
(중략)
불타는 그 입술
처음으로 느꼈네
사랑의 발자욱
끝없이 남기며~~
(후략)'

'해운대로 가요' 합창이 끝나자 3학년 막내가 불현듯 두 눈을 반짝거리며 원정대장에게 물었다.

"행님아, 행님아. 해운대에서 뭐 땜시로 입수구리에 불이 났다는 기고?"

"야, 그거는 입수구리에 불이 났다는 기 아이고…"

"불에 탄다 안 카나, 주디가…"

"그 말은 그기 아이고… 아, 참 답답하네. 남자하고 여자가 입수구리를 박치기 해 가꼬 키쓰라 카는 거를 하는 긴데…. 아, 임마 이거, 참말로 답답하네."

"아~ 전에 미성극장에서 미국 영화 보는데 코쟁이들이 더럽구로 서로 주디를 쭉쭉 빨아쌓디마는, 그거 말이가?"

"…………"

"주디를 그래 빨아싸믄 냄새가 마이 날 낀데, 이똥 냄새?"

"…………"

3학년 막내는 혀를 제 손등에 대고 핥고서는 코로 킁킁 냄새를 맡더니 오만상을 찌푸렸고, 나머지 셋은 하던 노래도 멈추고 입 냄새가 나기는 날 텐데 어떻게 그걸 참고 키스라는 걸 하는지 속으로는 약간 궁금해하면서 해운대를 향해 내처 걸었다.

　세 시간 넘게 걸어서 도착한 해운대 백사장은 전국에서 몰려
든 피서객들로 인산인해를 이루고 있었다. 넓디넓은 백사장 곳
곳에 설치된 해변 파출소의 스피커에서는 물놀이 주의사항과
잃어버린 아이를 찾는 방송이 끊이지 않았고, 서울에서 피서
온 것이 분명한 날씬한 아가씨들은 최신형의 원피스 수영복을
입고 바닷가를 누볐으며 해운대 동네에서 걸어 나온 아주머니
는 치마 밑에 받쳐입던 흰색 속곳을 입은 채로 바닷물에 몸을
담갔다. 원정대는 정신이 없었지만 정신줄을 단단히 그러쥐고
베이스캠프를 물색하였다. 베이스캠프라고 해서 뭐 특별한 곳
은 아니었고, 돈 내고 탈의실에 옷을 맡길 수 없었으니 챙겨 온
비닐봉지에 옷이며 신발을 담아서 놓아두기 위한 곳이었다. 원
정대의 복장은 아주 간단해서 입고 온 러닝셔츠 비슷한 윗옷
은 그냥 벗어버리고 때에 전 반바지도 훌렁 벗으면 그냥 그대
로 수영 복장이 되었는데, 갈아입은 지 며칠이 지났는지도 모
를 면 팬티가 수영복이라고 하기에는 약간 부적절해 보이기는
하여도 가려야 할 곳은 다 가려주었으므로 누가 뭐라 할 일은
아니었다. 가위바위보로 순번을 매겨서 옷과 신발을 담은 비닐
봉지를 지킬 당번을 정하고 나머지는 바글바글하기가 명절 전
목욕탕을 방불케 하는 바닷물에 뛰어들었다.

3학년 막내가 두 번째 당번을 서던 중에 생리 현상이 발생했는데, 큰 볼일이었으므로 눈앞의 바닷물에 들어가서 은근슬쩍 해결할 문제가 아니었고 백사장에서 멀리 떨어진 곳에 있는 공동화장실, 아니 변소를 사용하는 수밖에 없었다. 네 명의 옷과 신발이 담긴 봉지를 들고 공동변소로 갈 수도 없었던 막내는 호기심이 많은 아이가 대개 그렇듯 머리 회전도 빨라서 옷 봉지를 모래 사장에 구덩이를 파서 묻고 그 표식으로 신고 온 고무신 한 짝을 가지런히 올려 놓고서는 멀찍이 떨어진 공동변소를 향했다. 가는 길에 휴지통에서 뒤처리에 필요한 휴지도 마련하느라 이십 분이 넘게 걸려서 볼일을 마치고 돌아온 호기심 많고 똑똑한 막내는, 그러나 베이스캠프의 위치를 찾을 수가 없었다. 와 본 사람들은 잘 알겠지만 해운대 백사장은 대단히 길고 넓은 데다가 사람들도 워낙 많고, 백사장을 떠나면서 봐둔다고 봐둔 부근의 탈의실들도 모양이 다 똑같아서 어디가 어딘지 구분하기가 어려웠는데, 결정적인 것은 표식으로 놓아둔 고무신 한 짝이 어디로 가버렸는지 찾을 수가 없다는 것이었다. 다 떨어져서 구멍 난 검정 고무신을 누가 신겠다고 가져갔는지 아니면 쓰레기인 줄 알고 집어다 버렸는지 여하간에 귀신이 곡할 노릇이었다.

212

실컷 물에서 놀다가 돌아온 대장을 위시한 5학년짜리들도 돌아갈 베이스캠프를 찾지 못해서 한참을 헤매다가 징징거리며 백사장에 주저앉아 있는 막내를 겨우 발견하였다. 우는 막내를 달래가며 자초지종을 전해 들은 셋도 백사장에 털썩 주저 앉고 말았고, 원정대장은 짧게 탄식했다.

"아이고, 좆됐다."

품행이 방정해야 할 중학교 초년생이 큰일났다는 표현으로 하기에는 좀 부적절하기는 했지만, 당시 상황을 고려하면 꼭 그렇게 나무랄 일도 아니었다. 해변 파출소에 가서 신고를 해 봐야 보호자 잃고 해변 임시 파출소 뒤편에 마련해 놓은 미아보호소에서 빽빽 울어대는 코흘리개들만으로도 정신머리가 하나도 없는 경찰 아저씨들이 '아이고, 그래. 큰일 났구나'라며 발 벗고 나서서 해운대 백사장을 뒤집어가며 찾아 줄 리도 없었고, 한마디로 대책이 없었던 것이다.

어쨌거나 집으로 돌아가기는 돌아가야 했기에 모두 정신을 가다듬고 머리를 짜내 보려고도 했지만 짜낼 건더기가 없었던 것인데, 아이스케키도 하나 사 먹고 집으로 돌아갈 109번 버스 요금으로 비장秘藏한 몇 푼 안 되는 돈도 모두 백사장 어딘가에 묻혀있을 봉지 속의 옷 주머니에 들어 있었기에 걸어온 삼십 리 길을 이제는 맨발에 팬티 바람으로 다시 걸어 돌아가는 것 외에는 다른 방도가 없었다. 5학년 중 평소 남의 낯을 안 가리던 녀석 하나가 거지 행세를 하며 동냥이라도 해서 버스비를 마련하면 어떻겠냐는 아이디어를 냈지만, 또 '빤스 바람에 뻐스는 우째 탈끼고? 그냥 걸어가자'라는 원정대장의 '싸나이'다운 결정으로 없던 일이 되어버렸다. 원정대장을 비롯한 5학년짜리 둘은 계속 징징거리며 우는 막내를 타박하지 않고 '싸나이가 뭐꼬? 걸어가믄 된다'라며 서로 격려 아닌 격려를 하였지만 속으로 암담하기는 피차일반이었다.

해운대 백사장에서 시작된 원정대의 귀환 여정은 군가 '진짜 사나이'를 부르며 씩씩하게 시작되었지만 애당초 오래 갈 행진이 아니었다. 맨몸에 팬티 바람이야 눈 딱 감고 약간의 창피함만 이겨내면 되었지만 뜨거운 여름 햇빛에 달구어져서 아직 뜨끈뜨끈한 보도블록 위를 맨발로 걷기란 성지순례를 하느라 수천 리 길을 오체투지五體投地 삼보일배三步一拜로 나아가는 티베트 라마승의 고행에 견줄 만하였다. 4인조의 행진은 해운대역 앞에서 일단 멈추었다. 역전에는 원래 자리잡고 있던 동냥 거지들이 수두룩해서 그들은 잠시 그 거지 무리들에 합류하여 버스비라도 벌어볼까 마음이 흔들렸던 것인데, 강직한 대장의

격려와 강권으로 마음을 다시 다잡아 먹고 걸음을 재촉하였
다. 재촉하기는 하였으되 맨발로 쩔뚝거리며 걷느라 제대로 속
도를 낼 수도 없었고, 가능한 한 남의 이목을 피하느라 큰길
을 피해 뒷골목만 골라서 걸었으므로 평소 걸음의 두 배도 넘
는 두 시간이 지나서야 벌거벗은 원정 귀환대는 겨우 수영교水
營橋를 건넜다. 넷 중에 동화책 읽기를 좋아하던 한 5학년짜리
는 수영만에 둥둥 떠 있는 합판회사의 커다란 목재 더미를 바
라보며 '톰 소여의 모험'에서처럼 통나무들로 뗏목을 만들어서
5부두 앞까지만 타고 가도 좋겠다는 생각도 했지만 말을 꺼내
지는 않았다. 이제 삼십 리 길 중에 겨우 십 리 남짓 걸었을 뿐
인데 '진짜 사나이'의 가사대로 '사나이로 태어나서 할 일도 많'
겠지만 나머지 이십 리는 도저히 사나이 아니라 사나이 할아
버지가 와도 더 해낼 수 있는 일이 아니었다.

　중 1 원정대장은 눈물을 머금고 반나체 도보 원정 중단이라
는 비장한 결단을 내릴 수밖에 없었다. 가게들이 모여있는 수
영로터리 부근에서 적당한 곳을 대상으로 물색하여 약간의 물
질적 협조를 구하기로 한 것인데, 넷 중에서 동화책 많이 읽고
그나마 말을 조리 있게 한다는 5학년 중 하나가 자초지종을
이야기하면 3학년짜리 막내가 옆에서 눈물 연기로 가게 주인

의 동정심을 자극하기로 하였다. 처음 두 곳은 가게 문에 발을 들여놓기도 전에 진짜 거지떼로 오인당하여 내쫓기고 말아서 4인조는 크게 실망하였지만 결코 좌절하지는 않았다. 솔직히 말하자면, 이십 리 남은 길을 계속 팬티바람에 맨발로 걸어갈 수는 도저히 없었으므로 좌절하거나 포기해서는 될 일이 아니었던 것이다.

너덧 곳을 실패하고 쭈뼛쭈뼛 찾아 들어간 곳은 살림집 앞을 터서 과자며 반찬거리 등을 파는 작은 구멍가게였는데 주인아주머니는 들어서는 원정대의 행색을 보고 깜짝 놀라며 물었다.

"야~들이 어데서 뭐 하다가 이래 빨개 벗고 돌아댕기노? 느그들 집이 엄나?"

"……아지매예, 저그들은예, 걸배이는 아인데예….."

"오야, 그래. 걸배이도 이래 빨개 벗고 댕기지야 안하지. 이기 우째된 심판인지 퍼뜩 이바구해 보거라."

"저그들이 걸배이는 아이고예, 아침에 매축지서 해운대까지 걸어가서예, 해운대 가서 해수욕하고 잘 놀았는데예, 임마 이기 비니루 봉다리에 옷하고 신발을 담아 가꼬예, 백사장에 묻어 놓고예, 똥누로 가는 바람에예…."

그나마 조리 있게 말을 한다고 선발된 녀석이었지만 그날은

216

별로 조리 없이 떠듬거렸는데, 자초지종 설명이 이어지던 중에 비닐봉지를 분실한 책임자로 지목당하여 옆에 다소곳이 고개 숙이고 서 있던 3학년짜리가 훌쩍훌쩍 울기 시작했다. 처음 계획을 세울 때는 모두 눈물이 안 나오면 어쩌나 하는 걱정도 하였지만 쓸데없는 기우였다. 막내는 잠시 훌쩍거리다가 점점 우는 소리가 커지더니 급기야 팬티바람에 가게 바닥에 주저앉아서 대성통곡을 하기 시작하였다. 단정하게 두 손을 맞잡고 설명을 이어나가던 5학년짜리와 나머지 5학년 하나도 막내의 통곡을 신호로 서러움이 밀물처럼 밀려와서 끼룩끼룩 갈매기 우는 소리를 내었고 원정대장도 굳게 다문 입술을 남들 모르게 씰룩거리고 콧구멍까지 벌름거리면서 터져 나오려는 울음을 겨우겨우 참고 있었다.

마음씨 좋은 가게 아주머니는 우선 가게에서 팔던 단팥빵 하나씩과 우유 한 병씩을 아이들에게 먹이고 집안을 뒤져서 못 쓰는 옷을 남녀 성별 구별 없이 몇 가지 찾아내었고 다 떨어진 슬리퍼 한 켤레와 곰팡이 슨 운동화 한 켤레에 구멍 난 양말 여러 켤레를 내어놓았다. 대장은 러닝셔츠에 다 떨어진 반바지를 고른 대신 슬리퍼는 동생들에게 양보하고 양말 두 켤레를 겹쳐 신었다. 막내가 여자아이의 빨간색 블라우스를 입는 등 나머지도 대동소이한 방법으로 몸을 가리고 발을 감싼 후 대장은 이제 다시 길을 걸을 것인지 아니면 염치 불고하고 버스비까지 부탁을 해봐야 할지를 고민하고 있었다. 그런데 부처님이나 예수님은 깊은 산속의 절이나 도심의 예배당에만 계신 것이 아니어서 주인아주머니는 알아서 버스비까지 손에 쥐여 주었다. 빵을 먹고 우유를 마시며 허기와 서러움을 겨우 가라앉혔던 녀석들은 너나 할 것 없이 또 끅끅거리면서 눈물을 질금거렸다.

긴 여름날의 해도 벌써 서산으로 넘어가고, 모두 저녁 밥상도 다 물릴 즈음에 매축지 네 아이의 집에서는 난리가 났다. 낮에 풀어 놓은 닭들도 해지고 안 들어오면 찾아 나서기 마련인데 하물며 한 동네 아이가 넷이나 하루 종일 행방이 묘연하고 소식이 적막하니 난리가 안 나면 오히려 이상할 일이었다. 파출소에 신고해야 하느니 조금만 더 기다려보자느니 어른들의 걱정이 한참 깊어 갈 즈음에, 해운대 원정대 4인은 낌낌힌 어둠을 헤치고 사지에서 적진을 뚫고 귀환하는 군가 속의 '진짜 사나이'들처럼 매축지로 돌아왔다. 그 장면은 6·25 때 장진호 전투에서 퇴각하던 무명 용사들의 그것과 비견할 만하였으나 그 차림새와 몰골은 가지런하지 못하여서 보는 이들은 도대체 저 녀석들에게 무슨 일이 있었던 것인지 두 눈을 크게 뜨고 의아해하였다. 넷 중 둘은 저녁도 못 얻어먹고 대문 밖에서 밤이슬을 맞았고 그나마 5학년 3학년 형제는 엄마한테서 엉덩이를 몇 대 얻어맞고 늦은 저녁을 먹었다.

파란만장했던 여름이었다.

졸업

여름이 지나면 가을이 오는 것은 자연의 이치려니와, 파란만
장했던 여름이 가고 가을이 와도 열두 살 아이의 삶이 마냥 순
탄하지만은 않았으니, 독서의 계절이라고 학교에서는 책 읽는
것조차도 억지로 시켰다. 나는 평소 볼 게 없으면 형들의 책꽂
이에 꽂혀있던 서양 소설까지도 꺼내 읽고는 했는데 물론 어린
이용 월간 종합잡지인 새소년이나 소년중앙보다는 재미가 없
고 지루했지만 놀다가 지친 심신을 추스르기에는 책 읽기 만
한 것이 없다는 생각이었다. 그런데 어느 해 문교부에서는 축
구시합을 하듯 학교마다 책 잘 읽는 선수를 뽑아서 수십 권의

동서양 고전들을 읽고 그에 대한 시험을 보게 하였는데, 나는 재수 없게도 그 시험에 대비한 '고전읽기 경시대회 대비 독서반'이라는 급조된 조직에 차출된 것이다. 매일 방과 후에 도서실에 모여서 삼국유사와 그리스 로마신화를 하루 걸러 읽어내고 그 내용을 외우고 예상 문제를 풀었는데, 평생, 이라 해봐야 십일 년 남짓한 세월이었지만, 그렇게 재미없는 책 읽기는 처음이었다. 다른 아이들의 노력으로 우리 학교는 1차 예선은 어찌어찌 통과했지만, 부산시 결선에서는 다행히 탈락하여 거북하고 재미없는 책 읽기에서 벗어날 수 있었다. 아이들에게 독서하는 습관을 길러주자는 좋은 뜻이야 있었겠지만 도대체 어느 누가 교과서나 입시용 참고서가 아닌 다음에야 그 뜻을 음미하면서 천천히 읽어야 할 고전들을 예상문제집까지 사서 연필로 새카맣게 칠을 해가며 외운단 말인가? 나는 가을이면 살이 찐다는 말도 억지로 입을 벌리고 풀을 먹이면 쪘던 살도 오히려 빠질 것이라고 생각하였다. 모름지기 흐르는 물과 같이 자연스러운 게 제일 좋은 것이고, 선한 의지가 꼭 좋은 결과를 낳는 법은 아니라는 것을 뭐든지 많이 알 법도 한 문교부와 교육청의 높은 자리에 앉은 어른들은 몰랐던 것이다.

그래도 재미없는 경시대회가 내게 남겨준 긍정적인 버릇은

방과 후에 자주 도서관을 찾게 된 것이었다. 경시대회가 끝나고 완연한 가을로 접어든 시월의 오후에 도서관 유리창을 통해 비스듬히 책갈피 위로 떨어지는 황금빛 가을 햇살은 따뜻하고 포근하였다. 도서관 문을 닫는 시간에 교정을 나서면 조용한 운동장 한쪽에서는 시멘트 포장조차 하지 않은 맨땅에 그려진 농구장에서 농구부 아이들이 가을 햇살에 새까맣게 그을린 채로 열심히 공을 주고받으며 함성을 지르고 있었는데 그들의 함성으로 운동장의 적막은 오히려 더 도드라져 보였다. 운동장 주변으로 심어진 교목校木인 은행나무의 노란 잎들이 가을바람에 꽃잎처럼 떨어졌고 내 그림자는 서산마루로 넘어가는 햇발을 받아 운동장 위로 길게 드리워졌다.

6학년으로 올라가면서 새로운 친구들과 만나게 되고 담임선생님도 바뀌었다. 통통한 얼굴에 푸근한 인상이 편해 보이는 사십 대 초반의 남자 선생님은 진급 후 첫 번째 치러진 일제고사 직후에 반장을 포함한 학급 간부를 뽑았는데, 우리는 국민학교에 입학한 이후 처음으로 선거라는 것을 경험하게 되었다. 5학년때까지는 선생님이 학교 성적이나 가정환경들을 감안해서 간부를 지명하였는데, 6학년이 되자 담임선생님은 반 아이들 스스로 선거를 통해서 반장을 선출토록 한 것이었다. 아마도 그해에 우리가 했던 반장 직접선거는 그 후 오랫동안 중단되었을 것이 분명한데, 그해 10월에는 나라의 대통령을 뽑는 선거마저도 서울 장충체육관에서 선거인단이 뽑는 간접선거로 바뀌었으므로 감히 목 내어놓고 국민학교 학급반장을 아이들이 직접 뽑게 할 선생님은 없었을 것이기 때문이었다.

　반장 후보자는 누구나 자유롭게 추천할 수 있었고 추천받은 아이는 최소한 다섯 명 이상의 동의를 받으면 정식 후보자로 확정되었다. 나는 교실 중간의 창가 쪽 구석자리에 가만히 앉아있었는데 같은 동네에 사는 동무 중에 촐싹대며 나서기 좋아하는 한 녀석이 갑자기 손을 들고 나를 반장으로 추천했고 뒤이은 몇몇 아이들의 동의로 나는 전혀 뜻하지 않게 네 명의 반장후보자 중 하나로 뽑혔다. 평소 속세의 벼슬에는 전혀 관심이 없었고 누구나 순번제로 돌아가면서 맡는 줄반장을 몇 번 해본 게 십이 년 평생 공직 경력의 전부였던 나는 나를 추천한 녀석을 속으로 원망하였지만 이미 소용은 없었다. 설상가상으로 입후보자들은 번호 순서대로 교단에 올라가서 '내가 반장이 되면'이란 제목의 선거 유세 연설도 해야 했는데, 남 앞에 나서서 해본 거라고는 학교도 입학하기 전에 심심한 겨울

밤 놀이로 엄마와 형 누나 앞에서 노래 한 곡 부르고 용돈 일원을 받은 게 전부였던 나는 추천을 한 동네 친구 녀석에 대한 원망이 더 깊어졌다. 그렇다고 자진 사퇴를 할 수도 없는 노릇이어서 나는 주어진 시간 5분 동안 난생처음 팔십 명이 넘는 거대한 청중을 앞에 두고 떠듬거리며 생각나는 대로 되는 소리 안 되는 소리 구분하지 않고 주워섬겨야 하였다.

모름지기 세상일이란 내 뜻대로 되는 것이 아니고 알 수도 없어서, 투표 결과 내가 반장으로 선출되었다.

큰일이 난 것이다.

나야 아니할 말로 남들도 다 하는 것, 까짓거 눈 딱 감고 하면 못할 일도 아니었지만, 선생님에게 큰일이었고 엄마에게는 더 큰일이었던 것이다. 반장의 일이란 저 혼자서 학급의 대표로서 학급 회의와 학급 환경미화 따위를 이끌고 아침 조례시간과 오후 종례 시간에 일어서서 '차렷, 선생님께 경례' 구호 정도만 잘한다고 해서 되는 일이 아니었다. 더 중요한 일은 어린이날, 소풍 가는 날을 비롯한 여러 공식 비공식 행사에 선생님의 복리와 반 아이들의 후생에 차질이 없도록 사회경제적인 문제까지 챙겨야 했기에 그냥 맨몸으로 열심히만 한다고 되는 일이 아니었던 것이다. 하다못해 소풍날에는 선생님 도시락을 따로 챙겨 드려야 했는데 하물며 어느 반장 어머니는 조방 앞 유명한 일식집에서 도시락을 주문해서는 직접 소풍 가는 곳까지 가져와서 선생님과 함께 점심을 먹기도 하였다. 소풍날이 그러했으니 5월 5일 어린이날과 5월 15일 스승의 날은 두말할 것도 없었다. 학년 초에 이미 가정방문을 다녀갔던 담임 선생님은 나의 반장 선출이 향후 우리 반의 전체적인 복리후생에 어떤 영향을 끼칠 것인지 속으로는 염려했을지 모르지만 전혀 내색하지 않고 사람 좋은 웃음으로 축하해 주었다. 그날 수업을 마치고 나를 반장 후보로 추천했던 녀석과 같이 집으로 가는 길에 왜 그런 무모하고 쓸데없는 짓을 했는지 물어보았더니 장난삼아 그랬다는 답이 돌아왔는데, 그 녀석은 제가 저지른 장난이 여러 어른에게 적잖은 걱정을 끼치게 되었다는 것을 아는지 모르는지 비실비실 웃으며 나더러 풀빵을 사라고 채근하였다.

나는 집으로 돌아가서 동동구리무 통을 들고 지구본에 지도를 바르고 있던 엄마에게 쭈뼛쭈뼛 반장이 되었다고 보고했고, 엄마는 진심으로 놀라며 좋아했는데 내가 그렇게 생각해서였는지는 모르지만 기뻐하는 가운데 얼핏 엄마의 얼굴을 스치는 근심을 본 듯도 하여서 나는 반장이 되고서도 꼭 흔쾌한 심정만은 아니었다. 그날 나의 반장 당선 소식을 저녁 자리에서 들은 둘째 형은 다음 날 문방구에서 새 전과全科를 사서 당선 축하선물로 내게 주었는데 나중에 생각해보니 그것은 평소 동네 형에게서 해 지난 것을 공짜로 얻거나 엿장수 리어카를 뒤져서 폐짓값보다 조금 더 쳐주고 중고中古전과를 구해서 보던 내가 처음 가져 본 새 참고서였다. 엄마는 혼자서 살림을 살고 일을 하면서 우리 반의 당연직 학부모회장직을 애면글면 수행했고, 나는 노란 플라스틱으로 만들어진 빛나는 반장 인식표를 가슴에 달았다.

반장의 일이란 역시 생각했던 만큼 간단한 것이 아니었다. 모든 반장이 다 그랬는지 나는 평생 처음 해 보는 일이라 알 수 없었지만, 반장으로서 내가 해야 할 일인지 의심스러운 일들도 있었는데, 말하자면 전반적인 선생님의 행정 보조 역할이 그것이었다. 베이지색 비닐 커버가 입혀진 커다란 교무일지는 각 과목의 학습 일정과 교무회의 자료 등이 정리되는 부분들도 있었고 반 아이들 전원의 출결 상황, 월례고사 과목별 시험 성적에다 하다못해 개인별 지능지수까지 총망라된 종합 교육현황 일지였는데, 선생님은 그 정리를 내게 맡겼다. 학기 말에는 선생님이 적어 주는 대로 아이들 성적표도 정리해야 했는데 수우미양가秀優美良可 도장을 선생님이 불러주거나 종이에 대강 적어서 주는 대로 파란색 잉크를 묻혀서 개인별 성적표에 찍었다. 내가 태생적으로 말하는 것을 귀찮아할 정도로 게을러서 그 내용을 누구에게도 이야기한 적은 없지만, 반장으로서 선생님이 시켜서 하기는 하면서도 '비밀 유지 서약' 같은 것도 없이 이렇게 아무나 알아서는 안 될 인비人秘 사항들을 서슴없이 내게 맡기는 선생님에게 고맙다고 해야 할지 뭐라고 해야 할지 처음에는 조금 혼란스러웠다.

반장이 되면서 달라진 것은 교무일지를 관리하고 '차렷 경례'를 외치는 것 외에도 또 있었다. 반장선거가 끝나고 며칠 지난 어느 날 종례가 끝나고 집으로 가려는 나를 선생님이 불러 세웠다.

"니는 반장이 됐응께네 인자 과외도 받아야 하능기라."

반장이라고 과외를 해야 한다는 게 어느 나라 법에 있는지 나는 금시초문이었지만 선생님의 결정이어서 따라야 했는데, 나는 돈 내고 과외를 받을 형편도 아니었을뿐더러 형편이 되었어도 과외를 받을 의향은 전혀 없었다. 그것은 과외 수입으로 광안리에 이층집을 지었다는 어느 중학교 물상 선생보다 매축지 네 평짜리 단칸방에서 문희 닮은 부인과 오순도순 살았던 다른 중학교 국어 선생이 더 선생다워 보였다거나, 4학년 때의 주산 암산 과외에 대한 썩 유쾌하지 않았던 기억 때문만은 아니었고 여하간 과외는 나와 별로 맞지 않는다는 생각이었다. 그러나 가정방문으로 우리 집 가정 형편을 한눈에 파악한 담임선생님은 과외비를 내지 않아도 된다는 파격적인 조건을 내걸며 과외를 강권하였고 나는 어쩔 수 없이 내 뜻과는 무관하게 평생 처음 과외라는 것을 받았다. 그렇게 하여 담임선생님에게도 오랜 교직 경력 중 처음이었을 것이고 내게도 처음이었던 보기 드문 공짜 과외가 시작되었다.

정규수업을 마치고 청소 당번들이 교실과 배정받은 공용구역 청소를 마치고 나면 여남은 명의 과외반 아이들은 조용한 교실에 다시 모였다. 월화수목금요일 나누어서 그 주에 배운 국어, 산수, 사회, 자연, 실과 및 기타 과목을 하루 두 시간 남짓 복습하고 다음 주 배울 내용을 예습하는 것이었는데 그 내용이 정규 수업 시간에 다 배운 것들이고 특별한 것이 없었기에 나는 약간 실망하였다. 그러나 과외에는 한 가지 매우 특별한 것이 있어서 생전 처음 과외를 받았던 나는 깜짝 놀라지 않을 수 없었다. 과외반은 한 달에 한 번 있는 월례고사 전 주에 예비 모의시험을 봤는데, 희한한 것은 모의시험으로 풀어본 문제들이 순서 하나 바뀌지 않고 월례고사에 그대로 나오는 것이었다. 시험 문제를 있는 그대로 사전에 풀었다는 것인데, 더욱 놀라운 사실은 그럼에도 불구하고 국산사자라고 줄여서 불렀던 국어, 산수, 사회, 자연 모두 합쳐서 사백 점 만점을 맞는 아이는 극히 드물었다는 점이었다. 하기야 전 주에 정답 풀이까지 다 했다손 치더라도 한창 주의력 산만하고 뛰어놀기 바빴던 국민학교 6학년 아이들은 2년 전부터 속칭 '뺑뺑이'라고 불렸던 중학교 추첨 입시제도까지 시행됨에 따라 머리 싸매고 너무 열심히 공부할 필요가 없어졌기에 그것을 꼭 과도하게 이상한 일이라고 할 것도 아니었다.

나는 반장으로서의 의무와 선생님의 지엄한 분부로 팔자에 없는 과외를 받을 수밖에 없었지만, 사실 내가 더 신경을 써야 했던 일은 과외가 끝나고 따로 남아 있었다. 아까 말한 교무일지 정리와 다른 여러 가지 선생님의 행정보조 역할을 해야 했던 것인데, 그것은 어찌 보면 공짜로 받은 과외비를 대신 하는 노동 같아 보이기도 하였고 달리 생각하면 공짜 과외는 그 일들을 하기 위해서 과외가 끝나기를 기다리는 시간을 메우는 방편이었는지도 모를 일이었다. 의도하지 않게 얻은 벼슬 값을 하고 원치 않았던 과외를 받기 위해서는 과외의 시간과 노력이 필요하였던 것이다.

6학년이 되어도 여전히 도시락을 싸 오지 못하는 아이가 있었다. 그 아이는 달리기를 잘해서 운동회에서는 우리 반 달리기 선수로 활약했지만 점심시간에는 늘 혼자 수돗가로 내려갔는데, 새까맣게 그을린 얼굴에는 늘 버짐이 두어 군데 피어있었다. 선생님은 어느 날 과외가 끝난 오후에 나를 불러서 다음 학급회의에서 그 친구를 위한 도시락 하나 더 싸 오기 운동을 토의해 보는 게 어떻겠냐고 말했다. 이제는 전국 최대의 학교에 걸맞게 교무일지에 적힌 반 아이들의 일련번호가 팔십 번을 훌쩍 넘겼으니 따지고 보면 한 해 동안 휴일과 방학을 빼면 각자 두 번 정도만 도시락을 하나 더 싸 오면 1년 동안 그 친구는 차가운 수돗물 대신 점심밥을 먹을 수 있었던 것이다. 학급회의에서 그 의제는 만장일치로 채택되었고 번호 순서대로 싸 오는 1+1 도시락을 그 친구는 아무 거리낌없이 웃으며 받아서 같이 먹었다. 그 친구의 속마음이 어땠는지는 반장인 나도 물어보지는 못하였지만, 배 곯는 친구를 함께 생각해 보자는 선생님의 지침은 힘들게 국산사자 시험지를 미리 풀어 주던 과외보다는 백 배 나은 가르침이라고 생각되었다.

교실 뒷벽을 가득 채운 커다란 게시판에는 우리가 그린 그림

과 붓글씨들이 '우리들 솜씨'칸에 붙여졌고 커다란 전지全紙에
는 색색의 사인펜과 크레용, 물감으로 각 과목의 주요 내용이
정리되었다. 그 작업에는 그림과 글씨를 잘 그리고 쓰는 재능
이 필요하였기에 반 아이 중에서 학교 내외의 사생대회에서 늘
상을 타던 친구가 맡아서 하였고 나는 몇몇 학급 간부들과 그
친구를 도왔다. 적어도 2주일에 한 번씩은 게시판의 내용을 바
꾸어야 했으므로 그 친구는 방과후에 과외수업이 끝날 때까지
운동장이나 도서관에서 혼자 시간을 보내다가 과외가 끝나면
다시 교실로 돌아와서 오랜 시간을 들여 정성스레 그림을 그리
고 글씨를 써서 커다란 게시판을 채웠다. 그 친구는 반장도 아
니었고 과외를 받을 형편도 아니어서 과외수업을 듣지 못했지
만 미술은 말할 것도 없고 월례고사를 치면 모든 과목에서 거
의 백 점을 받을 만큼 학업 성적도 최상위권이어서 5학년 때는
체육 한 과목만 우를 받고 나머지 과목은 모두 수를 받았다고
했다. 내가 시험성적을 교무일지에 옮겨 적으면서 본 기억으로
그 친구의 지능지수는 눈을 닦고 다시 봐야 할 만큼 높아서
나는 속으로 조금 부러워하면서 놀랐던 것인데, 별로 말이 없
던 그 친구는 주어진 일을 묵묵히 그러나 아주 뛰어난 실력으
로 해내어서 학급 환경 미화의 일등 공신이라 할 만하였다.

이산離散의 고통은 한반도의 남쪽과 북쪽으로 갈라진 부모 형제들에게만 있는 게 아니어서 2학기가 시작되면서 불현듯이 그 아픔이 우리에게도 들이닥쳤다. 아무리 전국에서 제일 큰 학교가 자랑스럽기는 했어도 한 반에 팔십 명이 넘게 바글거리는 것은 좀 심하다고 우리도 생각하고 있었는데, 무슨 연유에서였는지 갑자기 학급 하나를 신설하여 1반부터 14반 각 반에서 대여섯 명씩을 차출해서는 학급을 새로 하나 더 만든 것이다. 한 학기 동안 친해진 친구들을 떠나며 눈물까지 흘리는 아이는 별로 없었지만 차출된 아이들은 모두 시무룩한 표정으로 급조된 15반으로 모였다. 아이들 숫자야 원래 많았는데 무슨 이유로 학년 초에 분반할 때부터 학급을 더 만들지 않고 2학기를 시작하면서 그러는지 우리는 알 수 없었지만 한 반을 더 만들어 봤자 바글거리는 교실과 운동장 사정이 크게 달라지지는 않았다.

15반으로 분반되어 떠난 아이들이 이제 서로들의 이름이나마 익혀갈 때가 되니 어느덧 찬 바람이 불고 졸업식이 다가왔다. 성적표 정리를 나는 또 맡아서 하였는데 선생님이 불러주는 그림 잘 그리던 친구의 성적은 내가 도장을 눌러 찍으면서도 믿을 수가 없었다. 분명히 월례고사 성적은 반에서 일등이 분명한데 선생님이 적어서 건네준 그 친구의 성적은 국어와 미술만 수였고 나머지는 모두 우뿐이어서 나는 선생님이 불러주는 대로 도장을 찍었지만 도무지 왜 그런지 이해할 수가 없었다. 상대 평가로 수우미양가 비중이 따로 정해져 있는지 알 수 없었지만 어떤 경우에도 전혀 납득하기가 어려운 것임에는 틀림이 없었다. 그 친구가 과외는 받지 않았지만 그래도 학급을 위해서 기여한 것도 많았고 결석이나 지각도 한번 하지 않는 착실한 아이였는데도 '행동 발달 상황'도 근면성과 사회성 책임감 세 항목에 중간 등급인 '나' 도장을 찍어야 했다. 나는 마치 내가 점수를 정한 것처럼 그 친구에게 미안한 마음이 들지 않을 수 없었는데, 그렇다고 미리 그 상황을 이야기하고 미안하다고 말을 할 수도 없는 노릇이었다.

전체 졸업식이 '빛나는 졸업장을 타신 언니께' 보내는 5학년 학생대표의 눈물 어린 송사送辭와 6학년 학생회장의 어른스러운 졸업생 답사答辭에 이어 교육감상으로부터 시작된 각종 시상식도 마치고 모두 각자의 반으로 돌아가서 반별 종업식 겸 졸업 행사를 치렀다. 몇몇 아이들이 성적 우수상을 받았고 많은 아이가 개근상장과 정근상장을 받았으며 전원이 국민학교에서의 마지막 성적표와 졸업장을 함께 받았다. 그 친구는 우수상도 받지 못하고 달랑 개근상장만 하나 받았는데, 시상식 후에 졸업장과 함께 선생님에게 절하며 두 손으로 받아 든 성적표를 열어본 그 친구의 얼굴빛이 어떠하리라는 것은 미루어 짐작할 수 있었지만 못내 가슴 조이며 그 광경을 바라보던 나는 마치 내가 죄를 지은 것처럼 마음이 불편하였다. 선생님의 마지막 훈시를 끝으로 그날 졸업식은 모두 끝이 났고, 모두 졸업식을 찾아온 가족들과 웃으며 사진을 찍고 졸업장과 꽃다발 등을 가슴에 안고 교정을 나섰다. 엄마는 내게 중국집에 가서 짜장면을 먹고 가자고 했는데, 나는 그 친구 생각을 놓지 못하고 교문을 빠져나가려는 그의 소매를 붙들었다. 그 친구는 부모님은 다른 일이 있었는지 중학생쯤으로 보이는 누나와 단둘이었는데 내가 같이 짜장면 먹으러 가지고 했지만 그는 희미한 미소를 지으며 그냥 가겠다고 말하고는 누나를 앞서서 터벅터벅 걸어갔다. 나중에 전해 들은 이야기로는 저녁에 그 친구의 성적표를 받아 본 그 친구의 어머니는 졸업식도 끝난 시점이라 당장 학교를 찾아가지도 못하고 있다가 3월 신학기 개학이 되자 다시 학교 교무실을 찾았다고 하였다. 그러나 공교롭게도 담임선생님은 부산 서쪽 끝의 먼 곳에 있는 다른 국민학교로

전근을 간 후여서 친구의 어머니는 버스를 두 번이나 갈아타
고 그 학교를 찾아가서 한 반에 서너 명이 받는 우수상은 그만
두고라도 성적표의 성적에 대해 어찌된 일인지 자초지종을 선
생님께 물어보았는데, 선생님은 '미안합니다'라는 말만 여러 차
례 되풀이했다고 하였다.

그렇게 저렇게 우리의 6년간의 국민학교 학창시절은 때로는
기쁘고 때로는 슬프며, 시간가는 줄 모르게 재미가 있거나 혹
은 두렵고 힘들어 울고만 싶은 갖가지 사연들을 어린아이들의
몸과 마음에 옹이처럼 새기며 시나브로 흘러갔다.

광녀약전狂女略傳

비가 억수로 쏟아지는 어느 여름날 오후였다. 동네 아이들은 비가 오나 바람이 부나 아랑곳하지 않고 집밖에 나와서 놀았으니, 그날 역시 아이들은 한여름 더위도 식히고 오랜만의 샤워를 겸해서 맨발로 골목길을 뛰어다니며 놀고 있었다. 집에서 가져 나온 플라스틱 물바가지로 빗물을 받아서 서로 퍼부으며 눈 내리는 날 강아지들처럼 천방지축 뛰어놀았는데, 어느 감수성이 남달랐던 한 녀석은 다 찢어져서 구멍이 숭숭 뚫린 비닐 우산을 들고나와서는 짝 달라붙는 판탈롱 바지를 입고 온몸을 흔들어대며 뭇 남자들의 눈길을 사로잡던 김추자의 흉내를 낸다며 뱀 기어가듯 꿈틀거리는 이상한 창법으로 악을 써댔다.

"잊찌 못 화아아알 빗 쏙에 여이이이인, 그 여인으으으을 이 이잊찌 못하네에에에에…"

찢어진 비닐우산을 빙빙 돌려가며 열창한 '빗속의 여인'이 다 끝나갈 때쯤에 대동이발관 앞에서 시장으로 빠지는 좁은 골목길에서 억수같이 퍼붓는 빗속을 뚫고 누군가가 뛰어오고 있었다. 비 맞으며 놀고 있던 아이들은 쏟아지는 빗속을 뚫고 뛰어오고 있는 사람의 모습을 보고는 벌린 입들을 다물지 못했는데 모두 생전 처음 보는 광경에 놀란 나머지 벌어진 입속으로 빗물이 흘러 들어가는 것도 알아채지 못했다.

시장통 골목길에서는 한 젊은 여인이 실오라기 하나 걸치지 않은 벌거벗은 몸으로 비가 쏟아지는 하늘을 올려다보며 한 방울이라도 더 비를 맞으려는 듯 두 팔을 양쪽으로 펼친 채 뛰어오고 있었다. 비 오는 날 오후에 골목길에 나와 앉아 있을 어른들은 아무도 없었으니 빗속에서 뛰어놀고 있던 아이들 몇 명만이 그 광경을 맞닥뜨린 것이어서, 이게 도대체 어찌된 영문인지 이 기묘한 상황에 어떻게 대처해야 할지 제대로 아는 아이가 있을 리 없었다. 그 여인은 긴 머리를 산발한 채, 까무잡잡한 피부에 키가 크지는 않았지만 날씬한 팔다리는 물론이려니와 작지만 탄력 있어 보이는 가슴과 새까만 불거웃까지 있는 그대로 드러내놓고 있었다. 실오라기 하나 걸치지 않은 젊은 여인이 쏟아지는 빗속에서 골목길을 뛰쳐나오는 그 장면은 어떻게 보면 오래된 무성 흑백영화나 부조리극 중의 한 장면처럼 매우 비현실적으로 보이기까지 하였다. '빗속의 여인'을 불렀던 녀석은 진짜 빗속의 여인을 보고는 '아이고 옴마야' 비명을 지르며 구멍 뚫린 비닐우산으로 제 눈앞을 가렸고 다른 한 녀석은 무섭다며 열려있던 남의 집 대문 뒤로 후다닥 몸을 숨겼지만 되바라진 녀석 두엇은 그 여인이 눈앞을 지나가기까지 벌어진 입을 다물지 못하고 있다가, 그녀를 뒤따라가며 계속 구경을 할까 말까 서로 눈빛을 주고받았다. 나이는 많아야 서른 초반이 넘지 않았을 그 여인은 오동탕 맞은편에 있는 연탄 가게의 작은 창고에서 기거하던 여자거지였다. 굴다리 밑의 거지 소굴은 남자거지들만 모여 살아서 그녀는 그곳에 들어갈 수도 없었고, 지난해 추운 겨울날 동네에 들어와서 동냥하던 그녀를 불쌍히 여긴 연탄가게의 주인아주머니가 창고 옆의 작은 공간을 내어주며 겨울을 나게 했던 것인데, 그 후로 그 후미진 창고의 구석자리가 그녀의 거처가 되었다.

그녀는 거지였을 뿐만 아니라 정신까지 온전하지 않아서 때에 절어 누더기가 다 된 포대기에 헝겊으로 만든 아기인형 하

238

나를 업고 커다란 헝겊보자기로 싼 보퉁이 하나를 보물처럼 가슴에 안고 다녔고, 누가 말을 걸어도 들은 척도 않는 것이 귀머거리인지 벙어리인지도 알 수 없을 지경이었다. 그녀는 정신이 온전하지 못하고 남들과 말을 섞지도 않았지만 머리는 항상 매끈하게 쪽을 지고 빨지 못해서 더럽기는 해도 검은색 치마에 흰색 무명 저고리를 꼭 차려입고 다녔는데, 비가 억수같이 퍼붓던 그날 그녀는 무슨 일이 있었는지 아기인형도 보퉁이도 치마저고리도 다 벗어 던진 채 세상으로 뛰쳐나온 것이었다. 아기인형을 업고 밥 동냥을 온 그녀를 불러들여 쪽마루에 식은 된장과 보리밥 한 사발로 동냥 밥상을 차려주었던 어느집 아주머니는 그녀가 밥을 먹는 동안 마루 한 편에 놓아둔 그녀의 보퉁이 속을 살짝 들여다봤는데, 거기에는 색색의 헝겊 쪼가리들이 가득 차 있었고 그 헝겊들을 기워서 만든 작은 인형도 두어 개 들어 있었다. 보퉁이 속의 작은 인형들은 업고 다니는 아기인형의 장난감처럼 보였다는데, 평소에는 벙어리처럼 말 한마디도 하지 않던 그녀는 밥을 먹다가 주인아주머니가 보퉁이를 들여다보는 것을 눈치채고서 갑자기 꽥 비명 같은 고함을 지르며 숟가락을 내동댕이치고서는 보퉁이를 싸 안고 나가버렸다고 했다.

누구는 그녀가 서울의 유명한 여자대학교 법학과를 다녔는데 사법시험 공부를 너무 열심히 하다가 미쳐버린 것일 거라고 추정했지만 아무리 공부를 열심히 했기로서니 미치기까지야 했겠느냐는 반론이 있었고, 다른 사람은 참하게 생긴 젊은 여자가 미쳐서 아기인형을 업고 다니는 것으로 보아 아기와 관련된 말 못 할 사연이 있을 거라며 쯧쯧 혀를 찼다. 그의 확인되지 않은 추측에 의하면 양갓집 규수로 잘 자라서 대학교에 다니던 그녀는 남자를 하나 사귀었다가 덜컥 아이를 가지게 되었는데, 경상도 어느 지방의 뼈대 있는 양반 가문 자손임을 평생의 자부심으로 지니고 살던 아버지로부터 집에서 쫓겨나서 다니던 대학도 그만두고 직장에 취직해서 혼자서 돈 벌어가며 사법고시 준비하는 남자와 태어난 아기를 일편단심 챙겼을 것이라고 했다. 그러던 중에 남자는 오매불망 바라던 사법시험에 합격하였는데, 어느 날 남자의 가족들이 갑자기 나타나서는 아기도 빼앗아가 버렸고 남자도 우물쭈물하다가 떠나버려서 그녀는 환장換腸한 것이라고 단정했다. 그러나 그 스토리는 삼류 연애소설이나 '선데이 서울'에서 본 듯한 것이어서 듣는 사람들은 고개를 갸우뚱거렸다.

　그렇게 그녀가 미쳐버린 이유야 누구도 알 수 없었지만, 이유야 어찌 되었던 그 여름날 오후에 억수처럼 쏟아지는 비를 맞으며 그녀가 아프고 시린 가슴과 어지러운 정신에서 벗어나서 잠시나마 편안하고 자유로워졌는지는 누가 물어볼 수도 없는 일이었다. 그녀가 기거하던 연탄 가게는 얼마 후 장사를 접고 다른 동네로 이사를 떠났고 그 이후로 인형을 포대기에 업고 쪽진머리로 동냥하러 다니던 그녀의 모습도 매축지에서 사라졌다.

성하지 않은 다리를 목발에 의지해서 떠나는 누이를 말없이 바라보며 울었던 아이의 바로 옆집에는 동갑내기 친구가 살았다. 그 친구의 집에는 늘 양조간장 냄새가 짙게 배어있었는데, 그 집에는 작은 부엌을 사이에 두고 방 한 칸과 작은 창고가 있었고 창고에는 커다란 한 말들이 플라스틱 간장통들이 여러 개 쌓여있었다. 간장을 공장에서 도매로 받아와서 가까운 시장통 식당이나 멀리 자갈치시장 부근의 식당들에까지 배달해 주는 게 그 집 주인의 일이어서 그 집은 '간장집'이라고 불렸다. 간장집의 아저씨는 커다란 키에 기름기라고는 한 줌도 붙어 있지 않은 것같이 삐쩍 마른 몸매로 사시사철 눈비 오는 날을 빼고는 하루도 빠짐없이 아침 일찍 집앞 골목에 나와서 맨손체조를 한참 동안 했는데, 앞집 아주머니는 그 모습이 꼭 가을 들판의 허수아비가 바람에 흔들거리는 것 같다고 입을 가리고 웃었다. 남들이 웃거나 말거나 그 아저씨는 아침 맨손체조를 하루도 거르지 않았고 겨울에도 집 앞 골목에서 체조한 후에 한참 동안 냉수마찰까지 하였다. 그는 매일 커다란 간장통을 짐 자전거 뒤에 싣고 오전에 집을 나섰다가 해 질 무렵에 집으로 돌아왔는데 돌아오는 그의 자전거 짐칸에는 자갈치시장에서 샀을 고등어 한 손이나 갈치 한두 마리가 실려있기 마련이었다. 그의 나이는 오십은 넘었을 듯싶어 보였으나 이제 겨우 중학교에 다니는 큰딸에 국민학생 아들과 막내딸을 두었는데 아이들의 어머니는 채 마흔이 안 되어 보여서 부부간에 나이 차가 많이 졌다. 아저씨는 평양 말씨를 썼고 아주머니는 강한 함경도 사투리를 썼는데 들리는 이야기로 아저씨는 1·4 후퇴 때 평양에서 걸어서 피난을 내려왔고 아주머니는 가족들과 흥남 부두에서 생이별을 하고 겨우 미군 수송선을 얻어 탔다고 하였다. 피난을 내려와서 두 사람은 부산의 영도 청학동 피난민 수용소에서 만났고 자연스럽게 서로를 의지하면서 결혼식 없는 결혼을 올리고 매축지로 들어와서 살게 된 것이었다. 아저씨는 일제 시대 때 평양에서 고보高普를 나와서 교편을 잡았다고도 했지만 그가 직접 말한 적은 없었고 아주머니는 늘 말끔하게 쪽진머리를 하고 낡았지만 단정한 옷차림에 작고 반짝이는 눈이 총명해 보였다. 동네 아주머니들도 '젊은 여자가 함경도 출신 아이라 할까 봐 눈이 쪽 째진 기 고집도 씨고 애살도 있게 생겼다'라고 평을 했는데 막내딸이 국민학교 2학년 때 학교에서 친 자연 시험지를 가져온 것을 들여다본 그 아주머니는 딸이 정답을 맞힌 문제가 틀린 것으로 채점된 것을 확인하고서는 다음 날 학교를 찾아가서 선생님에게 자연책을 펴 놓고 따진 끝에 딸아이의 점수를 고쳐 온 경우도 있었다. 그 집의 두 딸과 아들은 모두 순하고 착해서 그 집 역시 매축지의 '집집마다 양아치'에는 속하지 않는 축이었는데, 그 말을 한 중늙은이가 현실을 잘못 인식했던 것이 아니면 좀 과장되게 매축지를 깎아내렸던 것이라고밖에 말할 수 없는 것이, 따지고 보면 매축지에는 양아치가 있는 집보다는 없는 집들이 그래도 훨씬 많았던 것이다. 매축지에는 결코 '집집마다'는 아니고 간혹 '이 집 저 집' 양아치들이 있었을 뿐이었다.

간장집 아이들에게는 그들이 사는 집처럼 간장 냄새가 늘 몸에 배어 있었다. 그도 그럴 수밖에 없는 것이 아이들은 허물없이 이 집 저 집을 드나들며 친구 집 안방을 내 집 안방처럼 여기고들 놀았으니 친한 친구들은 당연히 간장집에도 무시로 드나들며 놀았는데, 그 집은 작은 쪽문을 열고 들어서면 문 왼쪽편의 창고에서 새어 나오는 짭짜름한 간장 냄새가 짙은 안개처럼 온 집에 자욱하게 깔려 있었던 것이다. 그 집 아이들은 몸에 밴 간장 냄새를 약간 부끄러워하는 것 같아 보이기도 하였지만 동네 아이들은 특별히 그 냄새를 핑계로 그들을 멀리하거나 놀리지도 않아서 모두 잘 어울려서 놀았고 중학교 졸업반이던 큰딸은 늘 여느 여학생보다도 더 빳빳하고 새하얀 교복 칼라 깃을 하고 단정한 모습으로 학교에 다녔다.

함경도 아주머니는 어느 해 여름부터 다른 몇몇 이웃 아주머니들처럼 밑천 없이 할 수 있는 냉콩국 장사를 시작하였다. 전날 하루 종일 우뭇가사리를 삶고 콩을 맷돌에 갈아서 콩국을 한 양동이 만들어 놓았다가 다음 날 아침에 커다란 얼음덩어리를 비닐에 싸서 콩국에 담아 넣고는 그것을 이고 남포동이나 자갈치 부근의 사람 왕래가 많은 곳에 나가서 자리를 삽고 앉아서 지나다니는 행인들과 주변의 상인들에게 팔았다.

그러던 어느 날 오전에 콩국을 가득 담은 양동이를 머리에 이고 장사를 나섰던 간장집 아주머니는 밤늦게까지 돌아오지 않았다. 평소 같으면 아무리 늦어도 해지기 전에는 귀가하여 가족들 저녁을 준비하였는데 그날은 아저씨가 부산진시장에서 자전거 손잡이에 새끼를 묶어서 사온 고등어를 큰딸이 구워서 가족들이 저녁을 다 먹고 난 한참 후에도 그녀는 돌아오지 않았다. 혹시 교통사고라도 당한 것은 아닌지 엄마 걱정에 울음보를 터뜨리는 막내딸과 아이들을 진정시켜놓고 아저씨는 자전거를 다시 집어 타고 십 킬로미터가 넘는 길을 달려서 아주머니가 장사한다고 했던 남포동으로 나갔다. 부영극장 앞의 넓은 신작로에는 평소라면 밤 아홉 시가 넘었어도 카바이드등을 켜고 장사를 하고 있어야 할 리어카 노점상들이 하나도 눈에 띄지 않았다. 그는 문을 연 부근의 가게들을 돌며 혹시 콩국 장사를 하던 이러저러하게 생긴 여인네를 본 사람이 없는지 탐문했는데, 어느 작은 잡화점의 주인으로부터 그날 오후에 그 부근에서 있었던 일에 대해서 자초지종을 전해 들을 수 있었다.

한창 더위가 기승을 부릴 오후 두어 시도 지나고 빌딩들 그늘로 거리의 열기가 약간 수그러들 즈음에 구청의 단속반이 느닷없이 들이닥쳤는데 짙은 감색 작업복에 모자를 눌러쓰고 손에는 나무를 깎아 만든 몽둥이를 하나씩 든 그들은 다짜고짜 길거리의 노점상들을 쫓아내기 시작했다고 하였다. 그들이 들이닥치자 작은 보따리를 풀어 놓고 장사를 하던 일부 노점상들은 재빨리 짐들을 챙겨 피신을 했으나 미처 피하지 못한 노점의 리어카들은 통째로 엎어지고 빼앗겨서 대로변에 세워 둔 구청의 단속 트럭에 실렸으며 길거리는 물건을 빼앗기지 않으려는 노점상들과 단속반들이 뒤엉켜서 삽시간에 아수라장이 되었다고 하였다. 보통 때 같으면 그냥 철거하라고 우선 말부터 하는데 오늘은 왜 그렇게 갑자기 마구잡이로 때려잡듯이 단속을 했는지 그 가게 주인도 모르겠다고 했는데, 아마 갑자기 어디서 높은 사람이 순시를 온 것인지도 모르겠다고 하면서 몇몇 노점상은 리어카나 물건들을 지키려고 발버둥치다가 뒤따라 출동한 경찰들에 의해 파출소로 끌려가기도 했다고 덧붙였다.

아저씨는 급히 자전거를 몰아서 자갈치 시장 건너편의 남포동파출소로 갔다가 아주머니를 찾지 못하고 다시 용두산공원 맞은편의 광복동파출소를 찾아갔다. 그곳의 작은 유치장에는 아주머니가 넋이 나간 듯 멍하니 유치장 천장을 바라보며 앉아 있다가 파출소로 들어서는 남편을 보고는 알아듣지 못할 비명을 지르며 울부짖었다. 무궁화 한 개짜리 견장을 어깨에 달고 있던 파출소장은 가족임을 제대로 확인도 않은 채 아주머니를 빨리 데리고 나가라고 재촉하였는데, 파출소에서 간단하게 설명한 바에 의하면 노점 철거 과정에서 아주머니는 콩국 양동이를 들고 피하려다가 넘어져서 양동이가 엎어졌고, 그녀는 주변의 다른 노점상들의 물건과 리어카들 사이에서 엎어진 콩국 양동이를 짓밟고 몽둥이를 휘두르는 단속반원들을 붙들고 늘어지며 실랑이가 붙었는데 그녀가 너무 거칠게 저항을 하는 바람에 어쩔 수 없이 파출소로 연행했다고 하면서 자칫 구속해서 재판받게 할 수도 있는 것을 봐주는 것이니 빨리 데리고 가라며 파출소장은 으름장을 놓았다. 아저씨는 아내를 자전거 짐칸에 앉히고는 캄캄한 부둣길을 달려서 집으로 돌아왔는데 이미 통행금지가 가까운 시간이었지만 집에서는 두 딸과 아들이 작은 방에 오도카니 앉아서 엄마를 기다리고 있었다.

그녀는 그날 이후로 작은 눈 속에서 빛나던 평소의 맑은 눈빛을 잃어버렸고 자주 그 집에서는 아주머니의 찢어지는 듯한 비명이 터져 나왔다. 아이들도 학교를 가고 아저씨도 장사를 나간 낮 시간에 그녀는 문밖에 나와서 혼자 쪼그리고 앉아 있다가도 갑자기 골목을 지나는 사람들에게 욕을 하며 달려들기도 하여서, 동네 사람들은 아무리 콩국 양동이가 박살이 났기로서니 사람이 하루아침에 저렇게 정신을 놓을 수가 있느냐고 혀를 찼지만, 그날 남포동의 길거리에서 정확하게 무슨 일이 있었는지는 누구도 자세히 알지 못했다. 그녀의 증상은 날이 갈수록 조금씩 심해져서 아저씨는 일을 나가면서 대문을 밖에서 자물쇠로 잠가야 했으며 조금 더 지나면서는 집에 사람이 없는 동안에 그 아주머니를 마루의 나무 기둥에 굵은 밧줄로 묶어두어야만 했다. 입에는 재갈을 물려서 담장 밖으로 그녀의 낮은 신음만이 가끔 흘러나왔고, 동네 사람들은 병원에 입원시켜야 한다고들 이구동성으로 말했지만 아저씨는 아무 대답도 하지 않았다. 병원에 입원시킬 돈이 없어서인지 다른 억하심정이 있어서인지는 알 수 없었지만, 그는 아주머니를 남의 손에 맡기지 않았다. 여러 달이 지나면서 아주머니의 증상은 좀 나아졌는지 비명을 지르는 소리는 잦아들었고 더 이상 마루 기둥에 묶이지도 않았지만 원래의 정신으로 돌아오지는 않아서, 하루 종일 작은 방 안에서 혼자 앉아 있다가 가끔씩 집 문앞에 나와 앉아서 해바라기를 했다. 순하고 명랑했던 아들과 막내딸은 친구들과 잘 어울리지 않고 말수가 없어져서 동네 아이들은 더 이상 간장집에 놀러 갈 수가 없었고, 말끔하게 교복을 차려입고 곧은 걸음걸이로 학교를 오가던 큰딸은 중학교를 졸업하자마자 진학을 포기하고 철길 건너 신발공장에 취직하였다.

엄마의 기도

큰형이 군에 입대하였다.

겨울 추위가 막바지 기승을 부리던 2월 중순의 어느 날 아침에 큰형은 큰방의 작은 툇마루에서 방안에 앉은 엄마에게 큰절을 올리고 혼자서 집을 떠났다. 엄마는 '몸 건강히 잘 댕기오너라' 한마디로 34개월 동안 집을 떠나는 장남을 배웅하였고 큰형은 미리 고등학생처럼 박박 깎은 머리를 털모자로 가려서 차가운 겨울바람을 조금이라도 막았기에 나는 그나마 다행이라고 여겼다. 큰형은 2년 전 처음 입대 영장이 나왔을 때부터 1년 입영 연기신청을 하였는데, 둘째 형은 고등학교에 다니고 있었으니 지구본 만드는 일을 오롯이 엄마에게 맡겨 놓고 군대에 갈 수가 없었던 것이다. 그 후 1년을 더 연기한 후에는 더 이상 입대를 연기할 방법이 없었던 것인데 두 번째 연기 신청을 위해 서면 부전역 부근의 부산병무청을 찾아간 형에게 중절모를 깊이 눌러 쓴 중년의 남자가 말을 붙이며 '사십만 원만 쓰면 군대 면제받을 수 있게 해 주겠다'고 은밀히 제안해왔다. 사십만 원이면 지구본을 이백 개나 팔아야 마련할 수 있는 큰돈이었고 당장 그만한 돈을 마련할 방법도 없어서 형은 그 제안을 당연히 받아들일 수 없었다. 돈 있고 빽 있는 사람들은 군대를 이런저런 방법으로 면제를 받거나 군대에 가더라도 후방의 편한 보직으로 빠진다는 게 공공연한 비밀이어서 빽이 없어서 피해를 본 보통 사람들은 '죽을 때도 빽 하고 죽는다'는 말까지 생겨날 지경이었다. 어쨌거나 큰형은 빽도 돈도 없었기에 엄마와 동생 넷을 남겨두고 추운 겨울 아침에 부산역에서 논산행 완행열차에 몸을 실었다. 큰형이 입대한 후 보름쯤 지나서 큰형이 집을 떠날 때 입었던 옷가지를 담은 종이상자가 논산훈련소에서 집에 도착하였고, 엄마는 추운 겨울에 논산벌의 찬 바람 가운데에 서 있을 아들을 생각하며 돌아앉아 남모르게 눈물지었다.

큰형이 논산에서 훈련을 마치고 철의 삼각지대라는 전방의 어느 곳에 배치되었다고 편지로 알려온 후 얼마 되지 않은 늦은 봄날에 병무청에서 또 한 통의 편지가 집으로 날아들었다. 그것은 둘째 형의 입대 영장이었다. 둘째 형은 큰형과 세 살 터울이 졌는데 큰형이 2년 넘게 연기한 후에 입대를 하였으니 둘째 형의 영장은 나올 때 나온 것이었다. 작은형도 일단 입영 연기를 신청하려고 엄마와 상의하였다.

"엄마, 나도 우선에 한 1년이라도 군대 연기 신청을 해야 안 되겠나?"

"말라꼬?"

엄마는 둘째 형의 고민이 무엇인지 모를 리 없었건만 무심한 듯 반문하였다.

"집에 아~들 빼끼 엄는데 엄마 혼자서 우째 일들을 다 해나 갈 끼고?"

엄마는 잠시 생각하는 듯했으나 곧 잘라 말했다.

"느그 히가 군에 간 지 인자 몇 달 되도 안 했는데, 니가 연기 한다꼬 해 봤자 어차피 니 히 제대할 때까지 못 한다. 산 입에 거미줄 안 친다. 그냥 때맞춰서 댕기오너라."

엄마는 3년 가까이 군대 가는 것을 어디 며칠 수학여행 다녀오라는 듯이 말했고 둘째 형은 정해진 입대 일자인 7월 중순에 또 머리를 박박 깎고 집을 떠났다. 엄마는 또 마루에서 큰절을 올리는 작은형에게 '몸 건강히 잘 댕기오너라' 한마디로 배웅했고 작은형도 부산역에서 완행열차를 타고 논산으로 향했다. 작은형이 완행열차를 타고 떠난 지 보름쯤 뒤 학교에서 돌아와 보니 논산훈련소에서 보낸 작은형의 옷상자가 또 작은방에 놓여 있었다. 엄마는 마당에서 빨래를 한 대야 내어놓고 말없이 치대고 있었는데, 그 모습은 빨래를 한다기보다 엄마가 혼자 가슴 속의 눈물을 씻어 내고 있는 것처럼 보였다.

그리하여, 열 평 칠 홉의 매축지 작은 집에는 엄마와 고등학교 2학년이었던 셋째 형, 삼일극장 앞 여중학교 밑에서 비 오는 날 만두를 사 줬던 누나와 내가 남았다.

셋째 딸은 선도 안 보고 데려간다지만 셋째 아들에게도 그런 게 있는지 셋째 형은 형제 중에서도 유난히 성정이 부드러워서 억센 부산 사투리를 썼지만 누구에게도 큰 목소리로 말하지 않았고 남달리 머리도 좋았던 듯 공부도 잘했다. 셋째 형 때문에 우리 집에 단골 엿장수가 생긴 적도 있었는데, 형이 국민학교 졸업반 때 중학교 입시 공부를 하느라고 혼자 작은방 책상 앞에 앉아 있던 어느 일요일 오전이었다. 좁은 집 앞의 골목길에는 동네 아이들이 작은 고무공으로 축구를 한다고 시끄럽기 그지없었는데 늙수그레한 엿장수 아저씨가 엿 수레를 밀며 골목으로 들어섰다. 엿가위를 쩔그렁거리며 지나가던 엿장수의 눈에 골목길 쪽으로 난 우리 집 작은방의 낮은 창문을 통해 방안 풍경이 들어 왔는데, 방안의 작은형은 꼿꼿이 앉은뱅이책상에 혼자 앉아 무슨 책인가를 열심히 보고 있는 것이었다. 창밖에서는 아이들이 소리소리 지르며 뛰어놀고 엿장수의 가위소리는 쩔거렁거리는데, 작은형은 꼼짝도 안하고 책상에 앉아서 공부를 하고 있었고 그 모습을 한참 들여다보던 그 엿장수는 우리 집 대문을 열고 들어와서 방 안에서 공부하는 아이에게 주라며 엄마에게 엿 두어 가락을 건네주었다. 영문을 몰랐던 엄마는 사연을 듣고서 모아 두었던 빈 병 몇 개를 엿장수에게 내어 주며 고맙다 했고 그 뒤로 그 엿장수는 가끔 우리 동네를 들를 때마다 집을 찾아와서 알은체하며 엿을 덤으로 더 주었다. 형은 초량동 언덕배기에 있는 야구 잘하는 중학교와 고등학교에 연달아 진학했고 집에 가끔 들르던 친척 아저씨는 형에게 꼭 판검사가 되어서 엄마 호강시켜드리라고 당부 아닌 당부를 하고는 하였다.

　7월 중순에 둘째 형이 입대한 후 방학 동안 셋째 형은 지구 만드는 일을 군대 간 형들이 그랬듯이 엄마를 도와서 하다가 개학이 되면서 등교하기 시작했는데, 개학한 지 채 보름이 되지 않아서 학교에 가지 않겠다고 선언했다. 학교에 가지 않고 집에서 일하겠다는 것이었는데 엄마는 그러는 형의 책가방을 챙겨서 억지로 손을 잡아끌고 초량 언덕배기의 고등학교로 등교를 같이 하였다. 형들이 한꺼번에 군대에 가 버리고 남은 셋째 형은 어린 마음에 그 상황을 감당하지 못하게 된 것이었는데 학교에 가도 이미 공부에는 마음이 떠난 상태여서 담임 선생님은 일단 등교만 시켜 놓고 시간을 두고 대처해 나가자고 하였다. 엄마가 아침에 가방을 챙겨서 같이 등교를 하고, 수업을 마치면 중학교 때부터 친했던 친구가 셋째 형을 데리고 같이 하교하는 날이 많았다. 엄마의 손에 이끌려 등교를 하기는 했지만 어떨 때는 무단히 가방을 싸 들고 일찍 집으로 돌아와서 엄마 일을 돕는다고 나서기도 하는 등 그 이후로 한참 동안 형의 상태는 그냥 그 상태에서 나아지지도 더 나빠지지도 않는 듯하였다.

　어느 일요일 저녁에 엄마가 방에서 허리를 꼬부리고 옆으로 누워서 꼼짝을 못하고 신음하기 시작했다. 셋째 형은 엄마를 둘러업고 뛰어나갔고 집에 남겨진 누나와 나는 엄마 걱정에 어찌할 바를 몰랐는데, 나는 그날 난생처음 진심으로 예수님과 부처님께 번갈아 가면서 기도하였다. 다음 날 이른 새벽 통행금지가 풀리자 셋째 형은 한숨도 잠을 자지 못한 듯 안경 속의 두 눈이 퀭해져서 집으로 돌아왔다. 엄마는 우선 응급실에서 진통제를 맞고 밤새 안정은 되찾았고 오늘 정밀검사를 받아봐야 한다고 했으며 검사가 끝날 내일모레까지는 병원에 입원해있어야 한다고 형이 말했다. 그날 방과후 부산진시장 지나서 조방 앞 건너편에 있던 종합병원을 찾았을 때 엄마는 흰색에 줄무늬가 처진 환자복을 입고 여러 사람이 같이 쓰는 입원실의 침대에 누워 있다가 입원실로 들어서는 누나와 나를 보고 손짓하며 웃었다.

"밥은 우째 챙기 뭇노? 학교는 잘 갔다 왔제?"

엄마는 오후에 몇 가지 검사를 더 받았고 누나와 나는 저녁 때까지 병원에 있다가 집으로 돌아오는 길에 시장통의 좌판에서 멸칫국물이 멀건 국수로 저녁을 때웠다.

다음 날 학교를 일찍 마친 내가 혼자 병원을 찾았을 때 엄마는 다 나았다며 퇴원 준비를 하고 있었는데, 아침부터 병원에 가 있던 셋째 형은 병원 입구의 원무과에서 누군가와 말씨름을 하고 있었다. 상대방은 서른은 넘었지만 마흔은 안 되어 보

256

이는 깡마른 남자였는데 아마도 그는 흰 가운을 입고 있는 것으로 보아 엄마를 담당했던 의사인 것 같았다.

"느그 엄마는 지금 퇴원하믄 안 되는 기라. 수술 날짜를 잡아서 콩팥에 돌을 빼내뿌야 된다 안 카나?"

"엄마가 지금 수술을 할 상황이 아이라서, 콩팥에 생긴 돌이라 카능기 후제 또 통증을 일바키기는 하겠지만 그때 상황이 되믄 수술하시겠다 안 캅니꺼?"

작은형은 엄마와 미리 이야기가 되어 있었던 듯 일단 퇴원을 하겠다고 의사에게 이야기하였다.

"이 자슥이, 학생이믄 학생답게 병원에서 의사가 하는 말을 지대로 알아듣고 시키는 대로 안 하고. 니가 뭐 아는 기 있다꼬 말대꾸만 꼬박꼬박 하노, 이 노무 자슥아?"

눈깜짝할 사이에 젊은 의사는 손바닥으로 형의 한쪽 뺨을 세게 때렸는데, 나는 엄마와 함께 병실을 나오다가 그 광경을 보고 내가 뺨을 맞은 듯 화들짝 놀랐고 엄마는 잡고 있던 내 손을 놓고 그쪽으로 뛰어갔다. 젊은 의사가 왜 그렇게까지 화를 내며 형을 다그쳤는지 이해할 수 없었지만 결국 엄마와 형에게 사과해야 했고 나는 그날 엄마가 남에게 화를 내는 것을 난생처음 보았다. 엄마는 형과 나를 앞세우고 병원을 나섰는데, 나는 비스듬하게 내려꽂히는 오후의 햇살에 너무 눈이 부셔서 양미간을 찌푸렸다.

다음 날부터 엄마는 여전히 이른 아침에 누나와 나의 아침과 도시락을 챙겨놓고 셋째 형의 손을 이끌고 초량 언덕바지의 학교에 갔으며 지구본을 만들고 밥을 하고 빨래를 했다.

해방 후 정부 귀속 재산 중 최대 기업이었던 조선방직이 문을 닫고 철거한 조방터는 자성대를 좀 지나서 커다란 공터로 남아 있었는데 그곳에는 닷새마다 장이 서서 갖가지 물건들이 사고팔렸다. 나는 한 번은 거기서 십 원짜리 병아리를 한 마리 사서 키워보기도 했지만, 단연코 제일 관심을 두었던 것은 약장수들의 공연이었다. 말이 약장수 공연이지 그것은 노래와 춤, 만담에 마술과 차력을 모두 함께 볼 수 있는 종합 악극단 공연 같은 것이었다. 피에로 분장을 한 남자가 구두 뒤축에 연결된 줄로 등 뒤에 짊어진 큰북과 심벌즈를 둥둥 챙그랑 치고 코로 하모니카까지 불면서 흥을 돋우고 나면, 색동 저고리에 진홍색 치마를 몽땅하게 차려입은 아리따운 젊은 여자가 '홍도야 우지마라'를 구성지게 불렀다. 그 뒤로 마술사가 나와서 얇은 습자지를 찢어서 빈 깡통에 넣고서는 국수를 뽑아내고 아무엇도 없는 새까만 중산모자 안에서 비둘기를 꺼내서 날렸다. 추운 겨울에도 웃통을 벗은 차력사는 철근을 손으로 구부리고 대못을 두꺼운 송판에 손바닥으로 박아 넣는가 하면 불붙은 솜뭉치에 입에 문 석유를 뿜어 커다란 불꽃을 불어 내기도 했다. 모두 눈을 뗄 수가 없는 신나는 공짜 구경이었는데, 당연히 그 공연의 목적은 약을 파는 데 있었다. 한가지 공연이 끝나면 나이 지긋한 남자가 새까만 양복에 나비넥타이를 매고 나와서 갈색 약통을 들고 장광설을 풀었다.

"쉐익, 쉐익, 애~들은 가라, 애~들은 가!"

어떻게 내는 소리인지 입으로 뱀 소리를 쉿쉿 거리며 물건을 살 가능성이 없는 아이들은 집에 가라면서 이야기를 시작했는데, 그런다고 그 재미난 구경을 두고 그냥 집에 갈 수는 없는 일이었다. 애들을 보고 집에 가라고 한 것도 꼭 그런 돈벌이 목적뿐만은 아니고 그의 이야기 중에 아이들이 들어서는 교육적으로 이롭지 못한 내용들이 있었기에 미리 경계한 것이 더 큰 이유였을 것이다.

"저~기 저 앞에 쭈그리고 앉은 아자씨, 아침마다 자고 일나믄 부랄 밑이 축축~하고 집에 마누라는 맨날 바가지만 박박 긁지요? 맞지요? 아이믄 미리 아이라꼬 말씀하시고⋯. 쉑쉑, 애

~들은 가라, 애~들은 가! 이런 증상이 있는 비실비실한 아자씨들, 이거 딱 일 주일만 잡솨~ 봐! 아침에 일나서 오줌을 누는데, 사기요강은 와장창 박살이 나고 스뎅 요강은 얼음판에 팽이 돌듯기 팽팽 도는데, 그거 뿐인가 하믄, 천만의 말씀 만만의 콩떡! 지난밤에 홍콩 갔다 오신 마누라는 아침마다 밥상에 계란 후라이에다가 소고기를 찌지고 뽂아서 갖다 바치는데, 못 믿겠다꼬? 못 믿겠으믄 일단 한번 사서 잡솨~ 봐"

쭈그리고 앉아있다 공연히 낭습중 환자로 지목당한 남자는 그래도 뭐가 좋은지 히죽히죽 웃기만 했지만 그 옆의 어느 아주머니는 '홍콩을 갔다 오든 달나라를 갔다 오든, 묵고 죽을라캐도 소고기가 있어야지 찌지든지 뽂든지 하지'라고 혼자 중얼거리면서도 치마를 들치고 속곳 주머니에 손을 넣어 백 원짜리 지전紙錢을 끄집어내었다. 약장수의 말대로라면 그 약은 죽은 사람만 살리지 못할 뿐 말 그대로 만병통치약이어서, 마이신보다 나은 결핵 치료제였고 중년 여인들의 생리불순에노 속효이며 하다못해 배 속의 기생충들까지 모조리 잡아낸다며 약장수는 허연 회충과 기다란 십이지장충이 담긴 병까지 들고 흔들어 대었다.

나는 그 만병통치약 비슷한 것을 사기로 결정하였다.

　내게는 약간의 개인 재산이 있었는데 5학년 설날 때 받은 몇 푼의 절값으로 친구들하고 철길 건너 제일은행에 가서 나라를 살리는 심정으로 예금통장을 개설했던 것이 그것이었다. 아이들에게 저축하는 습관을 들인다고 그랬겠지만 절약과 저축만이 애국하는 길이라며, 2차세계대전 후 독일에서는 담배 한 개비 피우는 데에도 반드시 세 사람 이상이 모여야 성냥불을 붙였다는 이야기를 우리는 3학년 바른생활 시간에서도 4, 5학년 도덕 시간에서도 귀가 따갑게 들었던 것이다. 생애 첫 통장 개설 기념으로 은행 창구의 예쁜 누나는 축구공 모양의 플라스틱 저금통을 선물로 주었지만 만화방도 가야 했고 가끔 구멍가게에서 주전부리도 해야 했기에 일 년이 넘어서도 저금통은 거의 비어있어서 사실 전 재산이라 해봐야 은행 통장에 들어 있던 삼백 몇십 원을 포함해서 사백 원 남짓이 전부였다. 만병통치약은 동네 시장통 밀면집에서 밀면 열 그릇을 사 먹을 수 있는 거금 오백 원이었기에 나는 보름 넘게 만화방도 끊고 구멍가게 출입도 삼가며 용돈을 모았지만 약장수가 언제 다른 데로 옮겨가 버릴지 불안하였다. 그리하여 나는 최후의 수단으로 아주 긴급한 경우가 아니면 사용하지 않던 삥땅까지 쳐서 겨우 거금 오백 원을 맞추었다. 엄마에게 공책 두 권 사야 한다고 해놓고 한 권만 사고 연필 한 다스 대신 세 자루만 낱 개로 사는 식이었다. 엄마는 나를 믿고 사후 검증을 전혀 하지 않았으므로 나는 정히 불가피한 경우에는 그 방법을 사용하였 는데, 혹시 엄마는 내가 치는 삥땅에 대해서 알면서도 모르는 척 눈감아 주었는지는 엄마가 말을 하지 않았으니 알 수는 없 는 일이었다.

거금 오백 원을 잠바 주머니에 깊이 찔러 넣고 찾아간 조방 앞의 약장수 공연은 그날 내 눈에 별로 들어오지 않았다. 둥그 렇게 둘러선 구경꾼들 중에 제일 앞에 쪼그리고 앉아있던 나 는 첫 번째 노래 순서가 끝난 후의 '애~들은 가라' 시간에 오백 원을 당당히 내밀었는데, 애들은 가라던 약장수는 애가 내미 는 오백 원에 약간은 놀라는 눈치였다. 밀면 열 그릇 값의 그 만병통치약은 멀리서 보기보다는 약통의 인쇄가 좀 조잡해 보 이기는 했지만 그날의 나머지 약장수 구경도 작파하고 약통을 잠바 주머니에 찔러 넣은 채 서둘러 집으로 돌아오는 나의 빌 길은 초겨울의 스산한 바람 속에서도 가벼웠다.

"히야, 이거 조방 앞에서 산 긴데, 이거 무든 아무 병이나 다 낫는다 카더라."

나는 쭈뼛대며 그 약통을 셋째 형에게 내밀었는데, 형은 잠시 놀라는 표정을 지었다가 이내 웃으면서 약통을 받고 내 머리를 쓰다듬었다.

"그래, 내 이 약 묵고 금방 나으께."

뭘 넣어서 섞었는지도 모를 밀가루 반죽에 조잡하게 당의를 입힌 그 가짜 약이 형의 아픔을 더치게 하지만 않았어도 다행이었겠지만, 그 겨울이 지나고 어쨌던 3학년에 진급한 셋째 형은 마음의 안정을 좀 찾았는지 이제 등교도 혼자서 했고 엄마의 아침은 조금 수월해졌다.

여전히 엄마는 매일 이른 새벽에 정화수 한 사발을 떠 놓고 두 손을 맞비비며 기도하였다. 매년 사월초파일이면 멀고도 먼 범어사를 혼자 찾아가서 작은 등을 달고 세상을 떠난 아버지의 극락왕생을 빌었고 자식들의 인생행로에 액운이 없기를 간구하였다. 범어사에 가서 등을 달고 기원을 하였지만 사실 엄마의 숨겨진 기도처는 따로 있었는데, 범내골 수정산 기슭의 맑은 물이 흘러 내려오는 조그마한 바위틈이 그곳이었다. 어느 추운 겨울날 새벽에 엄마는 나를 흔들어 깨워서 집에서 한 시간 반은 족히 걸어가야 했던 그 기도처에 나를 데리고 갔는데, 산길을 한참 올라가서 정신을 차리고 보니 그날은 내 생일이었고 엄마는 나를 세워놓고 누구에게인지 두 손을 모아서 비비며 기원을 말하고 있었다. 아마도 내 생일에 나를 누구에게 소개하는 것 같기도 했는데, 나는 추위에 언 손을 스웨터 안에 집어넣으며 저 작은 바윗덩이가 무슨 영험이 있어서 엄마의 소원을 다 들어줄 수 있을지 속으로 회의하였다.

하지만 엄마는 열심히 기도하고 절하였다.

오래전 세기과학사의 최 사장과 광복동의 밥집에서 국밥을 먹은 후 내 손을 이끌고 당당하게 걷던 걸음걸이처럼 엄마는 죽을힘을 다해 세상을 헤쳐 왔지만, 혼자된 자그마한 체구의 여인이 궂은 세상에 의지할 곳은 없었기에 엄마는 꼭 범어사 대웅전의 부처님이나 수정산 계곡의 산령山靈이 아니더라도 세상의 어느 누구에게라도 하소연하고 위로를 받고 싶었던 것이었는지도 모를 일이었다.

엄마는 자식들을 키우면서 어느 누구에게도 우는 모습을 보이지 않았지만 훗날 옛날이야기를 하면서, 아수 어넙고 힘든 일이 있을 때면 그 산속의 작은 기도처를 찾아서 혼자 울었다고 하였다. 그리고 덧붙이기를, 자식들을 키우던 그때가 힘들기는 하였지만 그래도 행복했었다고 말하였다.

노을 속으로

둘째 형이 입대를 하고 큰형이 첫 휴가를 나와서 열흘 넘게 지구 만드는 일을 하다가 철원으로 귀대하고 나서 가을은 깊어갔고 어느덧 11월로 접어들었다. 어느 날 오후 내가 학교에서 돌아왔을 때 엄마는 쪽진머리를 풀어헤치고 큰방 마루에 엎드려서 울고 있었는데 큰 소리로 '아이고 아이고' 곡을 하는 엄마 앞에는 노란 우체국 전보 쪽지 하나가 놓여있었다. 그 전보는 외갓집에서 보내온 것이었는데 거기에는 '부친 사망. 급래急來'라는 여섯 음절의 글자가 군대의 암호 전문처럼 짧고 무심하게 찍혀 있었다. 나는 통곡하는 엄마에게 뭐라고 말을 건네야 하나 말아야 하나 어찌할 줄을 모르고 우두망찰 마루끝에 걸터앉아서 외할아버지를 기억하려고 애써 보았지만 서너 살 무렵 아버지와 무슨 일이 있었던지 외갓집을 다녀오면서 보았던 할아버지의 인자한 미소와 허연 수염만이 떠오를 뿐이었다. 그러나 이상하게도 아버지의 손을 붙들고 갔던 그 여행의 기억은 더 또렷하게 생각이 나서 나는 할아버지한테 미안한 마음이 들었다.

부산에서 백여 킬로미터 남짓한 거리의 외가를 가는데 아주 오랜 시간이 걸렸던 것으로 기억되는 것은 당시 교통편이 여의치 않아서 시내버스와 시외버스를 몇 번 갈아타고 시골의 비포장도로를 덜컹거리며 가야 했던 이유도 있었겠지만 아마도 아버지와 버스를 타고 가는 중에 오줌을 참느라 힘들었던 기억이 덧붙여져서인지도 모를 일이었다. 아버지와 동행한 외갓집으로의 여행은 버스를 타고 한참을 달려서 창녕군 시외버스 터미널에 도착하여 또 한참을 기다린 끝에 외가가 있던 현풍으로 향하는 버스를 갈아타야 했다. 명색이 군소재지인 창녕의 버스터미널은 낡고 낮은 목조건물이었는데 평일 낮의 터미널은 분주할 것도 없어서 그곳에서는 마치 시간마저도 느릿느릿 흘러가는 듯하였다. 버스를 기다리는 동안 나는 아버지를 졸라서 캐러멜 한 갑을 사서는 두어 개 빨아먹고 나서 목마르다며 또 아버지에게 칭얼거려서 사이다도 한 병 얻어내었다. 서너 살 먹은 어린아이가 사이다 한 병을 한번에 다 마시지는 못해서 반 나마 남은 사이다병을 들고 아버지와 나는 현풍으로 가는 버스에 올랐다. 버스의 승객이라고는 우리를 포함해서 채 여남은 명도 되지 않았고 좌석의 비닐커버가 여기저기 찢어진 낡은 시외버스는 덜컹거리며 시골길을 달리다가 작은 마을이 있는 곳이면 수시로 버스를 세우고 승객을 내리고 태웠다.

창녕을 출발하여 한참 달리던 중에 버스를 타서도 찔끔찔끔 마서댄 사이다 때문이었는지 서서히 요의尿意가 몰려왔다. 어린 소견에도 나는 조금 더 가면 버스를 세우겠지 기대하면서 양쪽 발가락에 힘을 주고 참고 있었는데 개똥도 약에 쓸려면 없다더니 이번에는 버스가 기약도 없이 세월아 네월아 시골길을 느릿느릿 달리기만 하였다. 어쩔 수 없이 나는 아버지를 올려다보며 도움을 청했고, 아버지는 조금 남은 사이다를 한입에 마서버리고는 내 바지춤을 끌어내리고 사이다병 주둥이를 내 작은 고추에 대주었다. 버스 안은 한적했기에 나는 남들 눈치 볼 필요도 없어서 어린 소견에도 다행이다 싶었다.

현풍에 도착한 우리는 시골길을 한참을 걸어서 외갓집이 있는 못골에 도착하였다. 나는 외가 동네 이름이 못골인 이유가 예전부터 동네 어딘가에 커다란 쇠못이 박혀있는 것으로 여겼는데 못은 그 못이 아니고 커다란 연못임을 동네 어귀에 들어서면서 알게 되었다. 어린 내 눈에는 학교 운동장보다도 훨씬 넓어 보이던 커다란 못 주변으로는 수풀이 우거졌고 동네 젊은 사람 하나가 낡은 삿갓을 쓴 채 낚싯대를 드리우고 있었다. 못을 지나 들어서는 마을 어귀에는 까마득히 높은 커다란 은행나무가 마을을 지키는 듯 서 있었고 가을바람에 흩날리는 노란 은행잎들이 카펫을 깔아 놓은 듯 마을 어귀를 덮고 있어서 나는 마치 노란 그림책 속의 나라로 들어가는 듯하였다.

수십 년이 지나서 다시 찾아본 외갓집은 보통 시골의 집이었지만 그 때 매축지 열 평 집에서 살던 어린 내 눈에 비친 외갓집은 고대광실이었는데 마루에 올라서는 데만도 댓돌 위에 올라서서도 낑낑대며 용을 써서 기어 올라가야 할 정도여서 나는 속으로 왜 이렇게 불편하게 마루를 높게 만들어 놓았는지 의아해하였다.

나의 기억은 다음 날 동도 트기 전의 이른 아침으로 건너뛰었는데, 무엇 때문에 그렇게 일찍 일어났는지 모를 일이지만 나는 마당 한가운데서 엉덩이를 까고 앉아서 볼일을 보고 있었다. 아마도 처음 가 본 시골 집의 변소가 무섭다며 내가 칭얼거렸기에 그랬을 것인데, 아버지는 여전히 내 곁을 지키고 있었다. 그 때 어디서인지 누런 개 한 마리가 마당을 가로질러 달려와서는 내 엉덩이 아래에 코를 박고서 첩첩 소리를 내며 내 똥을 먹어 치우는 것이었다. 나는 볼일을 보다가 기겁을 하여 앙앙 울었는데 개가 코를 박고 있었기에 차마 그 자리에 털썩 주저앉을 수도 없었다. 옆에 서 있던 아버지는 괜찮다고 나를 달래며 하하하 웃었고, 마당 건너편 축대 옆에서 커다란 작두로 소여물을 썰고 있던 할아버지도 멀리서 허허허 웃었다.

할아버지에 대한 나의 기억을 그렇게 짧고도 빈약해서 나는 할아버지에게 미안하였고, 엄마의 깊고도 깊은 울음을 다 이해할 수 없었지만 또 흰 무명 상복을 입은 엄마의 삼년상三年喪이 이어질 것을 알고 서글퍼졌다.

엄마는 작은 옷 가방을 싸서 시외버스 터미널로 갔고 셋째 형도 누나도 아직 학교에서 돌아오지 않았는데, 나는 배가 고파서 부엌 밥솥에 남아있던 식은 밥을 식용유와 간장에 볶아서 이른 저녁을 혼자서 먹었다.

나는 어두워진 작은방 구석에 불도 켜지 않은 채 혼자서 무릎을 끌어 안고 쪼그려 앉아 있었다. 아무도 없는 작은 집안은 적막했는데 어두컴컴한 방안 건너편의 앉은뱅이책상 한 쪽에 놓여있는 엄마의 '코티' 분갑粉匣이 내 눈에 들어왔다. 여러 개의 하얀 목화 그림이 주황색 바탕에 그려진 분갑은 늘 그 자리에 있었지만 아버지가 세상을 떠난 뒤로 엄마가 그 분을 바르지는 않았는데, 엄마는 꼭 그것이 불란서제 고급 화장품이어서 아끼느라 쓰지 않는 것은 아닌 듯하였다. 오래된 향수 냄새가 은은히 배어있는 연한 미색의 비단에 예쁜 꽃과 나비를 수놓은 접부채도 엄마는 장롱 속 깊이 넣어두기만 했지 쓰는 법이 없었다. 내가 태어나기도 전에 경주 안압지와 첨성대 앞에서 고운 봄 한복을 입은 채 밝은색의 양복에 넥타이를 맨 키 큰 아버지와 함께 찍은 흑백사진 속의 엄마는 까만 핸드백을 들고 있었는데, 작은 구슬 장식이 반짝이는 그 핸드백도 장롱 속에 고이 간직된 엄마의 몇 가지 쓰지 않는 물건 중의 하나였다. 엄마는 필시 아버지가 선물했을 그 '코티' 분과 비단 접부채와 까만 구슬 핸드백을 아버지와의 행복했던 추억으로서 간직하는 것 같았다.

　나는 어둑어둑해지는 방의 앉은뱅이책상 위에 쓸쓸하게 놓여져서 홀로 퇴색해 가는 엄마의 분갑을 한참 바라보았다. 처음에는 텅 빈듯했던 내 생각의 꼬리는 어느새 오래된 어느 봄

날에 있었던 아버지와의 이별로부터 셋째 형의 가슴앓이, 오늘 외할아버지의 부음과 엄마의 통곡에까지 이어졌다. 슬픔은 습자지에 스미는 먹물처럼 번져서 엄마가 미친 후부터 늘 어두운 얼굴 빛을 하던 간장집 아이들과 목발을 짚고 절룩거리며 시집 간 이웃집 친구의 누나까지 떠올라서 나는 아버지가 세상을 떠난 후 처음으로 울었다.

왜 힘없지만 선한 그들의 눈물은 마를 날이 없고, 왜 아버지는 엄마의 저다지도 작고 여린 어깨에 이토록 무거운 짐을 지워놓고 무정하게 떠나버렸는지 원망하면서 나는 까무룩 잠이 들었다. 잠이 든 나는 꿈을 꾸었는데 기실 그 꿈은 내 기억의 창고 제일 깊은 곳, 그 시원始原의 심연에 잠겨 있던 아주 오래된 어느 날의 이야기였다.

나는 너덧 살이 채 안 되었을 코흘리개였으니 큰형은 중학생이었다. 집에는 아버지가 지구본 만드는 일을 하면서 쓰던 짐자전거가 하나 있었는데 어느 가을날 오후에 학교에서 돌아온 큰형은 내가 졸라서였는지 열한 살이나 차이가 나는 막냇동생이 귀여워서 자청했는지는 기억이 나지는 않지만 나를 자전거의 짐칸에 앉히고 부둣길로 나갔다. 시원한 가을바람 속을 천천히 달리는 자전거 뒷자리에 앉아서 큰형의 허리춤을 꼭 붙들고 있던 나는 무심결에 왼쪽 다리를 자전거 바퀴와 짐칸을 연결해 놓은 지지대 사이에 넣어버렸던 것인데, 나는 불에 덴 듯 빽빽 울었고 그날의 저녁 자전거 드라이브는 그렇게 끝이 났다. 내 왼쪽 복숭아뼈 위에는 제법 큰 상처가 나서 피부와 살이 벗겨지고 출혈도 멈추지를 않아서, 아버지는 우선 나를 둘러 업고 학교 가기 전에 있던 동네 의원으로 뛰어갔다. 엑스레이를 찍어 본 결과 다행히 뼈가 부러지지는 않았지만 상처가 제법 깊어서 의사는 약을 바르고 간단한 깁스를 해주었고 치료를 마친 나를 다시 업고 집에 돌아온 아버지는 큰형을 호되게 나무랐다. 큰형은 아무 말도 못 하고 고개를 푹 숙인 채 아버지의 꾸지람을 듣고 있었는데 그때까지도 다친 다리가 아프다며 훌쩍거리고 있던 나는 아무래도 사건의 발단은 내가 까불거리며 발을 자전거 바퀴에 집어넣어서였던 것으로 생각되기도 하였고 야단맞는 큰형이 안쓰럽기도 하여서 잦아들던 울음소리를 다시 높여가며 큰형을 그만 야단치라고 아버지의 소매를 붙들었다.

깁스를 한 채로 기어다니며 놀던 나는 보름쯤 지나서 다시 아버지의 등에 업혀서 동네 의원에 가서 깁스를 풀고 딱지가

272

크게 앉은 상처에 처치를 받은 후에 붕대를 감고 걸어 나왔다. 아버지는 '저어기 시장에 가서 맛있는 거 사 묵자'라며 미군 보급창을 지나서 길게 난 부둣길을 내 손을 잡고 걷기 시작했다. 저녁 먹기에는 조금 이른 시간이었던지 아니면 오랫동안 걷지 못했던 나를 일부러 걸릴 요량이었는지 알 수는 없었지만 아버지는 가까운 시장길을 두고 부둣길을 멀리 돌았다.

부둣길은 간혹 다니는 마이크로버스 아니면 짐을 실은 화물 트럭 몇 대만이 가끔 오갔고 저녁이 가까워서 거리는 고즈넉이 가라앉아 있었다. 늦가을 가로수의 낙엽이 가을바람에 흩날리며 보도 위를 뒹굴었고 서쪽 하늘로는 붉은 노을이 넓게 번져 있었는데, 아버지는 '저녁놀이 진하게 지는 거를 보니, 내일은 날이 좋을란갑다'라고 혼잣말처럼 이야기했다.

서쪽 하늘의 짙은 노을 빛깔은 황홀하도록 아름다웠고 가을날 저녁의 바람은 맑고 투명하였다. 내 고사리손을 감싼 아버지의 커다란 손은 따뜻하고 편안하여서 나는 다리 아프다고 꾀를 부릴 생각은 하지도 못한 채 아버지의 손을 붙들고 부둣길의 노을 속으로 걸어 들어갔다.

-끝-

뒷글

　보름 전쯤 봄이 한창인 오월 초순에 아버지 제사를 모시느라 부산의 큰집을 찾았습니다. 게으르기 짝이 없는 나는 평소라면 집에 누워서 빈둥거리기나 했을 텐데 낮에 시간이 좀 남기도 했지만 그날은 어떤 연유에서인지 매축지를 가 봐야겠다는 생각을 했습니다. 시내버스를 타고 제법 한참을 가서 옛날 조방 앞에서 내려서부터 시작된 그날의 짧은 여행에서 나는 매축지를 떠난 지 40여 년이 지났음에도 불구하고 그 옛날 기억의 장소들을 찾는 데에는 아무런 어려움이 없었습니다.

　성남 초등학교의 화단에 세워진 이순신 장군의 동상은 여전히 그 자리에 서있었고 교사와 운동장은 이제 옛날과는 다르게 깔끔하게 단장되어있었지만 저 곳에서 어떻게 오천 여명의 아이들이 뛰어놀고 공부를 했을지 상상하기도 어려울 정도로

작아 보였습니다. 학교 주변의 시장 골목들과 부둣길의 주유
소는 아직 그대로 있었지만 미군 보급창은 철수를 하였고 보급
창의 기다란 시멘트 담 위의 철조망은 삭고 녹슬어가고 있었습
니다.

그리고, 나의 매축지 범일동 252번지에는 이제 재개발을 하
느라 유명한 건설회사의 크레인과 포크레인들이 땅을 파헤치
고 있었고 높다란 차단벽이 공사장을 빙 둘러가며 높게 솟아
있었습니다. 복개된 개천을 사이에 둔 좌천동쪽은 아직 옛날
그 모습 그대로였으나 내가 살던 동네만 숟가락으로 떠내듯이
높디 높은 차단벽에 둘러싸여 없어지고 있었던 것입니다.

그곳에는 높고 쾌적한 현대식 아파트가 들어설 것이고, 그리
하여 이제 나의 매축지는 현실에서 사라졌습니다.

나는 이 글 같지도 않은 글을 쓰는 데 오랜 시간을 소비하였
습니다.

철들기 시작하면서 어떤 방식으로든 그때 그곳의 그 이야기
들을 써야겠다는 생각을 가졌습니다. 먹고사느라 수십 년 세월
을 지나면서 가끔 그 생각을 놓친 적은 있었을망정 내 마음의
한구석에는 채우지 못한 갈증처럼 혹은 오래전에 누구에게서

빌리고 갚지 않은 빚처럼 그 생각이 늘 남아있었습니다. 그래서, 글 쓰는 법을 배우지도 못했고 타고난 재주도 없으면서 부끄러움을 무릅쓰고 이렇게 만용을 부리지 않을 수 없었습니다.

글 속의 여러 이야기들은 세월이 지나고 난 지금 돌이켜보면 매우 부적절하고 비현실적이며 때로는 불법적이기까지 하지만, 그때는 그런 일들이 일어날 수밖에 없었던 시절이었다고 이제는 이해합니다. 그런 시절을 거치면서 우리는 살아남아서 이만큼 성장했고 세상도 훨씬 살 만하게 변했다고 생각합니다. 그래서, 앞으로도 우리가 사는, 우리의 자식이 살아갈 세상은 쉬지 않고 더 나은 방향으로 변하리라는 믿음을 가지게 됩니다.

그 물질적 궁핍 속에서도 좌절하지 않고 하루하루를 이어가면서 의지와 위로가 되었던 매축지의 사람들, 아니 그 세월을 살아 온 세상 모든 사람들에게 감사합니다. 그렇기에 이 서툴고 거친 글들은 그 세월을 이기고 살아남아서 오늘을 만들어 온, 혹은 그 세월을 거치는 중에 안타깝게도 세상과 이별해야만 했던 모든 분들과 이웃들, 그리고 내 가족에게 드리는 소박한 헌사(獻詞)입니다.

매축지는 이제 사라지고 없지만, 잊혀지지는 않을 것입니다.

2021년 5월 하순, 맑은 날 새벽에.